स्वामी

[उपन्यास]

स्वामी

मन्नू भंडारी

राधाकृष्ण प्रकाशन

ISBN : 978-81-8361-618-8

स्वामी

पहला राधाकृष्ण संस्करण : 2013
तीसरा राधाकृष्ण संस्करण : 2020

मूल्य : ₹350

प्रकाशक
राधाकृष्ण प्रकाशन प्राइवेट लिमिटेड
जी-17, जगतपुरी, दिल्ली-110 051

शाखाएँ : अशोक राजपथ, साइंस कॉलेज के सामने, पटना-800 006
पहली मंजिल, दरबारी बिल्डिंग, महात्मा गांधी मार्ग, इलाहाबाद-211 001
36 ए, शेक्सपियर सरणी, कोलकाता-700 017

वेबसाइट : www.radhakrishnaprakashan.com
ई-मेल : info@radhakrishnaprakashan.com

मुद्रक
बी.के. ऑफसेट
नवीन शाहदरा, दिल्ली-110 032

SWAMI
Novel by Mannu Bhandari

शरत्चन्द्र से क्षमा-याचना सहित...

शरत्चन्द्र की कहानी 'स्वामी' का लेखन मेरे द्वारा हो, यह मात्र एक संयोग ही है।

किशोरावस्था में शरत् बाबू मेरे सबसे प्रिय कथाकार रहे हैं। सातवीं कक्षा से लेकर इंटर तक हर साल गर्मी की छुट्टियों में शरत्-साहित्य पढ़ने का एक अटूट क्रम चलता रहा। इसके बाद एक लम्बा अन्तराल। लेकिन कुछ वर्षों पहले शरत् बाबू की जीवनी 'आवारा मसीहा' (श्री विष्णु प्रभाकर) पढ़ने के बाद पहली प्रतिक्रिया हुई कि इसमें वर्णित प्रसंगों और स्थितियों के प्रकाश में एक बार फिर से शरत्-साहित्य पढ़ा जाए। यह उत्सुकता भी थी कि क्या आज भी वे रचनाएँ उतनी ही मार्मिक और हृदयस्पर्शी लगती हैं–उसी तरह भाव-विह्वल कर सकती हैं? मैं किताबें जुटा रही थी कि एक दिन अचानक बासु चटर्जी प्रकट हुए। सूचना दी कि शरत् बाबू की 'स्वामी' कहानी पर वे फिल्म बनाना चाहते हैं; आग्रह किया कि फिल्म के लिए इस कहानी को मैं फिर से लिखूँ; क्योंकि जिस रूप में कहानी है उससे वे पूरी तरह सन्तुष्ट नहीं हैं। मैंने तब तक यह कहानी पढ़ी नहीं थी, लेकिन न तो दूसरे की रचना को फिर से लिखने की बात मेरे गले उतर रही थी और न ही मैं फिल्म-माध्यम में कोई दखल रखती थी। मैंने अपनी असमर्थता जाहिर की तो इतना कहकर वे मॉस्को चले गए कि मैं एक बार इस दृष्टि से कहानी को पढ़कर तो देखूँ; बाकी बात बाद में।

इसमें सन्देह नहीं कि कहानी की थीम और सौदामिनी-घनश्याम के चरित्र, उनके सम्बन्धों के समीकरण ने मुझे आकृष्ट किया। साथ ही यह भी लगा कि काफी सम्भावनाओं वाली इस कथा के साथ शरत् पूरा न्याय नहीं कर सके हैं। इसीलिए जब–"फिल्म की बात बिलकुल दिमाग से निकाल दीजिए–मूल कथा की मोटी रूपरेखा को सुरक्षित रखते हुए जैसा भी चाहें परिवर्तन कीजिए–कहानी को बिलकुल अपने ढंग से लिखिए–कुछ पात्रों को जोड़ना-घटाना हो तो वह भी कर डालिए," जैसी अनेक छूटें और आश्वासन देते हुए बासु दा ने इस वाक्य के साथ पूर्णविराम लगा दिया : "और यह कहानी आपको ही लिखनी है।" तब मैंने पाया कि एक बार कथा के साथ तादात्म्य स्थापित होने के बाद यह काम उतना कठिन और असुविधाजनक नहीं रहा जितना मैं सोचती थी।

हाँ, पात्रों और स्थितियों की परिकल्पना में दो पीढ़ियों की मानसिकता और दृष्टि का अन्तर जरूर बहुत शिद्दत के साथ महसूस हो रहा था। मैं अपनी सौदामिनी में आत्म–भर्त्सना और आत्म–धिक्कार का वह भाव भर ही नहीं सकती थी, जिसमें शरत् की सौदामिनी आद्यन्त सराबोर रहती है। न तो पूर्व प्रेमी नरेन्द्र का सौदामिनी को कलकत्ते जाकर एक कमरे में बन्द कर देना मेरे गले उतर रहा था, न प्रेमी को भाई बना लेनेवाली हास्यास्पद स्थिति। इसलिए मैंने कहानी का अन्तिम हिस्सा एकदम ही बदल दिया। शरत् की तरह मैंने उसे एक ऐसी पथभ्रष्टा कुल–वधू का रूप नहीं दिया जो पति के चरणों में गिरकर अपने उस गुरुतर पाप–कर्म की क्षमा माँगने के लिए छटपटाती है।[1] मेरी दृष्टि में सौदामिनी ने कोई पाप नहीं किया था वरन् सम्बन्धों की कुछ ऐसी मनोवैज्ञानिक उलझनें थीं, जिनमें वह निरन्तर उलझती ही चली गई। पारिवारिक कलह और अपमान ने उसके आत्म–सम्मान को इस तरह आहत

1. फिल्म में बासु दा ने अन्त में माँ के घर जानेवाले प्रसंग को काटकर प्लेटफॉर्म पर ही सौदामिनी को पति के चरणों में गिराकर कहानी समाप्त कर दी है। शायद बासु दा के भीतर का परम्परागत सामन्ती संस्कार और बंगाली भावुकता उन पर हावी हो गई और उनकी संवेदना भी शरत्चन्द्र की संवेदना में ही जा मिली।

किया कि उसने घर छोड़ दिया। लेकिन स्वतंत्र निर्णय लेने की अपनी इस क्षमता के कारण वह नरेन्द्र के साथ जाने के लिए भी अपने को तैयार नहीं कर पाई। गई वह अपनी माँ के घर।

माँ का घर पूरी तरह जल चुका है। घर तो उसका भी जल चुका है; लेकिन माँ हैं कि एकदम निर्द्वन्द्व–अविचलित। उन्होंने अपना सब कुछ ईश्वर के हाथों में सौंप रखा है। उनकी यह गहरी आस्था और निष्ठा सौदामिनी के मन में एक प्रकाश–किरण आलोकित कर देती है। और यही कहानी एक ज्यादा गहरा और व्यापक अर्थ ध्वनित करने लगती है, जिसमें सौदामिनी की यह यात्रा अविश्वास से विश्वास, अनास्था से आस्था और नास्तिकता से आस्तिकता की प्रक्रिया बन जाती है। लेकिन उसकी यह आस्तिकता किसी काल्पनिक ईश्वर के सामने समर्पित नहीं है, वह परत–दर–परत मानवीय गुणों और गरिमा का अन्वेषण करती है। घनश्याम के प्रति उनका पहला भाव प्रतिरोध और विद्रोह का है, जो क्रमशः विरक्ति और उदासीनता से होता हुआ सहानुभूति, समझ, स्नेह, सम्मान की सीढ़ियों को लाँघता हुआ श्रद्धा और आस्था तक पहुँचता है; और यहीं 'स्वामी' शीर्षक पति के लिए पारस्परिक सम्बोधन मात्र न रहकर, उच्चतर मनुष्यता का विशेषण बन जाता है, ऐसी मनुष्यता जो ईश्वरीय है।

इस पूरे विकास–क्रम को दिखाने के लिए किस तरह की अनिवार्य और तर्कसंगत स्थितियों और संघर्षों की परिकल्पना की जानी चाहिए थी, वे मूलकथा में अनुपस्थित हैं। वहाँ पहली पंक्ति में ही आत्म–धिक्कार ने विकास की इस प्रक्रिया को लगभग ढक ही दिया है। इसीलिए न तो सौदामिनी और घनश्याम के सम्बन्धों में अपरिचित पहलुओं का अन्वेषण है और न ही परिचित पक्षों का सार्थक उपयोग। परिवार के दूसरे पात्र भी दोनों के सम्बन्धों को एक तार्किक धार नहीं दे पाते और यहीं मुझे अपनी ओर से काफी कुछ जोड़ने–घटाने की सम्भावनाएँ दिखाई दीं। नरेन्द्र की भूमिका बदल देने से मुक्ता दासी नितान्त अनावश्यक हो उठी जो कुटनी की तरह सौदामिनी के घर का भेद नरेन्द्र को देती थी। सौदामिनी की ससुराल में तनाव की स्थिति को तीव्रता देने के लिए ही मैंने टुन्नी की कल्पना की। इसके माध्यम से पारिवारिक सदस्यों के

विभिन्न मन्तव्यों को सहज ही संघर्ष में लाने की सुविधा भी मिल गई और घनश्याम के चरित्र की दृढ़ता को उजागर करने का अवसर भी। छोटे भाई और उसकी पत्नी को भी (मूल कहानी में जिनका नामोल्लेख मात्र है) मैंने एक जीवन्त व्यक्तित्व और निश्चित भूमिका देने की कोशिश की है।

अन्त में मैं यही कहूँगी कि शरत्चन्द्र की कहानी आत्म-धिक्कार और पाप-बोध की कहानी थी, मैंने उसे एक सहज मानवीय अन्तर्द्वन्द्व की कहानी का रूप दिया है।

इस पुनर्लेखन और पुनर्व्याख्या के लिए की गई कतर-ब्योंत के लिए महान कथाशिल्पी के प्रति क्षमा-याचना सहित-

-मन्नू भंडारी

सारे आसमान को सिन्दूरी रंग में रँगता हुआ सूरज धीरे से ढुलक गया। मिनी मुग्ध भाव से डूबते हुए सूरज को देखती रही। सूर्यास्त का यह समय हमेशा मिनी के मन को अपनी ओर खींचता है, अपने में बाँधता है। छत पर खड़े-खड़े थोड़ी देर वह यों ही चारों ओर देखती रही। फिर उसने तार पर फैले हुए कपड़े समेटे और नीचे उतरने लगी। अन्तिम सीढ़ी पर पहुँचते ही देखा-हाथ में किताबें लिये सामने बरामदे में नरेन दा खड़े हैं। पुलककर स्वागत करते हुए बोली, ''अरे, आप यहाँ क्यों खड़े हैं नरेन दा, मामा तो भीतर बैठे हैं!'' फिर गुहार लगाती हुई बोली, ''मामाऽऽ, देखो नरेन दा आए हैं।''

किताब में डूबे हुए मणि बाबू ने चौंककर ऊपर देखा और सामने मुस्कराते हुए नरेन्द्र को देखकर ही वे जैसे अपने में लौटे, कुर्सी पर टिकी हुई पीठ को सीधा करते हुए उन्होंने स्वागत की मुद्रा बनाई और स्वर में अपार स्नेह भरकर बोले, ''आओ, आओ नरेन। इस बार तो बहुत दिनों में आए हो तुम।''

''और क्या, पिछले मंगल को आए थे, कल पूरा एक सप्ताह हो जाएगा।'' उलाहना देती हुई मिनी बोली, ''जानते हैं, मामा रोज शाम को आपका कितना इन्तजार करते थे!''

नरेन्द्र ने हाथ की किताबों का गट्ठर मणि बाबू की मेज पर टिकाया और पासवाली कुर्सी पर बैठता हुआ बोला, ''पिताजी की तबीयत कुछ खराब हो गई थी, सो अधिकतर समय उन्हीं के पास रहता था।''

''ऐंऽऽ! क्या हो गया जमींदार बाबू को?'' फिर उन्होंने अपनी ललचाई नजरें किताबों पर टिका दीं और एक किताब खोलकर खींचने ही वाले थे कि मिनी ने आकर उनसे किताब छीन ली, ''मामा, फिर वही बात! किताब जो एक बार खोल ली तो फिर यह भी भूल जाओगे कि इसको लानेवाला तुम्हारे अगले वाक्य की प्रतीक्षा में बैठा है।''

"देखते हो नरेन! इसका बस चले तो मेरे साँस लेने तक पर यह नियंत्रण रखे।" और फिर आँखों ही आँखों में उन्होंने मिनी को दुलरा दिया। "हाँ, तो बेटा, क्या हुआ जमींदार बाबू को?" अपनी बात का सूत्र जोड़ते हुए उन्होंने पूछा।

नरेन्द्र हलके से हँसा। मामा-भानजी के इस अनोखे सम्बन्ध से वह खूब परिचित है। बोला, "कुछ खास नहीं। फ्लू हो गया था, अब ठीक हैं। पर आपकी तबीयत कैसी है?"

"मेरी तबीयत! क्यों, मुझे क्या हुआ?" फिर एकाएक कुछ याद करते से बोले, "ओह, मुझे तो याद भी नहीं रहता कि मुझे दिल का दौरा पड़ा था। चार महीने पुरानी बात हो गई।"

"सो तो मैं जानता हूँ, पर दूसरे लोग तो नहीं भूल सकते न! मेरा कहना मानिए मामा, और एक बार कलकत्ता चलकर अच्छी तरह चेक-अप करवा लीजिए। मैं वहाँ सब इन्तजाम करवाकर रखूँगा। आप बस आ जाइए।"

"नरेन दा, आप मामा को समझाइए तो! ये किसी की बात मानते हैं भला! कितनी चिन्ता रहती है..."

बीच में ही बात काटते हुए मणि बाबू बोले, "अच्छा चल-चल, तू चाय की चिन्ता कर अभी तो।" फिर हँसकर बोले, "एकदम पागल लड़की है। जानते हो, इसका होल-टाइम जॉब क्या है? मामा की चिन्ता।"

"हुँ!" गर्दन झटककर मिनी ने जैसे प्रतिवाद किया और जल्दी से रसोई में आकर चाय का पानी चढ़ा दिया। माँ के पूजाघर से घंटी की टुनटुनाहट सुनाई दे रही थी। अच्छा है माँ अभी दो घंटे पूजा में लगी रहें। आजकल माँ को एक नई सनक सवार हुई है। मामा के पास तरह-तरह के लोग आते हैं, चर्चा-बहस करते हैं, करें। पर सबके बीच मिनी जाकर क्यों बैठे? और मिनी का तर्क है कि वह क्यों न जाए, जरूर जाएगी। सोचो तो भला, यह भी कोई बात हुई! बड़ी हो गई है इसलिए घर के अन्दर बन्द होकर बैठ जाए। उसने जल्दी-जल्दी चाय के बर्तन सजाए, दो प्लेटों में नाश्ता रखा और कमरे में घुसी तो देखा कि बहस शुरू हो चुकी थी। सन्दर्भ उसे नहीं मालूम, पर नरेन्द्र कह रहा था, "कुछ नहीं, हम बेसिकली हैं ही हिप्पोक्रेट्स। बातें बड़ी-बड़ी करेंगे-समाज-सुधार की, स्त्रियों की स्वतंत्रता की, पर जिन्दगी जिएँगे उसी दकियानूसी पैटर्न पर।"

मामा ने गम्भीर मुद्रा में कुछ सोचते हुए से कहा, "ठीऽक, मैं इसे हिप्पोक्रेसी तो नहीं कहूँगा..."

"तो क्या कहेंगे?" तमककर नरेन्द्र ने पूछा।

"मजबूरी भी तो हो सकती है।" बहस की बागडोर अपने हाथ में लेकर मिनी बोली।

"मजबूरी! कैसी मजबूरी!" मिनी जानती है बहस करते समय नरेन्द्र हमेशा तैश में आ जाता है।

"अनेक अन्तर्विरोधों में जीने की मजबूरी। जीवन इतना सीधा और सपाट तो नहीं नरेन दा कि गणित के दो और दो चार वाले नियम से उसे समझा जा सके।"

"यह है हमारा दूसरा ऐब, समझीं! अपनी कमी को हम न जानना चाहते हैं, न कबूल करना चाहते हैं, बल्कि बड़ी खूबसूरत बातों से उसे जस्टीफाई करते हैं, ढँकने की कोशिश करते हैं। हिप्पोक्रेसी नहीं, अन्तर्विरोधों में जीने की मजबूरी। वाऽऽह! क्या खूबसूरत बात है!" नरेन्द्र ने बात कुछ इस ढंग से कही कि मिनी को हँसी आ गई। उसकी आवाज की तेजी को लक्ष्य करके ही वह बोली, "आवाज के जोर से अगर बातों का वजन भी बढ़ जाता हो तो हमारी चौका-बरतन करनेवाली से ज्यादा जोरदार बात दुनिया में शायद ही किसी के पास हो।"

एक क्षण को अपने आवेश और चिल्लाने पर नरेन्द्र शर्मिन्दा हो आया। मिनी ने फिर कहा, "नाराज मत होइए, आप मेरी बात समझने की कोशिश करिए।" फिर चाय का प्याला मामा के और उसके हाथ में थमाकर बोली–"देखिए, हम लोग पढ़-लिख, सोच-विचार कर बौद्धिक रूप से तो बहुत आगे बढ़ जाते हैं...बहुत बड़ी-बड़ी बातें सोच डालते हैं और केवल सोचते ही नहीं, उन्हें करने के लिए कदम भी बढ़ाते हैं, पर उतना सब कर नहीं पाते। सदियों पुराने संस्कार हमें पीछे खींचते हैं और यह द्वन्द्व बराबर चलता ही रहता है। कुछ संस्कारों को हम तोड़ पाते हैं, कुछ के आगे हम खुद टूट जाते हैं।"

"ठीक...ठीक यही बात मैं कहना चाहता था।" गर्व में गद्‌गदाए हुए से मणि बाबू बोले। नरेन्द्र को इस बार तैश नहीं आया, एक विचित्र-सा मुग्ध भाव उसके चेहरे पर फैल गया। सामने बैठी इस लड़की की बात ने उसे एक पुलकमय विस्मय से भर दिया। वह बोला नहीं, बस मिनी को ही देखता रहा।

"मैं दूसरे की बात नहीं करती, आपसे ही एक बात पूछती हूँ। मान लीजिए, आपकी बहिन किसी दूसरी जाति के एक बहुत ही मामूली-से परिवार के लड़के से शादी करने लगे तो?"

"तो क्या, जरूर करे। मैं उसका साथ दूँगा। घरवाले विरोध करेंगे तो घरवालों से लड़ूँगा। मैं उसकी शादी करवाऊँगा।" नरेन्द्र के स्वर से लगा जैसे

मिनी के इस प्रश्न पर उसने अपने को बेहद अपमानित महसूस किया। मिनी समझती क्या है उसे? उसका चेहरा फिर तमतमा आया।

पर मिनी न स्वर से विचलित हुई, न चेहरे से। वैसे ही मुस्कराती हुई बोली, "और अगर आपकी भाभी किसी से प्रेम करने लगें तो?" नजरें उसने नरेन्द्र के चेहरे पर टिका दीं।

"क्या?" कुछ चौंककर नरेन्द्र ने पूछा।

"चौंके क्यों? क्या आप भी यही मानते हैं कि शादी के बाद औरत का प्रेम करने का अधिकार समाप्त हो जाता है? यह सौभाग्य केवल पुरुषों को ही प्राप्त है?"

"नहीं-नहीं, यह बात नहीं। पर यह तो बात ही बिलकुल दूसरी है।" असमंजस में पड़े हुए नरेन्द्र का स्वर एकाएक जैसे बुझ गया। मिनी हँसी।

"धक्का लगा न? दूसरी बात नहीं नरेन दा, असल बात यही है। आप जात-पाँत, ऊँच-नीच के संस्कारों से मुक्त हो गए हैं इसलिए आपको आज इन सीमाओं में बँधे लोग हिप्पोक्रेट लगते हैं। हो सकता है, जो लोग विवाह की पवित्रता को बकवास मानते हैं उन्हें आपका यों चौंकना, धक्का लगना हिप्पोक्रेसी लगे!"

"वाह, क्या बात है, कितने सुन्दर ढंग से कही है अपनी बात! अभी तक श्रोता का पार्ट अदा करनेवाले मणि बाबू की आँखों में प्रसन्नता और गर्व की चमक कौंध गई।

"बोलो नरेन, जवाब दो।"

पर नरेन्द्र ने बात का जवाब नहीं दिया। बेहद आश्चर्य से बोला, "अरे वाह! मिनी तो पंडित हो गई। पिछले साल तक तो गुड़िया खेलती फिरती थी और आज ऐसा ज्ञान फूट रहा है!"

मिनी एकाएक प्रशंसा की इस बौछार से संकुचित हो उठी, फिर भी हँसते हुए बोली, "इसी को कहते हैं विरोध में जीना। अभी मेरी जिस बात को काटने के लिए तीर-तलवार लिये तने बैठे थे, अब उसी की तारीफ कर रहे हैं। इसी से कहती हूँ कि नरेन दा, मन में दो विरोधी बातें कैसे एक साथ चलती रहती हैं, इसे इतनी आसानी से नहीं समझा जा सकता!"

बहस विषय से हटकर मिनी की प्रशंसा पर आ गई है और मामा अब उसे वहीं टिकाए रखेंगे, इस बात को मिनी खूब अच्छी तरह जानती थी और उस स्थिति से बचने के लिए ही जल्दी से चाय के बरतन समेटकर वह कमरे से बाहर हो गई।

बाहर जाती मिनी को देखकर गर्व से मणि बाबू बोले, ''माई क्रिएशन!'' और उनके चेहरे पर वैसा ही सन्तोष, सुख और उपलब्धि का भाव फैल गया जैसा किसी कलाकार के चेहरे पर अपनी किसी अनोखी, अद्वितीय कलाकृति को देखकर फैलता है।

तभी 'कौन आया?' कहती हुई गिरि कमरे में घुसी।

''अरे नरेन बेटा, तुम! कब आए? तभी मैं सोच रही थी कि यह गरमागरम बहस किससे हो रही है।''

''तुम पूजा में यह बहस सुन रही थीं?'' मणि बाबू घोर नास्तिक हैं। बहिन के पूजा-पाठ की खिल्ली उड़ाने का कोई मौका नहीं छोड़ते।

''हाँ, सुन रही थी। पूजा करने से कोई कान बन्द हो जाते हैं?'' फिर नरेन्द्र की ओर देखकर बोली, ''तुम किताबें-विताबें तो इतनी दे जाते हो मिनी को पढ़ने के लिए, मगर यह गज भर की जबान भी काबू में रखना सिखा दो तो भला हो इसका। कैसी कैंची की तरह...''

''माँ...!'' आँखों से ही मिनी ने माँ को झिड़का।

नरेन्द्र खड़ा हुआ तो फिर बैठा नहीं। खड़े-खड़े ही बोला, ''अब चलूँ। परसों कलकत्ते के लिए रवाना होना है, कल पता नहीं इधर आ भी पाऊँ या नहीं, इसलिए आप दवाइयों के नाम दे दीजिए।''

मिनी ने दराज खोलकर दवाइयों का पर्चा थमाते हुए कहा, ''जाते ही भेज दीजिए और फाइनल ईयर की किताबें भी। इस बार जमकर पढ़ाई करनी है... डिवीजन लाना है।''

नरेन्द्र ने कुछ कहा नहीं, केवल एक बार फिर बड़ी मुग्ध प्रशंसात्मक नजर से मिनी को देखा, मानो कह रहा हो-तुम्हें डिवीजन में कोई सन्देह है क्या? और फिर सबसे विदा लेकर चला गया।

मणि बाबू आरामकुर्सी पर लेटे हुए किताब पढ़ रहे हैं। बीच-बीच में पेंसिल से कहीं-कहीं निशान भी लगाते जा रहे हैं। गिरि चाय का प्याला लिये हुए आई और पास की तिपाई पर रखती हुई बोली, ''मिनी की बुआ की चिट्ठी आए तीन दिन हो गए। क्या जवाब दूँ?''

''जवाब? अ ऽ...'' और वे फिर निशान लगाने लगे। खीजकर गिरि ने किताब छीन ली।

"पूछती हूँ, मेरी बात भी सुनी? जाने किन लोगों के बीच आ फँसी हूँ मैं।"

"बात? हाँ-हाँ, सुनी। बोलो, क्या बात है?" उन्होंने चाय का प्याला उठा लिया।

"बात है मेरा सिर।" और झल्लाकर गिरि ने बात दोहरा दी।

"लिख दो-अभी मिनी की एक साल की पढ़ाई बाकी है।"

"लड़का क्या एक साल तक बैठा रहेगा तुम्हारी लड़की के लिए?"

"नहीं बैठा रहेगा तो कर ले कोई दूसरी शादी। मिनी के लिए लड़कों की कोई कमी न होगी। उसे शान्ति से बी.ए. कर लेने दो।"

"मुझे नहीं कराना बी.ए.। मुझे मिनी का ब्याह करना है। हाथ आए इतने अच्छे पात्र को मैं छोड़ नहीं सकती दादा।" बहुत दृढ़ता के साथ गिरि ने कहा।

"लो, छोड़ नहीं सकती। कैसी बात करती हो गिरि! और मिनी से तो पूछ लो कम से कम।"

"क्या पूछना है मिनी से? अब लड़की खुद बोलेगी?"

"हाँ, और क्या? यही तो कह रहा हूँ।"

"अपनी शादी के बारे में खुद बोलेगी?" गिरि का गुस्सा है कि बढ़ता ही जा रहा है, फिर भी स्वर को भरसक संयत बनाकर ही उसने पूछा।

"हाँ, अपनी शादी के बारे में ही तो बोल सकती है।"

गिरि एकाएक उबल पड़ी, "कुछ शर्म-हया भी इस घर में रहेगी या नहीं। अब लड़की खुद अपनी शादी के बारे में बोलेगी। हाय रे कपाल!" और सचमुच ही गिरि ने माथा ठोंक लिया।

मणि बाबू भौचक। गिरि का क्रोध ही उनकी समझ में नहीं आ रहा। पूछा, "अच्छा गिरि, लड़की शादी करती है इसमें शर्म की बात नहीं?"

गिरि प्रश्न का कुछ तुक नहीं समझी। विस्मय से बोली, "शादी तो करनी ही होती है, इसमें शर्म की क्या बात! शर्म की बात तो यह है कि अभी तक शादी नहीं हुई है। और फिर लड़की क्या करती है, शादी माँ-बाप करते हैं?"

"शादी माँ-बाप करते हैं? फेरे माँ-बाप खाते हैं?"

"माँ-बाप क्यों खाएँगे फेरे?" गिरि का धैर्य अब जवाब देने लगा।

"तो फिर बात भी माँ-बाप क्यों करेंगे? जिसे शादी करनी है उसे बात करने का हक तो दो, उसकी इच्छा-अनिच्छा तो जान लो!"

गिरि आगबबूला हो एकदम फट पड़ी, "अपनी किताबों की बातें अपने ही पास रखो दादा। रात-दिन किताबें पढ़-पढ़कर तुम इस दुनिया के मतलब के नहीं रह गए अब।"

गिरि और मणि बाबू अपनी बात में इतने उलझे हुए थे कि मिनी कब बगीचे से लौटकर आँगन में आ खड़ी हुई, दोनों को पता ही नहीं चला। माँ की बात सुनकर उसने आगे बढ़कर कहा, "माँ, मैं बुआ के बताए और तुम्हारे पसन्द किए निताई-निमाई से तो शादी करने से रही। क्यों बेकार बहस कर रही हो?"

"तू चुप रह बेशरम! ब्याह नहीं करना है तुझे?"

"करूँगी, पर मामा जिससे कहेंगे उससे करूँगी।" हँसते हुए मिनी ने कहा। मिनी की हँसी से ही गिरि के जैसे आग लग गई। एकदम भभककर बोली, "न मामा कभी कहेंगे, न जिन्दगी भर तेरा ब्याह होगा। बस बैठकर किताबें पढ़ना, किताबों से जिन्दगी चल जाएगी।" फिर एकदम रुआँसी होकर बोली, "दादा, तुम मुझे काशी भेज दो। फिर जो तुम दोनों के मन में आए करना। तुम लोगों के साथ अब और नहीं रहा जाएगा मुझसे।"

मणि बाबू ने मिनी की तरफ आँख मारी। यह मामा-भानजी का एक समझौता है। गिरि की नाराजगी का कारण अगर मिनी होती है तो मामा उसे तुरन्त वहाँ से हट जाने का संकेत कर देते हैं। माँ की सारी नाराजगी वे खुद हैं, मिनी पर आँच तक नहीं आने देते। मिनी दुष्टता से मुस्कराती हुई भीतर चली गई। भर्राए गले से ही गिरि बोली-"तुम भगवान को नहीं मानते, सो वे भगवान ठहरे, कुछ कहने नहीं आएँगे। पर समाज को नहीं मानोगे तो डंडा मारकर वह तुमसे अपने को मनवाएगा। जिस ढंग से तुम इस लड़की को चला रहे हो, देख लेना अगर इसकी मिट्टी पलीद न हो तो!" आँचल से आँखें पोंछते हुई गिरि भीतर चली गई।

बड़ी असहाय-सी नजरों से कुछ देर मणि बाबू उसी ओर देखते रहे जिधर से गिरि गई थी, फिर धीरे से मुस्कुराए, "पागल है। एकदम पागल! आज रो रही है, एक दिन इसी मिनी पर गर्व करेगी।" और वे फिर अपनी किताब में डूब गए।

कल की बात से नाराज होकर गिरि ने जो बोलना बन्द किया तो दूसरे दिन तक वह किसी से नहीं बोली। घर में एक बोझिल-सा सन्नाटा छाया रहा। मणि बाबू तो उस सबसे निर्लिप्त अपनी किताब में डूबे रहे, पर मिनी एक खीज भरी बेचैनी से परेशान हो गई उस तनावपूर्ण स्थिति में। सारे दिन कुछ-

न-कुछ बोलती रहनेवाली, टोकती रहनेवाली माँ एकाएक चुप हो जाए तो सब कुछ कितना घुटन भरा हो जाता है। माँ की डाँट-फटकार मिनी को कभी बुरी नहीं लगती, पर उनका मौन उसके लिए असह्य हो जाता है। डाँट-फटकार के पीछे उसे हमेशा माँ के प्यार का आभास मिलता रहता है।...लगता है, माँ है, उसके बहुत निकट है, उसकी अपनी है...पर यह मौन माँ के और उसके बीच जाने कैसी खाई खोद देता है कि वह चाहकर भी माँ के पास नहीं आ पाती और दूर-दूर कटी-कटी छटपटाती रहती है। कैसी विचित्र स्थिति है। मिनी जानती है माँ के मन में सबसे अधिक आदर, श्रद्धा या प्यार किसी के लिए है तो वह मामा के लिए है...पर रात-दिन उन्हें जाने कितना कुछ सुनाती रहती है, कहनी-अनकहनी कहती रहती है। कोई बाहर का सुने तो जाने क्या सोचे? कैसी है यह बहिन, जो जीवन भर के लिए आश्रय देनेवाले अपने भाई के प्रति ऐसी दुर्भावना रखती है, और ठीक आश्रय भी तो नहीं कहा जा सकता। आश्रय में तो कैसी करुणा, दयनीयता और बेचारगी छिपी रहती है। पर माँ के पास तो यह सब फटक भी न पाए। कितने अधिकार के साथ वे शासन करती हैं, घर पर भी और मिनी और मामा पर भी। पता नहीं बाबा के राज में भी उन्हें इतना अधिकार मिल पाता या नहीं। लेकिन क्या माँ इस बात को नहीं जानतीं? जानती हैं, खूब जानती हैं। पर वे भी क्या करें! उनका सारा आदर और प्यार झाड़-फटकार और कटु वचनों की धारा के बीच ही बहना जानता है। कौन जाने इसके पीछे उनके मन में कोई गहरा अन्धविश्वास ही बैठा हो कि इस प्रकार की निरन्तर झाड़-फटकार से वे अपने देवता जैसे दादा और लक्ष्मी रूपा बेटी को नजर न लगने देंगी...उनका किसी प्रकार का भी अहित न होने देंगी।

आज शाम को माँ की बड़ी पूजा है। पर सवेरे से सारे काम उन्होंने खुद किए हैं, एक काम भी उसे करने को नहीं कहा। यों साधारणतः जब वे कभी उससे कुछ करने को कहती भी हैं, तो वह नहीं करती। हमेशा यही कहती है, 'मैं तो बिगड़ी हुई लड़की हूँ माँ, अपने ठाकुर जी का काम करवाओगी तो उनका भी बेड़ा गरक हो जाएगा...' या ऐसा ही कुछ और। पर आज माँ जब कुछ करने को ही नहीं कह रही हैं तो वह उन्हीं के इर्द-गिर्द घूम रही है। पर नहीं, आज माँ नहीं ही बोलेंगी। उन्हें खुश करने का कोई तरीका समझ में नहीं आ रहा। तभी एक खयाल आया। माँ के ठाकुर जी का पालना सजाने के लिए वह खूब सुन्दर-सुन्दर मालाएँ बनाकर ले आएगी। उसके हाथ की गुँथी हुई माला माँ को विशेष रूप से प्रिय है। शीशे के सामने खड़ी होकर उसने साड़ी

ठीक की, बालों का जूड़ा बनाया और बगीचे की ओर चल पड़ी। जाते समय माँ को बताया भी नहीं। बस, मालाएँ लाकर माँ को चकित कर देगी–चकित और प्रसन्न।

जल्दी-जल्दी उसने ढेर सारे फूल तोड़े और एक पत्थर की बेंच पर बैठकर बड़े मनोयोग से माला गूँथने लगी। इतना डूबकर वह माला गूँथ रही थी कि कब नरेन्द्र आ खड़ा हुआ, उसे पता ही नहीं लगा।

अपना नाम सुनकर वह चौंकी। हँसता हुआ नरेन्द्र सामने आ खड़ा हुआ तो पुलक भरे स्वर में बोली, "अरे, आप! आप इधर कैसे?" सामने बिखरे हुए फूलों को एक ओर सरकाते हुए उसने नरेन्द्र को बैठने के लिए जगह बना दी, "बैठिए न!" कुछ फूल उसकी गोदी में भी पड़े थे, इसीलिए वह खड़ी नहीं हो सकी। बैठे-बैठे ही उसने आग्रह किया।

"अच्छा, बताओ तो मिनी, इतना मन लगाकर किसके लिए माला गूँथ रही हो?" और कहने के साथ ही अपनी नजरें उसने मिनी के चेहरे पर गड़ा दीं।

उन नजरों की चुभन से मिनी ने एक क्षण के लिए अपने भीतर तक कुछ थरथराता हुआ महसूस किया। पर तुरन्त ही अपने को साधकर वह सहज हो गई। हँसकर बहुत लापरवाही से बोली, "भगवान के लिए?"

"भगवान के लिए!" नरेन्द्र हँस पड़ा। "तुम तो अपने नास्तिक मामा की चेली हो। तुम मानती हो भगवान को?"

"पता नहीं, मानती हूँ या नहीं। कभी सोचा नहीं इस पर। पर माँ को मानती हूँ, उन्हीं के लिए बना रही हूँ माला।" और वह फिर माला गूँथने लगी। नजरें अँगुलियों पर टिकाए-टिकाए उसने जान लिया कि नरेन्द्र उसी को देख रहा है...कल वाली उसकी मुग्ध दृष्टि से, जिसे याद कर-करके कल से लेकर आज तक वह भीतर-ही-भीतर कई बार सिहर उठी है। कल से वह उसे बराबर भुलाने की कोशिश करती रही है और मन है कि बार-बार उसे याद करके पुलकित होता रहा है। दोनों के बीच घिर आए इस मौन ने जैसे स्थिति को और असहज बना दिया। उसने बात शुरू करने के लिए ही कहा, "नरेन्द्र दा, किसी के हाथों अपना पूरा विश्वास सौंपकर, अपनी पूरी आस्था सौंपकर आदमी अपने भीतर बहुत बड़ी शक्ति नहीं जुटा लेता?"

नरेन्द्र कुछ बोला नहीं, बस मिनी को देखता रहा–कुछ इस भाव से मानो बात का सन्दर्भ, बात का आशय समझने की कोशिश कर रहा हो। मिनी ने ही बात आगे बढ़ाई, "माँ को देखकर मुझे ऐसा ही लगता है। उन्नीस साल

की उम्र में विधवा होकर जैसा सहज जीवन उन्होंने जिया है वह क्या यों ही? भगवान में मेरी आस्था हो या नहीं, पर माँ की इस अनन्त अटूट आस्था में जरूर गहरी आस्था है।" मिनी के स्वर में माँ के प्रति गहरी श्रद्धा छलक आई।

नरेन्द्र बस एकटक मिनी को ही देखे जा रहा है। नरेन्द्र हर साल छुट्टियों में करीब-करीब रोज ही मणि बाबू के घर जाता रहा है...पढ़ने-लिखने में कुछ अतिरिक्त रुचि रखनेवाली लड़की की तरह मिनी को देखता-समझता रहा है। उसके लिए हमेशा किताबें भेजता रहा है, पर इस बार जब से आया है, मिनी उसे बहुत बदली हुई लग रही है-बहुत बड़ी और समझदार, बहुत सुन्दर भी! उसकी प्रखर बुद्धि का परिचय भी इस बार ही सबसे अधिक मिला है। जब से आया है, एक अनसमझा-सा आकर्षण वह मिनी के प्रति महसूस कर रहा है। मन में एक साथ न जाने कितनी भावनाएँ उमड़-घुमड़ रही हैं। उन सब पर अंकुश लगाते हुए उसने पूछा, "अच्छा मिनी, तुमने भी क्या अपना सारा विश्वास किसी को सौंप रखा है?"

एक क्षण रुककर बिना किसी दुविधा-संकोच के मिनी ने कहा, "मामा को। मामा की कही हर बात में, उनके किए हर काम में कभी एक क्षण के लिए भी तो मेरे मन में दुविधा या सन्देह नहीं जागा। बस, लगता है जैसे उनका कहा, उनका किया ही अन्तिम है, इसके इधर-उधर तो कुछ हो ही नहीं सकता।" एक क्षण को मिनी अपने मामा की गरिमा में ही खो गई, फिर हँसकर बोली-"जो लोग मामा को ठीक से नहीं जानते, वे इस बात को नहीं समझ सकते और मामा को ठीक से कोई जानता ही नहीं।"

नरेन्द्र का बहुत मन हुआ कि कहे, 'और कोई जानता हो, चाहे न जानता हो, पर वह मामा को जानता है, केवल जानता ही नहीं, उन पर श्रद्धा भी करता है। और केवल मामा को ही क्यों, मामा की बनाई सामने बैठी इस मिनी को भी जानता है और केवल जानता ही नहीं...' आगे की बात खुद उसके मन में बहुत स्पष्ट होकर न उभर सकी।

"अब चलूँगी, नरेन दा..." उठते हुए मिनी बोली। गूँथी हुई मालाओं को बड़े जतन से उसने अपने आँचल में समेटा। नरेन्द्र का बड़ा मन हुआ कि उन मालाओं में से एक माला लेकर अपने हाथ से मिनी के जूड़े में बाँध दे। मन की

इस आकांक्षा पर अँगुलियाँ मसलकर ही वह काबू पाता रहा।

"कल तो आप चले ही जाएँगे न? देखिए, आज अब मुलाकात हो ही गई तो याद दिला दूँ–जाते ही मामा की दवाइयाँ और मेरी किताबें जरूर भेज दीजिएगा।"

"और कुछ?" नरेन्द्र ने बड़े मनुहार भरे स्वर में पूछा।

"और क्या भेजिएगा?" हँसते हुए मिनी ने कहा, "हाँ, जब भी कोई अच्छी किताब देखें या पढ़ें तो उसे जरूर भेज दीजिएगा।" फिर एकाएक जैसे खयाल आया हो, "घर चलिए न, मामा से मिल लीजिए। कल तो फिर चले ही जाएँगे।"

"नहीं, अब आज नहीं।"

"तो मैं चलूँ?" और हाथ जोड़कर मिनी मुड़ गई। नरेन्द्र एकटक जाती हुई मिनी को देखता रहा।

मिनी की बनाई हुई मालाओं और खुशामद ने माँ का गुस्सा तो शान्त कर दिया, पर वह प्रसंग शान्त न हो सका जिस पर वे नाराज हुई थीं। कोई न कोई बहाना बनाकर वे मामा के इर्द-गिर्द घूमती रहतीं और उनका अनवरत भाषण चालू रहता।

"पिछले दो साल में कम-से-कम एक दर्जन लड़के बताए हैं इसकी बुआ ने, पर तुम्हारी नाक के नीचे ही नहीं टिकता कोई।" किताब में डूबे मामा हाँ-हूँ करते रहे।

"लेकिन यह लड़का छोड़ने जैसा नहीं है। घर का सबसे बड़ा लड़का है। मिनी बड़ी बहू बनकर रहेगी। छोटी बनकर तो यह रह नहीं सकती। ठीक है, माँ सौतेली है। पर उससे क्या? सारा घर तो उसकी कमाई से चलता है सो कर्ता भी वही, भर्ता भी वही। फिर सुना है कि सीधा और सहनशील इतना कि जहर भी पचा जाए..."

"तो बस, फिर जहर ही पचाए। मिनी का क्या करेगा?"

माँ एकदम भभक पड़तीं, "ममता ने इतना अन्धा नहीं कर दिया कि अपनी लड़की का ऐब ही न देख सकूँ। इसका मिजाज नहीं देखा, इसकी जबान नहीं सुनी!"

"देखी...सुनी...एकदम अपनी माँ पर गई है।"

माँ के सब्र का बाँध टूट जाता, ''जो तुम लोगों की समझ में आए, करो। मैं बेकार ही पागलों की तरह रोज बक-बक करने आ जाती हूँ।''

दोपहर से ही आसमान पर बादल छाए हुए थे और हर समय लग रहा था कि बस, पानी बरसना ही चाहता है। लेकिन शाम तक एक बूँद भी पानी नहीं बरसा। मिनी तीन बार पहले भी छत पर जाकर बादलों का रुख देख आई थी। हर क्षण लगा कि किसी क्षण भी बारिश हो सकती है। और होगी तो ऐसी-वैसी नहीं, एकदम आसमान ही फट पड़ेगा। इस बार भी आसार वैसे ही थे, पर मिनी नीचे उतरी तो निश्चय करके कि जल्दी से वह एक चक्कर बगीचे में लगाकर ही आएगी। पहले ही निकल गई होती तो अब तक लौट भी आती। थोड़े-से फूल ही तोड़ लाएगी। उसने जल्दी से अपने खुले बालों पर दो-तीन कंघे मारे, फिर हथेली पर लपेटकर एक ढीला-सा जूड़ा बनाया। साड़ी को इधर-उधर से ठीक किया और बरामदे में आई तो गिरि ने टोका-

''यह क्या, तू ऐसे में बाहर निकल रही है? देखती नहीं, सिर पर कैसी घटा छाई हुई है?''

''सो तो दोपहर से ही छाई हुई है। एक बूँद पानी तक तो बरसा नहीं अभी तक, बादल तो झूठमूझ डरा रहे हैं। और मैं वहाँ ठहरूँगी नहीं, जल्दी से थोड़े से फूल लेकर आ जाऊँगी।'' लापरवाही से मिनी ने कहा और आगे बढ़ गई।

''बादलों का कोई भरोसा नहीं। भीग गई तो सिर का यह बोझ दो दिन तक नहीं सूखेगा, बीमार पड़ेगी सो अलग।''

''नहीं भीगूँगी...।'' और वह दरवाजे से बाहर हो गई।

''मिनी और माँ का कहना मान ले!'' भुनभुनाती हुई गिरि अपने काम में लग गई।

तेज-तेज कदम रखती हुई मिनी नाला पार करके बगीचे में आ गई। उसने जल्दी-जल्दी फूल तोड़ने शुरू किए। फूलों को आँचल की बनाई झोली में डालती जा रही थी और रह-रहकर आसमान देख लेती थी। तभी अचानक बड़ी-बड़ी बूँदें बरसने लगीं। दो-तीन मिनट तो वह बूँदों के बीच भी फूल तोड़ती रही पर जब बारिश का जोर बढ़ गया तो दौड़कर मालियों के छप्पर के नीचे खड़ी हो गई। देखते ही देखते मूसलाधार बारिश होने लगी। आसमान का घना काला रंग मिनी की अपनी आँखों में उतर आया...ऐसे में वह घर कैसे

जाएगी? वह जानती है, उसके घने लम्बे बाल एक बार यदि गीले हो जाएँ तो आसानी से सूखते नहीं और गीले बालों से उसे कितनी जल्दी नजला हो जाता है। वैसे नजला तो घर जाते ही माँ की डाँट से ही हो जाएगा। उसने छप्पर के नीचे खड़े-खड़े ही साड़ी को कसकर सिर के चारों ओर लपेट लिया। थोड़ी देर तक वह आसमान को देखती रही, पर पानी के रुकने के कोई आसार नजर नहीं आ रहे थे। अब सचमुच ही वह डरने लगी...वह घर कैसे जाएगी?

"मिनी!" अचानक अपना नाम सुनकर वह चौंक पड़ी। घूमकर पीछे देखा तो पानी में सराबोर नरेन्द्र खड़ा था। गीले बालों की लटें उसके चेहरे पर इधर-उधर छितरा गई थीं।

अपार आश्चर्य से मिनी ने कहा, "नरेन्द्र दा, तुम?" उसे जैसे अपनी आँखों पर विश्वास नहीं हो रहा था। "तुम क्या कलकत्ता नहीं गए?"

"गया तो था, लेकिन आज दिन की गाड़ी से ही वापस आ गया। दोपहर से ही तुम्हारी तरफ आने की सोच रहा था पर बादलों का रुख देखकर निकलने की हिम्मत नहीं हुई। शाम को सोचा कि निकल ही लिया जाए, पर बीच में ही बारिश शुरू हो गई। पहले उधर पेड़ों के नीचे शरण ली, पर पेड़ों की घनी पत्तियाँ भी जब मुझे बचाने में हिम्मत हारने लगीं तो किसी तरह भीगता-भीगता यहाँ आया। पर ऐसी बारिश में तुम..."

मिनी जैसे अपने विस्मय पर ही काबू नहीं कर पा रही थी। नरेन्द्र लौट क्यों आया? पर वह कुछ पूछती, उसके पहले ही नरेन्द्र ने उसकी झोली की ओर देखकर हँसते हुए कहा, "ओह! फूल चुराने आई थी?"

"क्याऽऽ? चुराने क्यों आई, तोड़ने आई थी।" सुनकर मिनी ने कहा।

"अच्छा, बिना पूछे किसी के बगीचे से फूल तोड़ना चोरी नहीं कहलाएगा?" कौतुक भरे स्वर में नरेन्द्र ने पूछा और थोड़ा पास सरक आया।

"नहीं, बिलकुल नहीं। मैंने मेहनत करके फूल तोड़े हैं, उसे चोरी कहोगे तुम?"

हँसता हुआ नरेन्द्र एकदम मिनी के करीब आ गया और उसके आँचल में से एक मुट्ठी फूल लेकर बोला, "अच्छा, बताओ तो, इसे तुम क्या कहोगी?"

मिनी ने खूब गुस्से से एक बार नरेन्द्र की ओर देखा और फिर झट से अपनी झोली उलट दी, "लो सँभालो अपने बगीचे के फूल।" फूल चारों ओर छितरा गए और अपमान से मिनी का चेहरा सुर्ख हो उठा।

"अरे-रेऽ-रे-ऽ...यह क्या किया? मजाक में कही हुई इतनी-सी बात का बुरा मान गईं?" जल्दी-जल्दी नरेन्द्र ने जमीन से फूल उठाए और एक तरह से

जबर्दस्ती करते हुए उसके आँचल की झोली बनाकर उसमें फूल डाल दिए– ''पागल कहीं की!''

मिनी बिना हिले-डुले जैसी की तैसी खड़ी रही। बारिश नहीं हो रही होती तो शायद वह तमककर घर लौट पड़ी होती।

''अभी एक सप्ताह पहले तो तुम इतनी बड़ी और समझदार होकर व्यवहार कर रही थी और आज एकाएक यह बचपना?'' फिर एक क्षण रुककर बोला, ''तुम क्या एक बार भी यह नहीं पूछोगी कि जाने के छः दिन बाद ही मैं यों अचानक लौट क्यों आया?''

और तब एकाएक मिनी जैसे अपने होश में लौट आई। सचमुच नरेन्द्र लौट क्यों आया? जमींदार बाबू को तो कुछ नहीं हो गया? उसने अपनी बड़ी-बड़ी आँखें नरेन्द्र के चेहरे पर टिका दीं, जिसमें यही प्रश्न झूल उठा।

आगे बढ़कर नरेन्द्र ने निस्संकोच भाव से मिनी के कन्धे पर हाथ रखकर कहा, ''यहाँ इस तरह खड़ी कब तक रहोगी? आओ, उधर चलकर उस खाट पर बैठें।''

मिनी एक क्षण को भीतर-ही-भीतर थरथरा उठी। उसकी आँखों का प्रश्नवाचक भाव और भी गहरा गया। वह एकाएक नरेन्द्र के इस आचरण को जैसे समझ नहीं पाई, न सहज भाव से ही ले पाई। पर विरोध करते भी नहीं बना। विरोध करना तो दूर, विरोध करने की हलकी-सी इच्छा भी मन में नहीं जगी। बस, यही लगा जैसे नरेन्द्र का यह व्यवहार कहीं से भी तो अप्रत्याशित नहीं है। और नरेन्द्र उसे वैसे ही पीठ से घेरे-घेरे खाट के समीप ले आया।

खाट पर बैठकर इस बार मिनी ने बिना किसी संकोच के भरपूर नजरों से नरेन्द्र को देखा–मानो सामने बैठे इस व्यक्ति को एक बार फिर नए सिरे से वह जानना चाहती हो। फिर बहुत ही सधे हुए स्वर में पूछा, ''हाँ, बताया नहीं, तुम जल्दी कैसे लौट आए? बाबा तो ठीक हैं न?'' स्वर में न आक्रोश था, न किसी तरह का आवेग-उद्वेग ही।

''हाँ, वे तो ठीक हैं,'' बरसते हुए पानी की ओर देखते हुए नरेन्द्र ने जवाब दिया।

''तुम भी ठीक-ठाक लग रहे हो, तो फिर हुआ क्या?'' मिनी की आँखों में विस्मय और कौतूहल उभर आया।

इस बार नरेन्द्र ने अपनी नजरें मिनी के चेहरे पर गड़ा दीं। लगा जैसे वह निर्णय नहीं कर पा रहा हो कि अपनी बात मिनी से कहे या नहीं और कहे तो

किस प्रकार कहे? सामने बैठी इस मिनी पर उसकी क्या प्रतिक्रिया होगी? अनुकूल या प्रतिकूल?

"क्या हुआ, बोलो न?" मिनी का विस्मय अब परेशानी में बदलने लगा। यूनिवर्सिटी खुलने पर नरेन्द्र गया और एक सप्ताह में ही लौट आया, आखिर क्यों?

"इस बार जाने के बाद एक दिन के लिए भी मन नहीं लगा वहाँ।"

"...कलकत्ते में मन नहीं लगा?" और वह फिर हँस पड़ी, "तुम तो बच्चों जैसी बातें करने लगे कि पढ़ने गए और घर की याद आई तो भाग आए। ऐसा करोगे तो पढ़ाई-लिखाई कैसे होगी भला?" मिनी का कौतुक लौट आया।

"घर की नहीं, पर हाँ, याद बहुत आई। इतनी कि एक दिन भी वहाँ मन नहीं लगा। दो दिन बाद ही कलकत्ता से पुरी चला गया..."

बात काटकर बीच में ही मिनी बोली, "तभी परसों ही मामा कह रहे थे कि नरेन्द्र ने दवाइयाँ नहीं भेजीं।" ऊपर से बहुत सहज स्वाभाविक बने रहने के बाद भी मिनी को लग रहा है जैसे उसके कान सुर्ख होते जा रहे हैं, उसके दिल की धड़कन बढ़ती जा रही है।

पर नरेन्द्र ने न उसके कानों की सुर्खी देखी, न ही उसके दिल की धड़कन। वह तो अपनी ही रौ में कहता गया, "लेकिन, वहाँ भी मन नहीं लगा। बराबर लगता रहा जैसे कोई है जो मुझे बराबर यहाँ घसीट रहा है।" फिर बड़े ही कातर स्वर में पूछा, "तुम्हें भी मेरी याद आती थी मिनी?" उसके हाथ एक क्षण आगे बढ़े पर फिर असमंजस में वहीं थरथराकर रह गए।

मिनी अवाक्-सी उसका चेहरा देखती रही। फिर उसकी घनी-लम्बी पलकें नीचे को झुक गईं, चेहरा सुर्ख हो गया। नरेन्द्र मुग्ध-सा उसे देखता रहा।

वर्षा कुछ थमी-सी थी। एकदम हड़बड़ाती-सी मिनी उठी और बोली, "पानी थोड़ा-सा रुका है, निकल जाती हूँ। फिर कहीं शुरू हो गया तो पता नहीं कब रुकेगा!"

नरेन्द्र उसके पीछे-पीछे चलता हुआ बोला, "तुमने मेरी बात का जवाब नहीं दिया?"

मिनी एक क्षण चुप रही, फिर धीरे से बोली, "तुम्हारी दी हुई किताबें ही तो पढ़ती रहती हूँ सारा दिन।"

सामने नाले में तो जैसे बाढ़ आई हुई थी। हरहराता हुआ पानी बड़े वेग से बह रहा था। मिनी का चेहरा भय से विवर्ण हो गया।

"हाय राम! अब घर कैसे जाऊँगी!"

"सचमुच, यह नाला तो पार करने जैसा तो रहा नहीं।"

"माँ तो चिन्ता के मारे मरी जा रही होंगी। आने के लिए मना ही किया था, अब क्या होगा?"

"अब तो कोई पार करवाए तभी बात बन सकती है!"

"तुम पार करवा सकते हो? करवा दो न, नरेन दा।" बड़ी असहाय-सी मिनी बोली। स्वर में याचना जैसे छलकी पड़ रही थी। नरेन्द्र मुस्कुराया। पास आकर उसने डरी हुई मिनी का हाथ पकड़ा और एक प्रकार से खींचता हुआ उसे नाले के किनारे-किनारे ले चला।

"आओ, मौका मिला है तो एक बार तुम्हारा कर्णधार बनकर ही देख लूँ।" फिर एक क्षण रुककर बोला, "उधर एक पेड़ गिर पड़ा था जिसे नाले पर पुल की तरह लगा दिया है।"

और देखते ही देखते वे दोनों पुल के सामने जा खड़े हुए। पुल था जरूर, पर उस पर भी पानी टखनों-टखनों तक चढ़ा हुआ था और बहाव में तेजी और जोर था। मिनी ने एक बार पेड़ की ओर देखा और फिर नरेन्द्र की ओर। असहायता, भय और बेबसी ने उसके चेहरे को एकदम कातर बना दिया था।

"कसकर मेरा हाथ पकड़ लो और खूब सँभालकर कदम रखो।" नरेन्द्र ने मिनी का हाथ पकड़ा और पेड़ पर बहुत साधकर कदम बढ़ाया। उसका हाथ थामे-थामे ही मिनी ने भी पैर रखा, पर पता नहीं डर या पानी के बहाव से उसका सन्तुलन बिगड़ गया। छिटककर वह फिर किनारे पर जा खड़ी हुई।

"मुझसे नहीं चला जाता, पैर फिसलता है।" एकदम रुआँसी-सी होकर उसने कहा।

इस बार न नरेन्द्र ने जवाब दिया, न मिनी को कुछ सोचने-समझने का मौका। झट से उसे गोदी में उठाया और बड़े सधाव के साथ पुल पर पैर जमा दिया। बिना तनिक भी विरोध किए एक आज्ञाकारी बच्चे की तरह मिनी उसकी गोद में समा गई। पर जैसे ही उसकी नजर नाले के बहाव की ओर गई-एक चीख भीतर-ही-भीतर घुटकर रह गई। उसने आँखें बन्द कर लीं और दोनों बाँहें नरेन्द्र के गले में डालकर चिपट गई।

उसे कुछ नहीं मालूम कि कैसे नरेन्द्र ने सँभल-सँभलकर दस-बारह कदम पार किए और कैसे वह इस किनारे आई। उसका दिल बुरी तरह धड़क रहा था, पता नहीं डर से या पता नहीं...

अचानक उसने अपने अधरों पर किसी के अधरों का दबाव महसूस किया और उसके साथ ही हवा में लटकते हुए उसके पैर जमीन पर आ टिके। वह

सचमुच ही जमीन पर लौट आई...उसके होशोहवास लौट आए और तब लज्जा, संकोच, पुलक–न जाने कितनी भावनाएँ एक साथ उसे मथने लगीं। पर न उससे आँख उठाते बन रहा था, न ही पैर। भीतर न जाने कितना कुछ हिलोरें ले रहा था, पर बाहर से सब कुछ जैसे जम गया।

"अब तो तुम्हारा कर्णधार बनने का अधिकार भी पा गया न?" उसके कन्धे को हलके से दबाते हुए नरेन्द्र ने कहा। स्वर में विजय का उल्लास और कुछ अनोखा-अद्‌भुत पा जाने की पुलक थी।

मिनी ने एक उड़ती-सी सलज्ज दृष्टि नरेन्द्र पर डाली और पलक झपकते दौड़ पड़ी। एकाएक उसके पैरों में जैसे पंख लग गए। उसने हवा में तैरती हुई नरेन्द्र की आवाज सुनी, "कल शाम को यहीं मिलना, मैं अब घर नहीं आऊँगा।"

एक विचित्र-सी मादकता उसके रोम-रोम को पुलकित करने लगी। न तन बस में था, न मन। पर घर के फाटक पर आते ही उसे लगा जैसे एक बोझिल-सा सन्नाटा चारों ओर छाया हुआ है। उसके पैर जहाँ-के-तहाँ ठिठक गए। माँ की खुशी और माँ का गम, उनकी हँसी और उनका गुस्सा कैसे घर के कण-कण में समा जाता है, इसे वह खूब अच्छी तरह जानती है। इस आँधी-मेह में माँ ने बाहर निकलने के लिए कितना मना किया था, पर वह जल्दी ही लौट आने का आश्वासन देकर निकल पड़ी थी। और अब इतनी देर! पर वह डरी नहीं। एक दुष्ट-सी मुस्कराहट उसके होंठों पर फैल गई। वह कर ही क्या सकती थी? ऐसी तेज बारिश में सही-सलामत लौट आई, यही क्या कम बात है। माँ को तो नाराज होने के लिए कोई-न-कोई बहाना चाहिए। बस जैसे इसी की ताक में बैठी रहती हैं। हुँह! उसने चेहरे पर लापरवाही की मुद्रा ओढ़ी, गीली साड़ी को अच्छी तरह शरीर के चारों ओर लपेटा और भीतर घुस गई।

बाहर बरामदे में ही अखबार में सिर गड़ाए मणि बाबू बैठे थे। उस पर नजर पड़ते ही पुलककर बोले, "आ गई बिटिया! अरे गिरि, देखो मिनी आ गई।"

"आ गई तो सिर पर बिठाओ।" कहती हुई माँ झपटकर रसोई से बाहर निकली और सामने मिनी को जीता-जागता देखकर बजाय आश्वस्त होने के गुस्से से भभक उठी। कमर पर दोनों हाथ रखकर वह कुछ इस मुद्रा में तनकर खड़ी हो गई मानो आज मामा-भानजी दोनों को पछाड़कर ही मानेगी। पलक मारते ही मामा-मिनी का आँखों ही आँखों में एक मौन वार्तालाप हो गया। मामा ने सिर फिर अखबार में गड़ा लिया और होंठों पर आई मुस्कराहट को भरसक दबाकर मिनी ने अपराधिनी की भाँति नजरें नीचे झुका लीं।

"कहाँ गई थी और कहाँ थी अब तक?"

"वहीं थी, नाले पार वाले बगीचे में। और आती कैसे, बारिश जो होने लगी जोर से।" स्वर में बेबसी भरकर उसने कहा।

"नाले पार वाले बगीचे में? तो आई कैसे? उसे पार कैसे किया?" भय और विस्मय से गिरि एकटक उसे देखने लगी।

"नाला पार कैसे किया?" इस प्रश्न पर मिनी के मन में क्षणांश के लिए बहुत ही मधुर-सा कुछ कौंध गया। अनायास ही उसके होंठों पर मुस्कराहट आ गई। उसने धीमे से कहा, "वहाँ आगे जाकर एक पेड़ गिरकर पुल की तरह पड़ा हुआ है न, उसी से।"

"दैया रे!" माथा ठोंककर गिरि बोली, "हिम्मत तो देखो इस लड़की की! डूबती तो प्राण बचते उस बहाव में? मना नहीं किया था आज मैंने? पर माँ की बात सुनने की तो कसम जो खा रखी है। अब कभी गई इस तरह आँधी-मेह में बाहर, तो समझ लेना घर में पाँव नहीं रखने दूँगी।" दुख और गुस्से के मारे गिरि का स्वर जैसे लड़खड़ा गया।

मामा ने सिर अखबार में गड़ाए-गड़ाए ही कहा, "नाले के बहाव में तो न डूबी, न प्राण गए, पर तुम्हारे गुस्से के बहाव में प्राण बच पाए तो..."

"नहीं गए तो एक दिन चले भी जाएँगे।" एकाएक गिरि का स्वर भर्रा आया, "क्यों तुम दोनों रात-दिन मुझे सताने में लगे रहते हो?" फिर पास आकर मिनी के सिर पर हाथ रखकर बोली, "सिर का यह बोझ आसानी से सूखेगा अब? ऊपर से नीचे तक तर-बतर हो रही है। होंठ देखो, कैसे नीले पड़ गए हैं। जा, कपड़े बदल और बाल खोलकर फैला।"

मिनी का हाथ अनायास ही होंठों पर गया और फिर मुस्कराहट फूट पड़ी। माँ की डाँट भी आज उसे खीज नहीं, वरन् पुलक में ही डूबो रही है। वह जल्दी से अपने कमरे में दौड़ गई। जाते-जाते एक बार अपने मामा को आँख मारना नहीं भूली। उसके जाते ही मणि बाबू ने अखबार समेटा और गिरि की ओर देखकर बोले, "जब तक लड़की नहीं आई तब तक तो पागलों की तरह-'हाय मिनी, हाय मिनी' करके घर सिर पर उठा लिया। यहाँ जा, वहाँ जा। लगता था कि बस, एक बार मिनी किसी तरह सही-सलामत आ जाए तो उसे छाती में दुबकाकर रख लोगी। पर जब वह आ गई तो डाँट-डाँटकर दुखी कर दिया बेचारी को। यह तो नहीं कि..."

"दुखी!" बीच में ही बात काटकर गिरि बोली, "तुम्हारे रहते कोई इसे दुखी कर सकता है भला! दोनों बाँहें फैलाकर रात-दिन जिस तरह तुम उसकी रक्षा करते रहते हो, उसे क्या मैं जानती नहीं?"

और एकाएक उसका स्वर बेहद कातर हो आया। भीगे-से स्वर में बोली, "पर जान लो दादा, तुम्हारा यह अतिरिक्त लाड़ ही किसी दिन इसके लिए दुख का सबसे बड़ा कारण बनेगा। उस दिन चाहकर भी शायद तुम इसके लिए कुछ नहीं कर पाओगे।" फिर जैसे अपने-आप ही बोलने लगी, 'यह मनमानी, यह जिद, यह गुस्सा, बात-बात पर तुनकना...लड़की होकर जनम लिया है। इन गुणों को लेकर कितने दिन जीवन चलेगा? पराए घर जाएगी तो एक दिन के लिए भी यह सब कोई बर्दाश्त नहीं करेगा।'

लड़की के भविष्य की आशंका से ही गिरि की वाणी जैसे रुँध-सी गई। वह चली गई, पर मणि बाबू केवल मुस्कराते रहे। वे गिरि का दुख भी जानते हैं, उसकी चिन्ता भी और उसका स्नेह भी।

माँ की फटकार से बचकर मिनी कमरे में भागी और उसने दरवाजा बन्द कर लिया। दरवाजा बन्द करते ही वह माँ और मामा की दुनिया से कटकर अपनी ही दुनिया में लौट आई। सामने आदमकद शीशे में अपना प्रतिबिम्ब देखा तो बस देखती ही रह गई–आत्म-मुग्ध-सी। अनायास ही अँगुलियाँ फिर होंठों पर जा टिकीं...रोम-रोम को सिहरा देनेवाली प्रथम चुम्बन की अनुभूति फिर सजग हो आई और एक सलज्ज-सी मुस्कराहट उसके होंठों पर फैल गई। मन का उल्लास बन्द कमरे में जैसे समा नहीं पा रहा था, उसने खिड़की खोल दी। बारिश में नहाए-धोए पेड़-पौधे दूर-दूर तक फैले थे। उसकी नजरें उन्हीं में अटककर रह गईं, वह भूल ही गई कि उसे कपड़े बदलने हैं।

थोड़ी ही देर बाद हाथ में चाय का प्याला लिये हुए दरवाजा धकेलकर माँ भीतर घुसी तो अवाक्..."ए माँऽ, यह क्या? तू ज्यों की त्यों गीली खड़ी है!" फिर उसे सन्दिग्ध-सी नजरों से देखती हुई बोली, "तुझे क्या हुआ है री, बीमार पड़ना है?"

मिनी ने चाय का कप लेकर खिड़की पर टिका दिया और माँ के गले में दोनों बाँहें डालकर झूमते हुए कहा, "देखो तो माँ, बारिश में भीगकर बाहर का सब कुछ कितना सुन्दर हो गया है...और वह देखो..."

"मैं तो सब कुछ देख लूँगी, पर बुखार खड़ा-खड़ा तुझे देख रहा है–इसका भी कुछ होश है?" बेटी का यह असमय का लाड़ उसे बेहद खिझा रहा था। अपने को मिनी की पकड़ से छुड़ाकर उसने उसे तौलिया और सूखे कपड़े थमाए।

मिनी ने जल्दी-जल्दी कपड़े बदले। माँ तौलिए से उसका सिर पोंछने लगी। मिनी का मन हुआ फिर माँ के गले में वैसे ही बाँहें डालकर कहे, 'कहाँ-कहाँ पोंछोगी माँ, मैं तो आज भीतर तक गीली हुई हूँ...एकदम सराबोर।'

"बिना धूप के यह घोंसला सूखेगा?" मिनी जानती है, माँ को उसके काले, घने और बेहद लम्बे बालों पर बड़ा नाज है, पर नजर न लग जाए इसलिए वे हमेशा उन्हें सिर का बोझ, घोंसला ही कहती हैं।

रात में सोई तो फिर वे ही दृश्य आँखों के सामने तैरने लगे...वही पुलक वही सिहरन। यौवन कब आ गया, उसे नहीं मालूम। पर आज नरेन्द्र की छाती से लगकर, उसके अधरों का स्पर्श पाकर एकाएक लगा-वह युवती हो गई। उस समय नाले का वह वेग, वह बहाव इस समय मिनी के अपने मन में बहने लगा और उसने निर्द्वन्द्व होकर अपने को उसमें छोड़ दिया।

अजीब-सी कशमकश थी वह। एक ओर लग रहा था जैसे समय काटे नहीं कट रहा है और दूसरी ओर सरकता हुआ हर क्षण उसकी धड़कन को बढ़ा देता था। सन्ध्या की उत्कट प्रतीक्षा और सन्ध्या आने की आशंका मात्र से एक विचित्र-सी दहशत। सवेरे से ही तरह-तरह के कामों में मिनी अपने को व्यस्त रख रही थी जिससे उस तनावपूर्ण स्थिति से अपने को मुक्त रख सके। और कुछ समझ में नहीं आया तो जाकर मामा के कमरे को साफ करने लगी।

तभी हाथ में एक चिट्ठी लिये माँ घुसी। मिनी को वहाँ देख एक क्षण ठिठकी, फिर बोली, "दादा, मिनी की बुआ की चिट्ठी आई है। उन्होंने सारी बात कर ली है। तुम एक बार जाकर देख आओ, नहीं तो मैं अपनी ओर से 'हाँ' लिख देती हूँ। फिर मुझे दोष न देना। लिखा है-लड़का क्या है, साक्षात् देवता है..."

मिनी का हाथ जहाँ का तहाँ थम गया। बिना किसी झिझक के माँ के चेहरे पर नजर टिकाकर बोली, "देवता से शादी करके क्या होगा माँ, वह तो पूजा के लिए ही ठीक है।" स्वर में न व्यंग्य था, न परिहास-बस विचित्र-सी दृढ़ता थी।

"पूजा करने जैसा स्वामी मिल जाए, इससे बढ़कर औरत का और क्या भाग्य हो सकता है!"

कहने के साथ ही गिरि अपने में ही खो गई। मिनी को लगा, यह बात माँ ने उससे नहीं, जैसे अपने-आपसे कही है। वह जानती है, बाबा देवपुरुष ही थे। मात्र पाँच साल के विवाहित जीवन में उनके साथ से माँ ने जो पूँजी सहेजी थी,

उसी से वे आज तक अपने को कितना भरा-पूरा समझती हैं। चाहते हुए भी मिनी से इस समय माँ की बात का प्रतिवाद नहीं किया गया।

"दादा, एक बार जाकर देख तो आओ लड़के को?"

किताब में सिर गड़ाए-गड़ाए ही मणि बाबू बोले, "ये मिनी की बुआ शादी-ब्याह की दलाली करती हैं क्या? दो-तीन महीने से एक ही बात की रट..." लेकिन माँ के चेहरे पर नजर पड़ते ही उनकी बात बीच में ही टूट गई। एक क्षण वे अवाक्-से गिरि का तमतमाया चेहरा देखते रहे, फिर सँभलकर बोले, "हाँ-हाँ, जाऊँगा क्यों नहीं, जरूर जाऊँगा, जल्दी ही जाऊँगा। उन्होंने लिखा है कि अच्छा लड़का है तो जरूर अच्छा होगा-मैं खुद देखकर आऊँगा। ठीक तो है, आखिर अब मिनी की बात सोचनी ही होगी।"

माँ चिट्ठी लिये हुए जैसी आई थीं, वैसी ही चली गईं।

मामा की बात का असली आशय समझकर मिनी ने राहत की साँस ली।

मणि बाबू ने फिर उसी तल्लीन भाव से अपने को किताब में डुबो दिया।

मिनी और नरेन्द्र नाले के किनारे-किनारे चलते हुए ठीक उसी जगह आ खड़े हुए जहाँ पेड़ का पुल बना हुआ था। दोनों ठिठके, आँखें मिलीं और फिर हँस पड़े। एक क्षण में ही कल के उन मधुर क्षणों को दोनों ने जैसे फिर से जी लिया। बिना शब्दों का एक मौन समझौता दोनों के बीच हो गया।

"आओ, उधर चलकर बैठें।" कहता हुआ नरेन्द्र आगे बढ़ गया। थोड़ी दूर पर जाकर मिनी ने देखा-घने पेड़ों के झुरमुट के बीच एक खुली जगह में थोड़ी-थोड़ी दूर पर पत्थर की दो बेंचें रखी हैं।

मुग्ध भाव से चारों ओर देखते हुए मिनी बोली, "अरे वाह! इसे तो मैंने कभी देखा ही नहीं।"

"इसे मैंने खासतौर पर अपने लिए तैयार करवाया है। जानती हो, अपनी अधिकतर किताबें मैंने यहीं बैठकर पढ़ी हैं।" फिर हलके से उसके कन्धे पर हाथ रखकर बिठाते हुए कहा, "बैठो।"

मिनी जहाँ-की-तहाँ बैठ गई। बगल में बैठते हुए उसने पूछा, "अच्छा बताओ, माँ कल क्या बहुत नाराज हुईं?"

"नहीं होतीं क्या?" एक तो इतनी देर से लौटी और फिर एकदम तर-बतर होकर।" भवें चढ़ाकर मिनी बोली।

"और तुम क्या करती रहीं रात भर?"

"बाल सुखाती रही।" एक दुष्ट-सी मुस्कराहट उसके होंठों पर फैल गई। वह जानती है कि नरेन्द्र क्या सुनना चाहता है। पर रात भर जो सोचती रही, वह सब तो उसका इतना अपना है कि उसे किसी के साथ भी शेयर नहीं कर सकती-नरेन्द्र के साथ भी नहीं। पर हाँ, नरेन्द्र के मुँह से वैसी ही बात सुनने के लिए उसका मन अधीर होने लगा।

"जानती हो, मैं क्या सोचता रहा?"

मिनी की पलकें उठीं और नजर नरेन्द्र के चेहरे पर टिक गई।

"रात भर यही सोचता रहा कि कल जो कुछ घटा, वह मात्र संयोग है या किसी बात का संकेत?"

मिनी वैसे ही अपलक नरेन्द्र को देखती रही।

"तुम सोच भी नहीं सकतीं कि जिस क्षण मैंने निर्णय लिया कि एक बार फिर मुझे यहाँ लौटकर आना होगा, तुमसे अपने मन की बात कहनी होगी- तब से लेकर यहाँ आने तक कल्पना ही में मैंने कितनी तरह से अपनी बात तुमसे कही है। सुनोगी तो हँसोगी, मैंने बाकायदा अपनी बात कहने के रिहर्सल किए हैं...और हर बार तुम्हारी तरह-तरह की प्रतिक्रियाओं की कल्पना की है।"

मिनी चुप। बस हृदय की धड़कन जैसे कुछ और बढ़ गई।

"पर कैसा विचित्र संयोग था कल का। सब कुछ जैसे मेरे लिए ही सँजोकर रखा गया था। कुछ भी तो नहीं कहना पड़ा।"

मिनी चुप। चेहरे की सुर्खी बढ़ती ही जा रही है।

एकाएक नरेन्द्र ने भाव-विह्वल होकर दोनों हाथ मिनी के कन्धे पर रख दिए और बहुत लाड़ भरे स्वर से मनुहार करते हुए कहा-"तुम भी तो कुछ कहो मिनी!"

मिनी की घनी-लम्बी पलकें नीचे झुक गईं। मन हुआ, कल की तरह फिर वह दोनों बाँहें नरेन्द्र के गले में डालकर उससे चिपट जाए, पर मन के इस दुर्दमनीय आवेग को पैर से मिट्टी खोद-खोद के जैसे-तैसे थामे रही। 'मुझसे कुछ मत पूछो नरेन...निकटता के इन क्षणों को अनकहा ही रहने दो।' पर यह बात भी मन में ही उभरी। होंठों से तो कुछ भी नहीं कहा गया।

कुछ क्षणों को एक मधुर-सा मौन दोनों के बीच छा गया। इस समय दोनों के मन में जो कुछ था, वह शब्दों का मोहताज था भी नहीं, शब्द शायद उस सबको बाँध भी नहीं पाते।

''मिनी, देखो यह क्या है?''

पलकें उठाकर मिनी ने देखा–नरेन्द्र की हथेली पर छोटे-छोटे शंखों की माला फैली हुई थी।

''पुरी से इसे तुम्हारे लिए ही खरीदा था। शंख तो बहुत शुभ होते हैं न। लाओ, इसे तुम्हें पहना दूँ।''

भावुकता में बहती हुई मिनी को एकाएक जैसे होश आ गया। यह सब जो कुछ हो गया या हो रहा है उसका मतलब, उसका परिणाम? वह जानती है या समझ तो सकती है कि जीवन में कभी-कभी कुछ ऐसे क्षण आ सकते हैं, आ जाते हैं जब आदमी सोच-विचार, तर्क-कुतर्क से परे हो जाता है–अपनी भावनाओं के आगे बहुत-बहुत मजबूर, बहुत-बहुत विवश हो जाता है, पर केवल कुछ क्षणों के लिए ही तो। वह भी जैसे सजग हो आई। बहुत धीमे से उसने पूछा, ''तुम जो कुछ भी कर रहे हो उसका मतलब जानते हो, परिणाम जानते हो नरेन दा?'' कहते-कहते वह रुक गई।

नरेन्द्र की नजर में एक हलकी-सी चुभन उभर आई। जैसे मिनी की बात से वह कहीं अपमानित हो आया हो।

''कम-से-कम तुमसे नहीं समझना होगा।'' फिर कुछ रुककर पूछा, ''तुम्हें मुझ पर विश्वास नहीं है?''

मिनी हलके से सकपका गई। नरेन्द्र के चेहरे के भाव, उसके चेहरे पर अंकित संकल्प में अविश्वास की गुंजाइश ही कहाँ है। फिर भी जाने कैसे उसके मुँह से यही निकला, ''विश्वास-अविश्वास की बात नहीं है, पर यह भी सच है कि आदमी को कभी-कभी भावनाओं में बहना अच्छा लगता है। इस तरह की बातें कहना-सुनना उसके मन की एक बहुत बड़ी आवश्यकता बन जाता है, पर इन सबको सच बनाने के लिए...।'' मिनी चुप हो गई।

''चुप क्यों हो गई, बोलो!'' एकटक उसके चेहरे की ओर देखते हुए नरेन्द्र ने कहा।

''बहुत-सी बाधाएँ आ जाती हैं।'' बात समाप्त करते हुए मिनी ने कहा।

''बऽस।'' एकाएक हलका होकर नरेन्द्र हँसा। ''आती होंगी जिनके लिए आती होंगी।'' स्वर में बेहद लापरवाही का पुट देकर नरेन्द्र बोला और आगे बढ़कर मिनी के गले में माला पहनाते हुए कहा, ''बचपन का ही जिद्दी और हठी नरेन्द्र तो केवल इतना जानता है कि एक बार जिसकी वह कामना करता है, उसे पाकर ही रहता है। दुनिया की कोई बाधा उसे रोक नहीं सकती।''

मिनी की पलकें फिर झुक गईं। मन-ही-मन कहा, 'मैं क्या जानती नहीं, नरेन...पर क्या करूँ, मन बार-बार सुनना जो चाहता है कि तुम मेरी कामना करते हो, मैं तुम्हारी काम्य हूँ।'

दोनों हथेलियों में मिनी का चेहरा उठाकर नरेन्द्र ने कहा, "डर तो मुझे तुम्हारा है। मैं वहाँ फाइनल ईयर की तैयारी करता रहूँ और पता लगे कि तुम्हारी माँ और बुआ ने तुम्हारा ठिकाना कहीं और कर दिया!"

मिनी ने नकारात्मक सिर हिला दिया, "मामा तो हैं!"

"हाँ, मामा का ही मुझे भी भरोसा है।" फिर कुछ रुककर बोला, "इस माला को कभी उतारना नहीं मिनी। जिस दिन तुम इसे उतार दोगी, उस दिन मैं समझूँगा, तुमने मुझे अपने से अलग कर दिया, मेरे अधिकार को ठुकरा दिया।"

मिनी चुप।

"जानती हो, कभी ऐसा हुआ तो नरेन्द्र उसे अनहुआ कर देगा।" और हथेलियों में थमे हुए चेहरे पर जरा-सा झुककर उसने हलके से मिनी के माथे को चूमा और छोड़ दिया।

मिनी के लिए अपने आसपास का, बाहर का सभी कुछ लुप्त होने लगा और भीतर-ही-भीतर एक नई दुनिया खुलती चली गई-बहुत मधुर, बहुत रंगीन, बहुत भरी-पूरी। वहाँ न माँ की डाँट पहुँच पाती, न मामा की बहस। किताबों के शब्द भी जैसे बाहर-बाहर ही फिसल जाते। माँ कभी डाँटती तो माँ के गले में हाथ डालकर झूम जाती, 'अच्छा माँ, मैं सचमुच बहुत बुरी हूँ, तुम मुझे प्यार नहीं करतीं?' या कि मामा बहस करते तो उनसे उलझती नहीं, मुस्कराकर कहती, 'तुम जो कहते हो, वही ठीक होगा मामा।' किताब खोलती तो पन्ना खुला ही रहता और सामने शब्द नहीं, दृश्य उभरने लगते और वह उन्हीं में खो जाती। शाम को अकेले छत पर बादलों को निहारना उसे अच्छा लगता। मन होता, रेशमी बादलों के टुकड़ों पर सवार होकर भी चली जाए, कहीं दूर-अनदेखी, अनजानी जगहों में। माँ कभी-कभी टोकती, 'आजकल तुझे हो क्या गया है, मिनी?' तो मिनी एकाएक सजग हो जाती। मामा टोकते नहीं, पर उनकी पैनी नजरों के सामने मिनी और अधिक चौकन्नी हो जाती। कई बार मन होता सब कुछ मामा को जाकर कह दे। बचपन में मामा को घोड़ा बनाकर सवारी करने से लेकर आज तक वह अपनी हर अच्छी-बुरी

बात मामा को ही बताती आई है। पर जाने कैसा संकोच है कि चाहकर भी कह नहीं पाती। नहीं जानती यह मात्र संकोच है या कि अपनी इस निहायत निजी दुनिया में किसी को भी न आने देने की इच्छा। अब से पहले 'इतना अपना' उसका कुछ था ही कहाँ?

"नरेन का पत्र है शायद, देखो तो दवाइयों के लिए कुछ लिखा है।" मामा का स्वर सहज था, फिर भी पत्र लेते हुए मिनी का हाथ क्षण-भर को थरथरा गया। नरेन्द्र का पहला पत्र...मन में ही कहीं से उभरा 'प्रेम-पत्र'। पर मन की सारी धड़कनों पर अंकुश लगाते हुए उसने पत्र वहीं खोला और सरसरी नजर से पढ़कर बड़ी लापरवाही से बोली, "लो, नरेन दा तो यहाँ से जाकर अपने मित्रों के साथ पुरी चले गए, अब लौटकर आए हैं। क्षमायाचना करते हुए लिखा है कि अब तुरन्त ही दवाइयाँ और किताबें भेजने की व्यवस्था कर रहे हैं।"

और फिर जैसे सबकी शंकाओं और सन्देहों पर विरामचिह्न-सा लगाती हुई वह इस तरह अपने कमरे में गई मानो नरेन्द्र का पत्र आना बड़ी ही साधारण-सी बात है। मिनी के लिए उसका कोई महत्त्व नहीं। पर इतने अभिनय के बाद भी उसने मामा की पैनी दृष्टि को अपनी पीठ पर चुभता हुआ महसूस किया।

घर की हर छोटी-बड़ी बात से जुड़ी मिनी अपने-आपमें लिप्त होकर बाहर से एकाएक इतना कट गई कि उसे पता ही नहीं लगा कि कम माँ ने मामा को लड़का देखने जाने के लिए राजी कर लिया। उस दिन जब सवेरे उठकर मिनी अपने कमरे से बाहर आई तो देखा, माँ रसोई में पूड़ियाँ तल रही हैं। उसे आश्चर्य हुआ।

"यह सवेरे-सवेरे पूड़ियाँ किसलिए तल रही हो माँ, कोई आ रहा है क्या?"

"तू उठ गई? चल, जाकर हाथ-मुँह धो, मैं अभी चाय बनाकर लाती हूँ।"

"मेरी बात का जवाब नहीं दिया तुमने।" मिनी वहाँ से हिली भी नहीं।

"कोई जरूरी है कि तेरी हर बात का जवाब दिया ही जाए।" व्यस्त भाव से माँ बोलीं।

"पर आ कौन रहा है, कुछ मालूम तो हो?"

"कोई नहीं आ रहा, मामा जा रहे हैं।"

मिनी एक क्षण को जैसे सकते में आ गई। मन हुआ दौड़कर जाए और मामा को बता दे कि किसी को कहीं जाने की जरूरत नहीं है, उसने अपने बारे में खुद फैसला कर लिया है। उसी आवेश में वह मामा के पास पहुँची, "मामा, तुम कहाँ जा रहे हो?"

मामा ने नजरें मिनी के चेहरे पर टिका दीं। मिनी को लगा–ये नजरें उसे आर–पार भेदकर उसके भीतर का सब कुछ जान लेंगी। पर वह एक क्षण को भी सकुचाई नहीं। अच्छा है, मामा खुद ही सब कुछ जान लें तो।

"गिरि का बहुत आग्रह है कि एक बार कम–से–कम मैं वहाँ हो जरूर आऊँ। आज तक हम इसे अपनी हर बात मानने के लिए मजबूर करते रहे हैं। आज एक बात उसकी भी मान लेते हैं।"

इस बार मिनी ने मामा को चुभती नजरों से देखा...यह मात्र मजबूरी ही है या कि कुछ और। फिर साहस करके बोली, "पर मामा..." शब्द उसके गले में अटकने लगे।

"मैं जानता हूँ मिनी...मैं जानता हूँ। मेरे रहते तुझे चिन्ता करने की आवश्यकता नहीं। गिरि को तसल्ली हो जाएगी, वैसे होगा तो वही, जो तू चाहती है।"

मिनी हलकी हो गई। फिर भी जैसे एक काँटा–सा कहीं गड़ा जरूर रह गया।

मणि बाबू चले गए। गिरि का उत्साह अपने चरम पर पहुँचा हुआ है। दो घंटे की जगह उन्होंने चार घंटे तक पूजा की। चलते–फिरते, उठते–बैठते वे अपने अदृश्य ईश्वर के आगे हाथ जोड़कर कामना कर रही हैं कि दादा उनकी मनोकामना पूरी करके ही लौटें और मिनी है कि मामा के कहे अन्तिम वाक्य को पकड़–पकड़कर अपने को बार–बार आश्वस्त और निश्चिन्त करना चाह रही थी, पर जाने क्या है कि एक अजीब–सा उचाटपन मन पर छाया हुआ है।

विचित्र–सी स्थिति थी। अनजाने और अनकहे ही गिरि का सुख मिनी के दुख के साथ जाकर जुड़ गया था।

दूसरे दिन मामा को आना था। गाड़ी का समय बीत गया, फिर भी मामा नहीं आए तो इतनी देर की भरी हुई मिनी माँ पर ही बरस पड़ी, "जरूर उनकी तबीयत खराब हो गई। अभी इस लायक कहाँ हुए थे कि सफर करते। 'जाओ–जाओ...' करके नाक में दम कर दिया उनकी!" दनदनाती मिनी ऊपर छत पर चली गई।

मिनी की झुँझलाहट से अनभिज्ञ गिरि एक क्षण उसका जाना देखती रही। फिर मुस्कराकर बोली, ''मामा के बिना एक दिन में ही कैसी पगला गई... ससुराल जाकर कैसे रहेगी?''

तीसरे दिन मामा लौट आए–स्वस्थ और प्रसन्न।

''आने में एक दिन की देरी क्यों कर दी दादा?'' हाथ का काम छोड़कर गिरि बाहर आ गई।

''उन लोगों ने रोक लिया तो ठहर गया।''

गिरि ने पुलकित हो बैग लेते हुए पूछा, ''रिश्ता तय कर आए?''

''रिश्ता!'' मामा हँसे। ''कैसी बात करती हो गिरि! अरे, यह भी कोई साग–भाजी है कि गए और खरीद लाए!''

इसके बाद कुछ भी सुनना मिनी ने आवश्यक नहीं समझा। दौड़कर अपने कमरे में गई तो गहरा निःश्वास निकल गया। दो दिन से जिस बोझ के नीचे दबी जा रही थी, इस एक ही वाक्य ने उसे जैसे मुक्त कर दिया। अपने दोनों कान पकड़कर उसने अपने को ही धिक्कारा, 'खबरदार जो आगे से कभी मामा को लेकर मन में संशय पाला तो...' फिर गले में पड़ी हुई उस शंख की माला को चूम लिया और मुस्कुरा उठी।

पिछले तीन–चार महीने से जो आशा गिरि मन में पाले हुए थी, वह जैसे बुझ गई। दो दिन पहले वाला उनका उत्साह ठंडा पड़ गया और वही चिर–परिचित खीज और चिन्ता उसके चेहरे पर छा गई। मिनी माँ का कष्ट समझती जरूर है, पर कभी उसे स्वीकार नहीं पाती। माँ अपनी जिन्दगी कभी नहीं जिएँगी। दूसरे लोग क्या कहेंगे, यही तो उनकी सबसे बड़ी चिन्ता है। वह अच्छी तरह जानती है कि माँ के लिए वह कभी बोझ नहीं बनी, पर दूसरों ने उसे बोझ बता–बताकर माँ के लिए उसे असह्य बना दिया है। लेकिन मामा को क्या हुआ है? जब से आए हैं तब से बस आरामकुर्सी पर बैठे–बैठे चुरुट पीते रहते हैं। कभी–कभी बड़ी देर तक शून्य में ही ताकते रहते हैं, तो कभी–कभी आँखें मूँदकर कहीं गहरे में डूब गए लगते हैं। किताबें मामा के साथ कुछ इस तरह जुड़ी हुई हैं कि उनके बिना मामा की कल्पना तक नहीं की जा सकती। पर उन्हें आए तीन दिन हो गए, उन्होंने शायद एक शब्द भी नहीं पढ़ा। कोई दुविधा है तो मामा उसे बताते क्यों नहीं? वह क्या जानती नहीं कि वह मामा की भानजी ही नहीं, निकटतम मित्र भी है। कई बार वह आगे होकर बात करने के इरादे से मामा के पास गई, पर वे कुछ ऐसी नजरों से उसे देखते हैं, मानो तौल–परख रहे हों। वह भीतर तक बेचैन हो उठती है और बात का सिलसिला

जम नहीं पाता। वह केवल इतना ही कह पाती है? "...मामा, इतना चुरुट मत पीजिए, नुकसान करेगा!"

मामा की उदासी ने सारे घर को उदास बना दिया। मिनी के अपने मन पर उदासी की परतें जमने लगतीं, पर रात में जब सोती तो छाती पर पड़ी हुई वह माला उसकी अँगुलियों से खेलने लगती और वह सब कुछ भूलकर नरेन्द्र के खयालों में खो जाती।

रात के सन्नाटे को चीरती हुई गिरि की चीख ने मिनी को गहरी नींद में भी झकझोर दिया। वह झपटकर बाहर भागी और देखा–मामा बेहोश–से जमीन पर पड़े हैं और भयातुर–सी माँ उन्हें उठाने का उपक्रम कर रही हैं। दिन का दूसरा दौरा...और क्षणांश को जैसे चेतना–शून्य हो गई। पर होश आते ही वह उपचार में जुट गई। उसे खुद नहीं मालूम कैसे उसने आसपास के लोगों को बुलाया, डॉक्टर को बुलाया। ऐसी स्थिति में माँ हमेशा दहशत के मारे अपंग हो जाती हैं। और वह यंत्रवत् काम में जुट जाती है। आज भी यही हुआ। जब होश आया उस समय सवेरे के पाँच बजे थे। डॉक्टर इंजेक्शन लगाकर और न जाने कितने आदेश देकर चला गया था। माँ सहमी–सी मामा के सिरहाने बैठी थीं। शायद अब तक कई बार रो चुकी थीं। मामा सो रहे थे। चेहरा एकदम निर्जीव हो गया था।

शाम तक डॉक्टर दो बार आकर देख गया था। हालत कुछ सँभली थी। रात में मामा ने आँखें खोलीं...अपने काँपते हुए हाथ से मिनी का हाथ थामा। "आप एकदम हिलिए मत।" पर वे धीरे–धीरे उसकी हथेली सहलाते रहे। फिर बहुत धीमी फुसफुसाती आवाज में बोले, "मिनी, तू घनश्याम से शादी करना, वही तेरे लिए सही पात्र है।"

"आप बोलिए मत," मिनी ने केवल शब्द सुने, उनका अर्थ तो एकाएक समझ भी नहीं पाई। पर मामा रुके नहीं, "तेरे मन की बात मैं जानता हूँ। तू नरेन्द्र...वह तुझे प्यार कर सकता है, पर निभा घनश्याम ही सकेगा।" मामा ने तोड़–तोड़कर कहा। उनकी बात सुनने के लिए माँ भी उन पर झुक आई थीं। "...तुम अपनी मंजूरी भेज देना, गिरि...वह सचमुच देवपुरुष ही है।" मामा शायद थक गए और उन्होंने आँखें मूँद लीं।

रात में मणि बाबू को दिल का तीसरा दौरा पड़ा और सारा खेल खत्म। प्राण केवल मणि बाबू के ही नहीं निकले, मिनी खुद निर्जीव होकर अपने कमरे

में आ पड़ी। फिर उसे कुछ नहीं मालूम कि कैसे मातमपुर्सी क़रनेवालों से घर भरा; शोक की क्या-क्या रस्में अदा की गईं...श्राद्ध में क्या हुआ और कितनों ने भोजन किया। जिस मिनी के जीवन का एक-एक क्षण मामा के साथ जुड़ा हुआ था, उसकी आँखों के सामने न मामा का कोई चित्र उभरता है और न कोई शब्द। आँखों के सामने कुछ फैला हुआ है तो सिर्फ घना अन्धकार-एक अनन्त शून्य।

मातम मनाने के लिए आए हुए लोग एक-एक करके लौट गए। रह गई केवल बुआ और उनके बालक-बच्चे। उन्होंने बड़े कौशल से गम के वातावरण को धीरे-धीरे शादी में बदल दिया। जिसके घर में ऐसी जवान बेटी बैठी हो जो शादी की उम्र को बहुत पीछे छोड़ आई हो, उस घर में बहुत अलसाए ढंग से मातम मनाने की गुंजाइश कहाँ रहती है? उनके कहने से चले होते तो चार महीने पहले ही ब्याह हो गया होता। मणि बाबू अपने हाथों ही सब करके जाते, उन्होंने क्या कोई ऐसा-वैसा लड़का बताया था जो इतने दिन पसोपेश में गुजारे...उन्हें क्या मिनी कम प्यारी है...इकलौते भाई की एकमात्र निशानी। उन्होंने माँ की कमर भी कसी और देखते-देखते घर में खाने-पीने की चीजें जुटने लगीं। तब होश आया मिनी को। बुआ मिनी को लेकर प्यार-दुलार की बातें चाहे जितनी करें, उसके रंग-ढंग उन्हें फूटी आँखों नहीं सुहाए थे। घर में कितने लोग आए-गए कितना कामकाज हुआ और जवान लड़की यों आसन-पाटी लेकर पड़ी रहे? यही सिखाया है पढ़ाई-लिखाई और भारी विद्वान मामा ने?

"अब मिनी वह पलंग भी छोड़ेगी या फेरे भी वहीं खाएगी?" उन्होंने तलखी से गिरि से कहा। गिरि की आँखों में आँसू आ गए। धीरे से बोली, "तुम नहीं समझोगी दीदी, मामा में ही तो उसके प्राण बसते थे, उनके बिना वह जी कैसे रही है, मुझे तो यही सोच है!"

"मुझे तो यह सब समझने की जरूरत भी नहीं है भाभी, न शादी के घर में इन बेकार की बातों को सोचने की फुर्सत है। यही सोच क्या कम नहीं कि इस काम को पार कैसे पा सकूँ?" और पार पटकने की बागडोर उन्होंने अपने हाथ में ले ली।

गिरि मिनी के पास आई। सिरहाने बैठकर बहुत कोमल स्वर में बोली, "मिनी, उठ बिटिया। ऐसे कितने दिन रहेगी? चेहरा तो देख अपना, ऐसा ही चेहरा लेकर पराए घर जाएगी?"

एक क्षण को मिनी ने बड़ी उदास और सूनी-सी नजर से माँ को देखा

और फिर एकाएक माँ के गले से लिपटकर फूट पड़ी। इतने दिनों का आवेग जैसे बाँध तोड़कर बह निकला। गिरि की अपनी आँखों में आँसू बहने लगे, फिर भी मिनी को दिलासा देती हुई बोली, "सहना होता है बेटी, बहुत कुछ सहना होता है।"

मिनी का मन हुआ कि कहे, 'जो हो गया उसे तो किसी तरह सहने की हिम्मत जुटाऊँगी, पर जो होने जा रहा है उसे किस तरह सहूँगी माँ?' पर कहा केवल इतना ही गया, "नहीं सहा जाएगा माँ...मुझसे किसी तरह भी नहीं सहा जाएगा।"

लेकिन सहना मिनी को यह भी था। मामा क्या गए, उसकी प्रतिवाद करने की सारी शक्ति ही चली गई। फिर प्रतिवाद करे भी किसका, मामा की अन्तिम इच्छा का? और तब माँ का कहा हुआ एक वाक्य उसे रह-रहकर याद आता-'तुम्हारा यह अतिरिक्त लाड़ ही एक दिन इसके लिए दुख का सबसे बड़ा कारण बनेगा।' यंत्रचालित-सी वह सब करने लगी जो उससे करवाया जाता। सामान्य स्थिति में तो शायद वह बुआ नामधारी जीव को एक क्षण के लिए भी बर्दाश्त नहीं करती, पर इस समय तो सहनशीलता की प्रतिमूर्ति बनी हुई उनकी हर आज्ञा का पालन करती जाती। पर भीतर-ही-भीतर एक दृढ़ संकल्प उसके भीतर उभरने लगा। आखिर एक रात उसने नरेन्द्र को पत्र लिखा। सारी बातें समझाते हुए अन्त में लिखा-'मामा ही मेरी शक्ति थे नरेन। उनके बिना मैं कितनी असहाय, कितनी बेबस हो उठी हूँ, तुम कल्पना नहीं कर सकोगे! पर तुम आ जाओ तो फिर जी उठूँगी। कहोगे तो तुम्हारे साथ चल दूँगी। मामा की अन्तिम इच्छा की उपेक्षा करना आसान नहीं है। पर जानती हूँ जिस तरह आज तक वे मेरी हर छोटी-बड़ी जिद को पूरा करते आए हैं-मेरी हर गलती को माफ करते आए हैं, इसे भी कर देंगे। तुमने कहा था यदि ऐसा कुछ हुआ तो तुम उसे अनहुआ कर दोगे।...तुम्हारी माला मेरे गले में है और यह विश्वास मन में है कि तुम यह सब होने ही नहीं दोगे। मैं तुम्हारी प्रतीक्षा करूँगी, आखिरी क्षण तक तुम्हारी प्रतीक्षा करूँगी!'

और उसके बाद से उसने हर दिन नरेन्द्र की प्रतीक्षा की। पर नरेन्द्र नहीं आया और शादी का दिन आ गया। मेहमानों के बीच जमींदार-परिवार की बड़ी बहू ने बताया, "माँ यहाँ हैं कहाँ, जो आतीं? कलकत्ता में नरेन मामा को बड़ा वाला टाइफाइड जो हुआ है।" सब ओर से हताश मिनी रात भर तरह-तरह के दुःस्वप्न ही देखती रही। कभी दिखता, वह कुएँ में डूब रही है; कभी दिखता, विवाह-मंडप में बैठते ही उसके मुँह से ढेर सारा रक्त बहा जा रहा है

और लोग उसे मंडप से उठाकर ले आए हैं पर दूसरे दिन कहीं कुछ भी तो नहीं हुआ और वह सजी-सजाई मंडप के नीचे आ बैठी। न उमंग, न उल्लास! थी तो केवल एक गहरी वितृष्णा–उस अनदेखे-अनजाने व्यक्ति के प्रति, नरेन्द्र के स्थान पर जिसका अब उस पर अधिकार होने जा रहा है। शुभ दृष्टि के समय उसने आँखें मूँद लीं...जिस व्यक्ति से उसे कोई सरोकार नहीं रखना, उसे देखने का लोभ ही क्यों?

विदा के समय जब उस कुंज के सामने से गुजरी, जहाँ नरेन्द्र ने उसे माला पहनाई थी, तो एक क्षण को आँखों के आगे वह सब कुछ ज्यों का त्यों तैर गया और आँखों से झर-झर करके आँसू झर पड़े। उसने मुट्ठी में माला को कसकर पकड़ लिया।

नया घर, नए लोग और नया जीवन। पर मन में कोई उत्साह नहीं, केवल उदासीनता। कहीं से भी किसी से भी न जुड़ने की एक जिद। लेकिन मिनी ने देखा कि घरवालों के मन में भी इस विवाह का कोई उत्साह नहीं है। बहुत ही सादगी से की गई दो-चार रस्मों के बीच उसने सास को कहते सुना, "हमारे घनश्याम को तो धूमधाम पसन्द नहीं, सो मैंने तो कुछ किया ही नहीं।" पर दो घंटे बाद ही उन्होंने देवरानी और ननद को आदेश दिया, "यह दहेज का सामान कमरे में लगा दो। कुछ करो या नहीं, आस-पास की औरतें तो आए बिना और दहेज देखे बिना मानेंगी नहीं।"

और वे खुद बक्से में से निकालकर कई बार देखी हुई चीजों को एक बार फिर से देख-देखकर पकड़ाने लगीं। सबसे कटी-छटी मिनी गुमसुम एक ओर बैठी थी। न चाहते हुए भी सास-ननद की आलोचना-प्रत्यालोचना के वाक्य टुकड़ो-टुकड़ों में उसके कानों से टकरा रहे थे।

"यह सब क्या हो रहा है माँ, यह नुमाइश किसलिए लग रही है? नहीं-नहीं, यह सब कुछ नहीं होगा। टुकी, सामान समेटकर वापस रखो।"

क्षणांश को मिनी का मन हो आया कि आनेवाले और इस बेहूदी प्रथा का विरोध करनेवाले इस व्यक्ति को एक बार आँख उठाकर देख ही ले, पर नजरें उसने और नीचे झुका लीं।

"नुमाइश कैसी बेटा, पास-पड़ोस की चार औरतें आकर पूछेंगी कि क्या-क्या मिला। मुझे क्या, तुम्हें नहीं पसन्द तो उठवा देती हूँ...यों भी दिखाने जैसा है

ही क्या? टुकी, समेटकर रख दे सब।'' और भुनभुनाती हुई माँ बाहर चली गईं।

सब ओर से निर्लिप्त मिनी का मन भी सास के अन्तिम वाक्य से बुरी तरह तिलमिला गया।

दिन भर अपने को पत्थर-सा बनाए मिनी बैठी रही पर रात में जब उसे सुहागरात के कमरे में अकेला छोड़ा गया तो उसका मन एक विचित्र-सी दहशत से भर गया। नहीं-नहीं, वह किसी की भी पत्नी बनकर नहीं रह सकेगी, नहीं रहेगी। लाख देवपुरुष हो, जो ब्याहकर लाया है, वह अपना अधिकार छोड़ेगा भला? वह उसे पकड़ेगा, उसे बाँहों में लेगा...इस कल्पना मात्र से उसका मन घृणा से भर आया। नहीं-नहीं, वह साफ शब्दों में कह देगी। पर क्या कहेगी, यह वह समझ नहीं पाई। एकाएक एक विचार उसके मन में कौंधा। उसने कमरे के कोने में चटाई बिछाई और दीवाल की ओर मुँह करके लेट गई। समझदार व्यक्ति के लिए यही क्या काफी नहीं है।

जिस व्यक्ति के प्रति सबसे अधिक उपेक्षा-भाव उसके मन में भरा हुआ है, उसकी पदचाप सुनने के लिए ही इस समय उसका रोम-रोम सजग हो रहा है। पर वह खूब अच्छी तरह जानती है कि यह आकुल प्रतीक्षा नहीं-मात्र आशंका है, केवल भय।

तभी लगा, कमरे में कोई घुसा है। दीवार की ओर मुँह किए हुए ही मिनी ने जान लिया कि खाली शय्या और कोने में पड़ी मिनी को देखकर उसके चेहरे पर विस्मय और असमंजस पुत गया है। मिनी के हृदय की धड़कन तक रुक गई। उसने कसकर अपनी माला पकड़ ली मानो अब यही उसकी रक्षा करेगी। लेकिन कोई आहट नहीं, निकट आती कोई पदचाप नहीं।

''तुम जमीन पर सोना पसन्द करती हो तो कम-से-कम गद्दा तो बिछा लो, शरीर दर्द करने लगेगा न।'' एक बहुत ही मुलायम-सा स्वर सन्नाटे को चीरता हुआ कमरे में बिखर गया। मन में जमी सारी घृणा के बावजूद एक बार मिनी का मन हुआ, उसके शरीर की चिन्ता करनेवाले का कम-से-कम एक बार चेहरा तो देख ले। पर वह टस से मस नहीं हुई।

जोर-जबर्दस्ती की बात तो दूर, एक हलका-सा आग्रह तक नहीं। एक गहरा नि:श्वास उसके कलेजे से निकल गया। लगा जैसे एक बहुत बड़ा बोझ था जिससे मुक्त हो गई। पर यह क्या? अपमान-बोध की कौन-सी चुभन उसके मन को वेध रही है? इतनी उपेक्षा! अभी तक मन में केवल घृणा थी। अब क्रोध भी उफनने लगा। मन की सारी भावनाएँ, मन का सारा आवेग आँसुओं में फूट पड़ा। आज नरेन्द्र के साथ उसकी सुहागरात होती तो...जाने

कितने मधुर चित्र आँखों के सामने उभरने लगे...किसी की हथेलियों में थमे हुए अपने चेहरे के बहुत-बहुत निकट उसने किसी का चेहरा महसूस किया और मन पुकार उठा, 'तुम कहाँ हो नरेन...मुझे यहाँ से ले जाओ। इस हुए को अनहुआ कर दो।'

रोते-रोते शायद पिछली रात को ही उसकी आँख लगी। उठी तो कमरे में धूप के आड़े-टेढ़े टुकड़े बिखरे पड़े थे। पति की शय्या खाली थी। एक क्षण के लिए रात का सब कुछ मन में कौंध गया और मन सवेरे की ताजगी में भी अवसाद से भर गया। उसने चटाई उठाई और भारी मन से बाहर निकल आई।

रसोई के बाहर ही सास, ननद और देवरानी में खुसुर-फुसर कुछ चल रहा था। उसे देखते ही तीनों एकाएक चुप हो गईं और तीनों की नजरें एक साथ ही उस पर जम गईं। क्षण-भर को मिनी सिटपिटा गई। उसे लगा, उसके अलग सोने की बात उन तीनों चेहरों पर बहुत साफ रूप से अंकित है। उसे देखते ही सास कुछ व्यस्त भाव से उठते हुए बोलीं, ''देखो कितनी बेला हो गई...अभी तक दो घड़ी माला फेरने का समय तक नहीं निकाल पाई। यह गृहस्थी का जंजाल। हरे राम...हरे राम...'' और वे पूजाघर में चली गईं।

''तुम बैठो दीदी, मैं चाय लेकर आती हूँ।'' और शुभा ने चाय का प्याला लाकर रख दिया।

''तुम लोग क्या पी चुके?'' अकेले चाय पीने में मिनी को बड़ा संकोच मालूम हो रहा था।

''और नहीं तो क्या!'' फिर मुस्कराते हुए बोली, ''तुम शायद बहुत देर से सोईं सो नींद भी देर से ही खुली। आँखें तो अभी तक लाल हैं।''

इस बात को अनसुना करते हुए मिनी ने कहा, ''आओ टुकी, तुम पियो चाय।''

''नहीं, मैं दूध पीती हूँ, पी लिया,'' अक्खड़ ढंग से दिया हुआ जवाब।

''टुकी, देखो तो छोटे दादा की मालिश हो गई हो तो पानी रखवा दो।'' शुभा ने कहा और जब टुकी चली गई तो जरा पास सरककर बड़े रहस्यात्मक ढंग से बोली, ''रात कैसी कटी? पास नहीं सुलाया? दीदी, जेठजी तो ठहरे संन्यासी आदमी। न हो तो तुम्हीं पहल कर लेना।'' और हँस दी। अपमान और क्रोध से मिनी का मन सुलग उठा। उसने जिस प्रकार चुभती नजरों से देवरानी को देखा, वही उसे चुप करवाने को काफी था। मिनी उठकर अपने कमरे में आ गई। उस समय भरसक रोके हुए आँसू कमरे में आते ही

छलछला आते। उसने गले में पड़ी माला को कसकर मुट्ठी में बन्द कर लिया।

दो-तीन दिनों में ही एक-दूसरे को देखने-परखने और अपनी-अपनी स्थिति को अच्छी तरह समझने का काम खत्म हो गया। मिनी ने समझ लिया कि पति को लेकर उसके अपने मन में ही विरक्ति नहीं है, सारा परिवार ही उस व्यक्ति के प्रति विरक्त और उदासीन है। वह एक तरह से निश्चिन्त हो गई। कम-से-कम पति की सेवा करने या उससे अनुरक्त होने का आग्रह या प्रयत्न इधर से कोई नहीं करने जा रहा है। उसके पति से अलग रहने की बात से परिवार में परेशानी या चिन्ता किसी को नहीं है...अगर कुछ है तो सन्तोष और प्रसन्नता।

मिनी क्या करे? न वह इस घर से जुड़ पा रही है, न घरवालों से। मन करता है, चुपचाप इस कमरे में ही बैठी रहे। अपने अतीत से चिपकी-चिपकी ही अपना वर्तमान काट दे। पर भरे घर में वह अलगाव कितने दिन चल सकता था भला? एक दिन सास ने ही आकर कहा, ''बड़ी बहू, यों कमरे में सारे दिन बैठे-बैठे तुम्हारा जी नहीं घबड़ाता? बाहर आकर बैठा करो। फिर यों भी अब इस घर का काम-धाम समझो-सँभालो।'' दूसरे दिन वह बाहर जाकर जरूर बैठ गई, पर घर का काम समझने-सँभालने की कोई इच्छा उसके मन में नहीं थी। माँ पूजाघर में थीं और शुभा सरौता लेकर सुपारी काट रही थी। टुकी एक भगोने में मसाला-मूड़ी तैयार कर रही थी। एक मसाला डालती फिर चखती तब दूसरा डालती। इतने में देबू बाहर से चिल्लाया हुआ आया, ''माँ...ओ माँ...ओ सौदा-सुलुफ सँभालो।'' और उसने दो-तीन भरे हुए थैले अपने सिर और कन्धे पर से उतारे।

''हे राम, मुझे कोई दो घड़ी भी पूजा न करने देगा इस घर में।'' हाथ में माला लिये-लिये ही माँ पूजाघर से निकलीं, ''क्यों रे देबू, तुझे भी यही समय मिला है आने का। थोड़ी देर से नहीं आ सकता था।''

''देर से कैसे आता? दुकान पर नहीं बैठना है! बड़े बाबू को तो वसूली के लिए जाना है आज।''

''मेरा महावर ले आए न देबू!'' मसाला-मूड़ी चबाते-चबाते टुकी ने पूछा।

''ले आया...ले आया। तुम्हारी चीज भूलकर मुझे मरना था दीदी!'' खी-खी करके टुकी हँस पड़ी।

''मेरे पान और किमाम?'' शुभा ने पूछा।

"हाँ, वह भी ले आया। पर किमाम बहुत तेज हो गया। बहुत जास्ती दाम लिया। पर है बढ़िया, असली, लखनऊ का।"

माँ एक-एक चीज देख-परखकर रखती जा रही थीं। कुछ सामान घर का था, कुछ निजी फरमाइशों का। न चाहते हुए भी मिनी का ध्यान गया कि अगर किसी के लिए कोई भी चीज नहीं है तो सिर्फ घनश्याम के लिए। शायद उसकी कोई फरमाइश ही नहीं रहती, या कि उसकी जरूरत का किसी को ध्यान ही नहीं रहता।

"यह क्या, अखिल का बादाम रोगन नहीं लाया?"

"ओ माँ!" दोनों कानों पर हाथ रखकर देबू बोला, "वह तो मैं एकदम भूल ही गया!"

"जरूरी चीज तुझे कभी याद रही है? अब बोल तो, शाम को उसके सिर की मालिश किससे होगी? दिन भर आदमी दिमागी काम करके आए तो शाम को दो बूँद बादाम रोगन नहीं जरूरी होता सिर के लिए? पर नहीं...किसी को चिन्ता नहीं..."

"शाम तक मैं जरूर भिजवा दूँगा। जैसे भी होगा, भिजवा दूँगा।" और उसने धोती की अंटी से कुछ नोट और पैसे माँ के हाथ में थमाए। वह चलने लगा तो माँ ने याद दिलाया, "घनश्याम से कह देना, ढिलाई नहीं करे वसूली में।" फिर शुभा की ओर देखकर बोलीं-"तुम लोग सामान साफ-सूफ करो। मैं जरा अपनी पूजा खत्म कर लूँ।"

माँ पूजाघर में घुस गईं। टुकी पैरों में महावर लगाने बैठ गई। दस मिनट भी नहीं हुए थे कि सिर पर घास की बोरी रखे ग्वाला आ खड़ा हुआ।

"ये चारे की कुट्टी लाया हूँ।"

मिनी ने शुभा से कहा, "माँ पूजा कर रही हैं तो इसे बाद में आने को कह दो।" पर वह वाक्य भी पूरा नहीं कर पाई कि माँ निकल आईं, "कौन आया रे...? कुट्टी लाया है? कितनी बोरी हुई?"

"दो बोरी लाया हूँ।"

"क्यों, बाकी चारा क्या हुआ?" माँ की त्योरियाँ चढ़ गईं।

"...वो बड़े बाबू ने जमादार को दिलवा दिया। उसके जानवर भूखे मर रहे थे।"

"तो हमने क्या ठेका ले रखा है सबके जानवरों का? कितनी बार कहा घनश्याम से कि यों दोनों हाथ से घर न लुटाया करो और तेरी अक्ल क्या चरने गई थी? बड़े बाबू ने कहा तो सुन लेता...देने की क्या जरूरत थी? जाकर अपना

चारा वापस ले आना। कहना, माँ ने मना किया है देने को।" और एकाएक नजर मिनी पर पड़ते ही लहजा बदलकर बोलीं, "देखती हो बहू, मेरे इस भोले शंकर को। ऐसे में कोई गृहस्थी चला सकता है भला! नहीं...नहीं, बहुत हो गया, अब यह सब मेरे बस का नहीं। इतनी बड़ी उमर की बहू घर आ रही है, यह जानकर ही मैंने तो चैन की साँस ली...अब तुम्हीं अपना घर सँभालो, तो मुझे भी अपने भजन-पूजन के लिए छुट्टी मिले। हरे राम...हरे राम..." करती हुईं वे बड़े खिन्न मन से फिर पूजाघर में चली गईं।

उनकी खिन्नता दो बोरी चारे को लेकर थी या गृहस्थी के जंजाल में फँसे रहने को लेकर, मिनी जान नहीं पाई।

पर इतना मिनी जान गई कि बात-बात में घर सँभालने की धमकी देनेवाली माँ इस घर में एक तिनका भर अधिकार भी किसी को नहीं दे सकतीं। यों तो उसने निश्चय ही कर लिया है कि इस घर से और घरवालों से वह एकदम विरक्त होकर ही रहेगी। पर वह क्या करे? उसके आँखें हैं सो सब कुछ दिखाई देता है, कान हैं सो सब कुछ सुनाई भी देता है और सबसे ऊपर है एक तीक्ष्ण बुद्धि जो बातों और स्थितियों के भीतरी अर्थ तक सहज ही चली जाती है। न चाहते हुए भी जैसे उसने जान लिया कि उसका पति इस घर का भर्ता चाहे हो, कर्ता कतई नहीं है। पल्ले में चाबियों का बड़ा-सा गुच्छा बाँधे, अपनी अँगुलियों के इशारे पर सारे घर को नचानेवाली सास ही असली कर्ता हैं-गृहस्वामिनी। उनकी इच्छा और आदेश के बिना इस घर में एक पत्ता भी नहीं हिल सकता। और घर का सबसे अधिक उपेक्षित और तिरस्कृत पात्र है उसका अपना पति। उस दिन पहली बार उसका मन उस अनदेखे, अनचाहे पति के प्रति करुणा से भर उठा।

दिन तो मिनी जैसे-तैसे काट लेती, पर शाम होते ही उसका सिर भारी होने लगता। पता नहीं पीड़ा सिर में होती थी या मन में। उसकी छत, उसका बगीचा, हरसिंगार के पेड़...कितना कुछ है जो मन में कौंधने लगता और रात तक तो सिर का दर्द इतना बढ़ जाता कि वह अपने कमरे में जाकर आँखें मूँदकर लेट जाती। उस दिन गर्मी काफी थी। बड़ी देर तक करवटें बदलते-बदलते कब उसकी झपकी लग गई, उसे पता नहीं। अचानक शरीर से किसी चीज के टकराने से उसकी आँख खुल गई। देखा, पति सिरहाने बैठकर पंखा झल रहे हैं।

पलक झपकते ही वह उठ बैठी। अचानक मुँह से निकल गया, "यह क्या कर रहे हो?" मन में कहीं कौंधा, पति से प्रथम सम्भाषण।

"उठो नहीं, लेटी रहो। नींद उचट जाएगी तो फिर सिर दर्द करने लगेगा।"

मिनी की आँखें उठीं और पति के चेहरे पर टिक गईं। पहली बार उसने पति का चेहरा इतने निकट से देखा...कैसी सौम्य आभा और निर्मल हँसी। आक्षेप, आरोप, उलाहना या व्यंग्य कहीं भी तो कुछ नहीं। न चाहते हुए भी मिनी पूछ बैठी, "पर तुमको कैसे मालूम कि मेरे सिर में दर्द है?"

घनश्याम हँसे, "तुम्हारी तकलीफ की बात मैं नहीं जानूँगा भला!" कोशिश करके भी मिनी अपनी नजरें वहाँ से हटा नहीं सकी।

"जब तुम्हारी नींद उचट ही गई तो लाओ सिर पर बाम लगा दूँ।" और बाम लगाकर घनश्याम ने सहारा देकर उसे लिटा दिया और हलके-हलके बाम मलने लगा। मिनी न तो मुक्त मन से इस दुलार को स्वीकार ही कर पाई और न ही इसका प्रतिवाद कर सकी। सवेरे उठी तो रात का सब कुछ एक क्षण को आँखों के सामने से गुजर गया। सचमुच क्या वह सब उसी के साथ हुआ? पर मेज पर रखी बाम की शीशी के सामने अविश्वास की कोई गुंजाइश नहीं थी। हाथ-मुँह धोकर वह ड्रेसिंग टेबल के सामने खड़ी हुई तो नजर गले में पड़ी मोतियों की माला के साथ गुँथ गई। और साथ ही मन की किसी परत पर नरेन्द्र का चेहरा तैर गया। पर आश्चर्य, उसी के साथ एक हलकी-सी आकृति और उभरी और मिट गई। मिनी ड्रेसिंग टेबल पर से हट गई।

शाम को पतिदेव की आवाज सुनकर बाहर बरामदे में बैठी मिनी जरा ओट में सरक गई। बाहर से आकर वे नौकर को आवाज दे रहे थे, "बंकू, जरा हाथ-पैर धोने का पानी तो ले आ।"

"आया।" घर के किसी कोने में से नौकर की आवाज तो आई, पर बंकू नहीं आया। उन्होंने खटिया पर सिलाई करती बहिन को कहा, "टुकी, जरा तू ही पानी दे दे।"

"देख नहीं रहे दादा, जो हाथ जरा भी खाली हो।"

तभी दरवाजे से ही शोर मचाता देवर अखिल घुसा। घर के किसी अदृश्य कोने से बंकू एकाएक प्रकट होकर अखिल के जूते-मोजे उतारने लगा कि मिनी हैरत में पड़ गई। भंडारघर से ही माँ की आवाज गूँजी, "टुकी, अखिल की चाय का पानी चढ़ा दे...ये सिलाई-कढ़ाई बाद में करती रहना।" और टुकी यंत्रचालित-सी रसोई में पहुँच गई। घनश्याम जहाँ खड़ा था वहीं खड़ा रह गया।

माँ हाथ में नाश्ते की प्लेट लिये निकलीं तो बोला, ''माँ, किसी से कहकर पानी रखवा दो, जरा हाथ-मुँह धो लूँ।'' स्वर में क्रोध का कहीं लेश भी नहीं।

''वह जो बाल्टी भरी रखी है, उधर जाकर ही धो लो बेटा। किसी का भी हाथ खाली दिखे तो तुम्हीं कह दो न।'' फिर स्वर में जाने कैसा व्यंग्य घोलकर बोलीं, ''अपने इन छोटे-मोटे कामों के लिए तो तुम बहू से भी कह सकते हो, बेटा। आखिर अब और कितने दिन तक नई बहू बनकर बैठी रहेगी?''

इतनी ज्यादती, इतना अन्याय, ऐसा अपमान! गुस्से के मारे मिनी का रोम-रोम सुलगने लगा। तमककर वह उठी और बाल्टी उठाकर पति की ओर चली, पर घनश्याम ने आकर बीच में बाल्टी थाम ली, ''अरे-रे...तुम क्यों बाल्टी उठाती हो, मैं खुद उधर जाकर ही धो लूँगा।''

एक क्षण को फिर दोनों की आँखें मिल गईं। पर जल्दी से पलटकर मिनी जैसे आई थी, वैसे ही लौट गई। स्वभाव से ही मुँहफट और हर छोटे-बड़े अन्याय का विरोध करनेवाली मिनी का मन किसी पर भी बुरी तरह बरस पड़ने के लिए अकुलाने लगा। उसने मन-ही-मन तय कर लिया कि वह एक दिन के लिए भी न अन्याय बर्दाश्त करेगी, न अपमान।

कोई घंटे भर बाद ही शुभा कहीं बाहर से लौटकर आई और माँ के हाथ में अपने सोने के कड़े थमाते हुए बोली, ''माँ, इसे अलमारी में रख लो।''

कड़े लेते हुए माँ ने मिनी से कहा, ''बड़ी बहू, तुम तो कुछ पहनती ही नहीं। उमर तो नहीं है नई बहू की, फिर भी ब्याह तो अभी ही हुआ है...कुछ दिन तो पहन लो जेवर।''

मिनी भीतर तक कट गई, फिर भी अपने को भरसक संयत रखकर बोली, ''मुझे शौक नहीं जेवर पहनने का।''

''अच्छा-अच्छा! देखो बेटी, वैसे तो ज्यादा कुछ नहीं है तुम्हारे पास, पर फिर भी जो दो-चार चीजें हैं उन्हें मेरी अलमारी में रखवा दो तो ज्यादा अच्छा। नौकर-चाकर भी हैं और भरे घर में चार जनों का आना-जाना लगा ही रहता है।'' माँ की हर बात में एक डंका रहता ही है-उसकी उम्र को लेकर या लेने-देने को लेकर। मिनी तिलमिला गई। उतने ही उपेक्षा-भाव से बोली, ''माँ, तुम तो सारी गृहस्थी सँभलवाना चाहती हो, कम-से-कम दो-चार चीजें तो सँभालना सीख लूँ।'' और मिनी सास पर हुई प्रतिक्रिया देखने तक के लिए भी नहीं रुकी। सीधा अपने कमरे में आ गई। हाँ, देवरानी का एक वाक्य जरूर उसके कानों से टकराया, 'माँ बूढ़ा तोता राम-राम नहीं सीखेगा।'

मिनी की बात और उसके व्यवहार से हतप्रभ हो आई माँ एकटक उधर ही देखती रहीं।

युद्ध ठन गया था और दोनों ने जैसे अपने-अपने मोर्चे सँभाल लिये थे।

पर कमरे में आकर मिनी का मन बेहद खिन्न हो आया। कैसे इस घर में वह जिन्दगी काटेगी? उसे अपना घर याद आने लगा, माँ से मिलने के लिए मन छटपटाने लगा। और रात में पति सोने के लिए आए, तब तक वह अपने अतीत से इस तरह जुड़ गई कि पति का कल का स्नेहपूर्ण व्यवहार तक याद न रहा। आँख खोलकर पति की ओर देखने तक की इच्छा भी उसकी नहीं हुई। आँखें मूँदे ही वह जमीन पर पड़ी रही।

''तुमको अलग सोने की आदत है तो कमरे में एक पलंग की व्यवस्था भी तो की जा सकती है। नीचे सोकर तो जरूर किसी दिन बीमार पड़ोगी।'' वही कल वाला कोमल स्वर।

मिनी उठी, एक क्षण पति के चेहरे की ओर देखती रही। फिर बड़े याचना भरे स्वर में बोली, ''तुम मेरे लिए एक अलग कमरे की व्यवस्था नहीं करवा सकते?''

''छी-छी, कैसी बातें करती हो? सारे घर के लोग क्या कहेंगे?'' मिनी चुप।

''लगता है, छाती पर कोई बहुत बड़ा बोझ लिये हो। कह दो, कहने से ही मन हलका होता है।''

मिनी क्या कहे? कौन समझेगा उसके बोझ को, कौन हलका करेगा? बस, भीतर-ही-भीतर जाने कैसा आवेग-सा उमड़ने लगा कि आँखें छलछला आईं। उसने आँखें मूँद लीं और चुपचाप लेट गई। थोड़ी देर बाद उसने सुना-

''नीचे सोने की जिद है तो आओ, इधर मैंने तुम्हारे लिए बिस्तर बिछा दिया है। कम-से-कम जमीन पर तो मत सोओ।'' पर मिनी न हिली, न डुली। तभी अपने कन्धे पर मिनी ने घनश्याम का स्नेहिल स्पर्श महसूस किया। वह भीतर तक सिहर उठी।

''चलो उठो, नहीं तो उठाकर उधर लिटा दूँगा।''

खट् से दृश्य बदल गया और इतनी देर के थमे आँसू बाँध तोड़कर बह चले। मन हुआ कहे, 'तुम मत इतना लाड़-दुलार दिखलाओ। मुझे अपने में ही सिकुड़ी रहने दो।' पर इसके साथ ही उसका मन ही जैसे उससे पूछने लगा, 'इस निरीह व्यक्ति ने क्या किया है? किस अपराध की सजा तुम इसे दे रही हो?'

सवेरे अखिल जब तक ऑफिस नहीं चला जाता, घर में एक हंगामा-सा मचा रहता है। किसी गीत की पंक्तियाँ जोर-जोर से गाकर अखिल उस शोर-शराबे को और ज्यादा बढ़ा देता। उस दिन भी मधु (छोटा नौकर) उसकी मालिश कर रहा था। शुभा ऑफिस में ले जाने के लिए उसकी पान की डिबिया तैयार कर रही थी। माँ कोई नाश्ता बना रही थीं। टुकी हथेली में चूरण चाट रही थी। अखिल ने पूछा, ''टुकी, मेरे कपड़े तैयार हो गए?''

''नहीं।''

''कपड़े प्रेस नहीं किए अभी तक तो मैं पहनकर क्या जाऊँगा? जब देखो तब कुछ न कुछ खाती रहती है। तभी तो यह मुटापा कम नहीं होता।''

''मुझसे नहीं प्रेस होते तुम्हारे कपड़े। करवा लो छोटी भाभी से। हाँ नहीं तो।'' चिढ़कर टुकी बोली।

''देख रही हो माँ, कैसी जबान चलने लगी है इस टुकी की। तुम इसे कुछ कहती ही नहीं।''

पर माँ ने उस समय टुकी को कुछ नहीं कहा। कहा घनश्याम को, ''बेटा घनश्याम, तुम्हारी तो अब शादी हो गई, पर टुकी की शादी की भी कुछ चिन्ता कर रहे हो या नहीं?''

''चाचाजी को चिट्ठी तो लिखी है। देखो क्या जवाब आता है!''

''नहीं-नहीं, ऐसे हाथ पर हाथ धरकर बैठने से तो काम नहीं चलेगा बेटा, कुछ भाग-दौड़ करनी पड़ेगी। मेरी तो समझ में नहीं आता कि इतनी बड़ी कुँवारी बहिन के रहते तुम्हे नींद कैसे आती है! मैं तो रात-रात भर सो नहीं पाती। तुम्हीं बड़े हो, यह जिम्मेदारी तो तुम्हें ही निभानी पड़ेगी।''

और जब घनश्याम चला गया तो माँ ने मिनी से कहा, ''बड़ी बहू, तुम्हारे गाँव में नहीं है कोई लड़का, जिससे टुकी की बात चलाई जा सके? आखिर दो-चार अच्छे लड़के तो वहाँ भी होंगे ही।''

''मैं तो किसी को जानती नहीं माँ।'' और फिर एक क्षण रुककर बोली, ''जब तक शादी नहीं होती तब तक इन्हें पढ़ने के लिए क्यों नहीं डाल देतीं? सारे दिन खाली बैठे-बैठे...''

''कैसी बात करती हो बहू? अब पढ़ाकर क्या करना है? पन्द्रह साल पूरे हुए। इन सर्दियों में जैसे भी हो, इसकी शादी का जुगाड़ करना है।''

मिनी चुप रह गई। लेकिन दोपहर में टुकी को अपने कमरे में बुलाकर उसने कहा, ''टुकी, तुम पढ़ोगी?''

''नहीं।''

"क्यों? पढ़ने से तो बहुत-सी बातें आती हैं...।"

"मेरा मन नहीं लगता। स्कूल भी मुझे अच्छा नहीं लगता था।"

"अच्छा, मेरे पास पढ़ोगी? कहानी की किताबें...मेरे पास बहुत-सी किताबें हैं, अच्छी-अच्छी..."

"नहीं।"

"क्यों, कहानी की किताब पढ़ना भी तुम्हें अच्छा नहीं लगता?"

"नहीं!" और टुकी भाग गई।

दूसरे दिन मिनी खाना-पीना खत्म करके अपने कमरे में ही आकर बैठ गई। उसने एक किताब निकाली और पढ़ने लगी। यहाँ आने के बाद उसका पढ़ना तो बिलकुल ही छूट गया। उसने तय कर लिया कि वह घर के प्रपंच में पड़ेगी ही नहीं। पर तभी शुभा आई और एक उड़ती-सी नजर उसके कमरे में डालकर बोली, "यहाँ बैठी क्या कर रही हो दीदी, मेरे कमरे में चलो न!"

मिनी इस आकस्मिक निमंत्रण का कारण नहीं समझ सकी। किताब बन्द करती हुई बोली, "यहीं बैठो न!"

"नहीं-नहीं, मेरे कमरे में चलो, वहाँ पंखा भी है।" और हाथ पकड़कर एक तरह से खींचती हुई वह मिनी को अपने कमरे में ले गई।

पर्दा डालकर मिनी को भीतर लेते हुए शुभा ने खुद अपने कमरे को चारों ओर से इस प्रकार देखा जैसे पहली बार देख रही हो। मिनी ने भी एक उड़ती-सी नजर कमरे पर डाली-साज-सामान से लक-दक कमरा। रुचि चाहे न हो, पर वैभव का प्रदर्शन...क्षणांश के लिए उसकी नजरों में अपना काम घूम गया-एक पुरानी-सी दरी, एक पुरानी-सी मेज। दीवार में बनी बिना दरवाजों की अलमारी में रखे घनश्याम के चार-छह जोड़ी कपड़े। उस सबके बीच निहायत ही बेमेल-सा लगनेवाला दहेज में मिला पलंग और अलमारी।

"दीदी, ये तो इतने शौकीन हैं कि पूछो ही मत। रहने का शौक, कपड़े का शौक, खाने का शौक और क्या बताऊँ...।" और बड़ी ही रहस्यात्मक सी हँसी उसके चेहरे पर फैल गई। "बड़े सेंट-सुंट ला रखे हैं। रात में न लगाऊँ तो बस, परेशान कर डालते हैं।" सन्तोष और गर्व से शुभा का चेहरा चमकने लगा।

पर मिनी चुप। एक विचित्र-सी वितृष्णा उसके मन में उभरने लगी। "और बड़े दादा एकदम उलटे। तुम्हें तो संन्यासिनी बनकर ही रहना होगा उनके साथ..."

मिनी चुप।

"दादा भी क्या करें, कभी शहर में तो रहे नहीं! ये तो कलकत्ता रहकर पढ़े हैं। हॉस्टल में थे। शहर में रहकर तो आदमी का रखरखाव ही बदल जाता है।"

मिनी को लगा, शुभा के पास उसे पराजित करने के जितने भी अस्त्र हैं, आज वह उन सभी का प्रयोग करके रहेगी। उसे यहाँ खींचकर लाए जाने का रहस्य भी उसकी समझ में आ गया। पर वह न उसके वैभव से चकित हुई और न उसके पति की महानता से पराजित। बस निहायत ही भाव-शून्य-सा चेहरा लिये मिनी शुभा के हाथ में बँधे गंडे-तावीज देखती रही।

"यह हाथ में तुमने इतना सब क्या बाँध रखा है?" मिनी ने पूछा।

शुभा एकाएक झेंप गई। फिर कुछ सकुचाते हुए बोली, "माँ ने बँधवाए हैं। शादी को तीन साल हो गए पर...।" कहते हुए शुभा का कुछ देर पहले वाला विजयोल्लसित स्वर बुझ-सा गया। पर फिर एकाएक पास आकर बोली, "तुम कहो तो बड़े दादा को बस में करने का एक मंत्र माँ से कहकर तुम्हारे भी बनवा दूँ।" और फिर वह ऐसे व्यंग्यात्मक ढंग से मुस्कुराई कि मिनी भीतर तक अपमानित हो उठी।

"तुमने क्या गंडे-तावीज से ही अखिल बाबू को बस में कर रखा है?" और एकाएक ही उठते हुए बोली, "अच्छा अब चलूँगी।" और 'थोड़ी देर तो रुकिए न' के आग्रह को अनसुना करती हुई वह अपने कमरे में लौट आई।

कमरे में घुसते ही कमरे की दयनीयता और दरिद्रता नए सिरे से उसके मन में चुभी। पर इससे भी अधिक तीखी और गहरी चुभन मिनी को भीतर-ही-भीतर तिलमिलाए दे रही थी–घनश्याम के प्रति घरवालों का इतना अन्याय।

एक ही घर में दो भाई। एक की हाजिरी बजाने और उसके लिए सुख-सुविधाएँ जुटाने को सारा घर लगा हुआ है तो दूसरा कब खाता है, क्या खाता है–यह देखने की भी किसी को फुर्सत नहीं। वह रात-दिन इस घर के लिए खटता है, पर उसके लिए दो क्षण भी खटने को कोई तैयार नहीं। और मिनी ने आकर ही क्या किया? घनश्याम के प्रति अपनी बेरुखी और उदासीनता से सास-ननद को सब कुछ करने की छूट नहीं दे दी? एकाएक उसे लगा जैसे रात-दिन होनेवाले इस अन्याय में उसका भी कहीं हाथ है। और यह खयाल आते ही उसका अपना मन ही उसे धिक्कारने लगा। अनायास ही उसकी आँखों

में आँसू आ गए। नहीं, घरवालों के इस अन्याय को वह अब एक दिन भी बर्दाश्त नहीं करेगी।

उस दिन सवेरे-सवेरे मिनी तरकारी काट रही थी और सास अखिल के लिए चाय बना रही थी। तभी पतिदेव की आवाज सुनाई दी, "माँ, कुछ खाने को दे सको तो अच्छा हो। आज मुझे अभी ही जाना है और लौटने में शायद रात हो जाए।"

सास का हाथ जहाँ-का-तहाँ रुक गया। स्वर में बड़ी बेबसी-सी घोलकर बोलीं, "इस समय खाने को क्या दूँगी बेटा? जल्दी जाना था तो पहले से बोलकर रखना था न?"

"अच्छा-अच्छा माँ, ठीक है। कोई बात नहीं, मैं वैसे ही चला जाता हूँ।" और वह जैसे आया था वैसे ही लौट पड़ा। पर मिनी के लिए बैठा रहना असम्भव हो गया। तरकारी जहाँ-की-तहाँ छोड़कर सास के पास आकर उसने पूछा, "माँ कल वाले रसगुल्ले क्या हुए?"

चेहरे पर अपार विस्मय पोतकर सास बोलीं, "कैसे रसगुल्ले...कौन लाया था रसगुल्ले भला?" मिनी आज चुप रहनेवाली नहीं थी, "क्यों, कल बोस परिवार के यहाँ से प्लेट भरकर रसगुल्ले आए थे, उसमें से क्या दो-चार भी नहीं बचे?"

"कैसी बातें करती हो बहू,...वे थे ही कितने? कल ही सब खत्म नहीं हो गए?"

"पर मैंने तो कल भी इनकी थाली में एक रसगुल्ला तक नहीं देखा।"

"इतनी ही खोज-बीन रखनी है बहू तो घनश्याम का खाना-पीना तुम अपने ही हाथों क्यों नहीं करतीं? वह बेचारा भी तो जाने कि उसकी बहू आई है।"

तरकारी-छुरी जहाँ-की-तहाँ छोड़कर मिनी दनदनाती हुई कमरे में आ गई। अपमान से उसका चेहरा स्याह हो गया।

दोपहर में ननद ने आकर कहा, "भाभी, चलकर खाना खा लो।"

"मुझे भूख नहीं है, तुम लोग खा लो।" किताब पढ़ते-पढ़ते ही मिनी ने जवाब दिया। थोड़ी देर में ननद फिर आई, बोली, "माँ तुम्हें उधर बुला रही हैं।" बड़े अनमने ढंग से मिनी उठी और भीतर गई। देखा, सास-देवरानी उसकी प्रतीक्षा में बैठी हैं।

"तुम खा क्यों नहीं रहीं बहू, क्या हुआ?" त्यद्महारी पर तीन-चार बल डालकर सास ने पूछा, "कहा न, मुझे भूख नहीं है। आप लोग खा लीजिए।"

"आखिर भूख न होने का कारण?"

"तुम समझती क्यों नहीं माँ, आज जेठ जी बिना खाए गए हैं, दीदी कैसे खा लेंगी भला?" व्यंग्य-सना परिहास करते हुए देवरानी बोली।

"यह तुमने कौन-सा नया ढंग निकाला है, बहू?" जाती हुई मिनी पलटकर खड़ी हो गई। तीखी नजर से उसने उन सबकी ओर देखा। बहुत सह लिया। अब और एक बात भी वह नहीं सहेगी। इन लोगों ने उसे घनश्याम समझ लिया है जो उलटा-सीधा सब कुछ कहती चलेंगी?

"इसमें नए ढंग की क्या बात है माँ...तुम क्या पिताजी से पहले ही खा लिया करती थीं?" और दनदनाती हुई मिनी अपने कमरे में आ गई।

आज पहली बार मिनी का मन हुआ कि पति भी इस बात को जान लें कि वह सवेरे से भूखी-प्यासी बैठी है-केवल इसलिए कि वह सवेरे घर से भूखा गया था।

हमेशा की तरह काफी रात गए जब घनश्याम आया तो मिनी को जगता हुआ देख उसे आश्चर्य हुआ।

"यह क्या, तुम सोईं नहीं?"

"ऐंऽ" उसने चौंककर किताब बन्द करते हुए इस तरह कहा जैसे उसे समय का ध्यान ही नहीं रहा हो। "तुमने क्या आज माँ से झगड़ा किया था?"

कुछ और सुनने को आतुर उसका मन पूछ बैठा, "जिसने झगड़े की बात कही, उसने मेरे खिलाफ और जो कुछ कहा हो वह सब भी बता दो। मैं भी जान तो लूँ!"

"खिलाफ कौन कहेगा?" चेहरे पर वही निर्मल मुस्कान। फिर बहुत लाड़ भरे स्वर में बोले, "पर इन छोटी-छोटी बातों को लेकर झगड़ते नहीं मिनी! तुम तो बहुत पढ़ी-लिखी हो, समझदार भी।"

"यही बात तुम अपनी माँ से कहो तो क्या ज्यादा अच्छा न होगा?" गुस्से से मिनी ने कहा।

घनश्याम मुस्कुराया। नजरें मिनी के चेहरे पर टिकाकर बोला, "जिस पर अपना सबसे अधिक जोर होता है, उसी से तो कुछ कहा जा सकता है मिनी!"

पता नहीं पति के मुँह से पहली बार अपना नाम सुनकर या कि उस बात में ही अपनत्व की ऐसी गन्ध थी कि मिनी के मन का पत्थर बना हुआ एक हिस्सा अचानक ही कहीं से दरक गया। उसका मन बहने-बहने को हो आया।

रात में सोई तो मन बार-बार पूछने लगा, 'अपना जोर जताने क्या एक बार भी घनश्याम उसके पास नहीं आएगा? पर घनश्याम चैतन्य महाप्रभु की मूर्ति में

ही डूबा बैठा रहा। बत्ती बुझाने के बाद भी जब नहीं आया तो जाने कैसी अव्यक्त-सी तिलमिलाहट से उसका मन अकुलाने लगा।

दूसरे दिन से मिनी ने घनश्याम के छोटे-मोटे कामों का जिम्मा खुद ले लिया। उसके नहाने का समय हुआ तो अलमारी में से उसके कपड़े निकाल दिए, देख लिया कि बंकू ने पानी-साबुन रख दिया है?

रात में घनश्याम ने बताया कि सवेरे उसे जल्दी ही बाहर निकल जाना है तो उसके चाय-नाश्ते की व्यवस्था करने के लिए मिनी खुद ही रसोईघर में चली गई। जाकर उसने चूल्हे में आग लगाई ही थी कि सास की आवाज सुनाई दी, "अरे कौन है सवेरे-सवेरे रसोई में?" मिनी कुछ जवाब देती, उसके पहले ही वे दरवाजे पर आ पहुँचीं और मिनी को अपने चूल्हे में आग जलाते देखकर एकदम चिल्ला उठीं, "हाय-हाय, यह क्या किया बहू तुमने? मेरा चूल्हा छू लिया।"

मिनी हतप्रभ!

"हे भगवान! अब इस घर में छूत-छात का कोई विचार ही नहीं रहेगा क्या? यह आस्तिकों का घर है बहू, यहाँ इष्ट-भिष्ट नहीं चलेगा।"

"इनको जल्दी जाना था इसलिए..." मिनी अपनी सफाई देना चाह रही थी, पर वे बीच में चिल्ला पड़ीं, "तो तुम मुझसे कहतीं न। अभी तो मैं मरी नहीं हूँ, बहू! अभी से इतनी मनमानी। पति-सेवा करो सो ठीक है, पर दूसरों के धरम-करम का भी तो खयाल रखो।" आवाज को सप्तम स्वर पर चढ़ाकर माँ चिल्लाए जा रही थीं।

"क्या बात है?" शोर सुनकर नहाने जाता हुआ घनश्याम मुड़कर इधर चला आया। मिनी को माँ के चूल्हे के पास देखकर ही वह सब समझ गया।

"देखो बेटा, कुछ आचार-विचार..."

"ओह, इसे शायद मालूम नहीं था कि..."

"क्यों? रोज देखती नहीं कि छोटी बहू, टुकी, जिसको भी काम करना होता है, दूसरे चूल्हे पर करती है। नहीं...नहीं, अब इस घर में निबाह बड़ा मुश्किल है।"

"अनजाने में हुई गलती को तो भगवान भी माफ कर देते हैं माँ। इसे सब समझा दो तो आगे से खयाल रखेगी।" और वह नहाने चला गया।

इतनी बड़ी बात को घनश्याम ने इतने हलके-फुलके ढंग से लिया और नहाने चला गया-माँ का क्रोध आसमान पर। जोर-जोर से चिल्लाकर वे रोने लगीं। चारु, मधु, सब आकर इकट्ठे हो गए।...

तभी उधर से जम्हाई लेता हुआ अखिल आया। पीछे-पीछे शुभा भी थी। "क्या बात है माँ, क्यों सवेरे-सवेरे शोर मचा रखा है?"

"अब इस घर में जैसा अन्धेर होने लगा है उसमें मेरा रहना तो नहीं हो सकेगा बेटा। अब इस बुढ़ापे में हर किसी के हाथ का छुआ खाऊँगी मैं, नहीं, नहीं।" और वे रोने लगीं।

सबके बीच अपराधिनी-सी मिनी खड़ी थी-सहमी हुई। उसकी समझ में ही नहीं आ रहा था कि वह क्या करे।

"ओ हो! चूल्हा छू लिया तुम्हारा? तो एक लोटा गंगाजल डालकर पवित्र कर लो। सारा घर सिर पर क्यों उठा रखा है?" उसने बड़ी लापरवाही से कहा।

"खाली एक लोटा गंगाजल से छूत थोड़े ही मिटेंगे?" आँखें मलते-मलते टुकी भी आकर खड़ी हो गई थी। पुरखिन की तरह बोली "ग्याहर बाल्टी पानी डालना होगा, फिर गो-मूत्र से लीपना होगा..."

"इन बेकार की बातों में तेरा दिमाग खूब चलता है, क्यों टुकी?"

"कैसी बातें करते हो? माँ जी वैसे ही दुखी हो रही हैं।" शुभा ने पति को झिड़का।

"जी तो दुख ही रहा है, बोल-बोलकर जीभ और क्यों दुखा रही हैं?"

"तुम चलो यहाँ से।" शुभा ने पति को वहाँ से हटा दिया।

दोनों बेटों को गया देख माँ का प्रलाप कुछ थमा। धरती में नजरें गड़ाए मिनी की ओर देखकर बोलीं, "क्यों बहू, सुनते हैं तुम्हारी माँ तो खुद बड़ी भक्त हैं, भजन-पूजन करनेवाली हैं, पर तुममें तो कोई ऐसा संस्कार नहीं देखा। और तो और, मैंने तो कभी तुम्हें ठाकुर जी के आगे हाथ जोड़ते भी नहीं देखा। माँ ने क्या तुम्हें कुछ भी नहीं सिखाया? मेरी तो टुकी तक में छूतछात का इतना विचार है कि बस। पर इस घर में तो ऐसे सब चलेगा नहीं..."

मिनी से अनजाने एक गलती हो गई थी और इसीलिए वह चुपचाप इतना सब सुन भी रही थी। छूने से अपवित्र हुए चूल्हे को पवित्र करने के उपाय करने को भी तैयार थी, पर अपनी माँ के नाम पर आरोप! उसके भीतर की विद्रोहिनी मिनी जाग गई। सास की ओर सीधे देखकर बोली, "मैं यह सब वहाँ भी नहीं करती थी। माँ भक्त जरूर हैं, पूजा-पाठ भी करती हैं, पर मामा ने छुआछूत का

यह ढकोसला एक दिन भी नहीं करने दिया उन्हें।'' और सबको अपनी बात से आहत और अवाक् छोड़कर वह अपने कमरे में आ गई।

माँ के आक्रोश और शुभा तथा टुकी की भर्त्सना का मिला-जुला स्वर एक शोर-सा बनकर कमरे में आता रहा। तभी कन्धे पर तौलिया डाले घनश्याम घुसा।

''मिनी!''

आवाज की सख्ती और दृढ़ता से मिनी चौंक गई।

''देखो, अनजाने में गलती हो जाए, यह बात समझ में आ सकती है, लेकिन जान-बूझकर तुम माँ का अपमान करो...''

''पर माँ ने...'' मिनी बात काटकर ही कुछ कहना चाहती थी, पर घनश्याम ने कहने नहीं दिया।

''मैं इस पर विवाद नहीं करना चाहता। किसी की आस्था को ढकोसला कहो, यह तुम्हें शोभा नहीं देता। तुमने निश्चय ही माँ का अपमान किया है और तुम्हे माँ से माफी माँगनी होगी।''

स्वर में आग्रह या मनुहार जैसा कुछ नहीं था। था तो सिर्फ एक निर्णय और उसके पालन करने का आदेश।

घर में सबके उचित-अनुचित व्यवहार को चुपचाप सहनेवाले घनश्याम का यह रूप भी नया था और स्वर भी। मिनी अवाक्-सी उसे देखती रही। पहली बार उसे लगा कि उसका पति उतना पौरुषहीन और लिजलिजा नहीं है जितना वह समझे थी।

आदेश उसे ही दिया गया था। और मन-ही-मन में कहीं उसे यह भी लग रहा था कि यह उसके साथ ज्यादती है, फिर भी घनश्याम का यह रूप उसे अच्छा लगा। वह चुप रही, उसने प्रतिवाद नहीं किया।

घनश्याम उस दिन भूखा ही गया। मिनी ने भी सारे दिन कुछ नहीं खाया। शोर-शराबे के साथ रसोई में भर-भरकर बाल्टियों पानी डलता रहा। गंगाजल डाला गया। गोबर से लिपाई-पुताई हुई।

और मिनी सोचती रही-इन आडम्बरों के बीच ही उसे सारी जिन्दगी काटनी है। कैसे रहेगी वह, क्या करेगी?

पर रात में जब घनश्याम ने उसके दोनों कन्धों पर हाथ रखकर उसकी आँखों में आँखें डालकर बहुत लाड़ भरे स्वर में कहा, ''तुमने माँ से माफी माँग ली मिनी, बहुत अच्छा किया। अपनी ही नहीं, मेरी भी लाज रख ली।'' तो दिन भर से मन पर छाया अवसाद अपने-आप छँट गया। मन हुआ अपना सिर घनश्याम की छाती पर रख दे और वह उसे बाँहों में समेट ले।

पर घनश्याम ने उसके कन्धे छोड़ते हुए कहा, ''हम वैष्णव हैं। अपने किसी भी काम से या अपनी बात से किसी का दिल दुखाना हमें शोभा नहीं देता।''

काश! उस समय क्षण भर के लिए भी घनश्याम मिनी के दुखते दिल की बात ही समझ पाता!

शायद गर्मी के कारण ही मिनी की नींद अचानक खुल गई। उमस काफी थी और उसका बदन पसीने में नहाया हुआ था। वह बेचैनी से उठ बैठी। देखा–घनश्याम आँखें मूँदे लेटा है और धीरे-धीरे हाथ के पंखे से हवा करता रहा है। गर्मी के कारण शायद उसे नींद नहीं आई थी।

मिनी ने अपनी दोनों हथेलियों को पंखे की तरह डुलाते हुए कहा, ''सुनो, तुम भी इस कमरे में एक बिजली का पंखा क्यों नहीं लगवा लेते? बैठे-बैठे हाथ से पंखा डुलाते रहने से ज्यादा सुख मिलता है क्या?''

''तुम जाग गईं? शायद बहुत गर्मी लग रही है। ठीक है, माँ से इस कमरे में भी एक पंखा लगवाने के लिए कहूँगा। मुझे तो शुरू से ऐसे ही रहने की आदत है, पर तुम्हें तो तकलीफ होती होगी।''

और दूसरे दिन खाना खाते समय घनश्याम ने माँ से कहा, ''माँ, एक बिजली का पंखा मेरे कमरे में भी लगवा दो। उमस इस बार कुछ ज्यादा है।''

इस माँग पर ही माँ के कान एकदम खड़े हुए। पूछा, ''बहू ने लगवाने के लिए कहा है?''

''मुझे ही खयाल आया। मेरी तो आदत है, पर उसे तकलीफ होती होगी। सारे दिन हाथ का पंखा डुलाती रहती है।''

''तो लगवा लो बेटा, मुझसे क्या पूछते हो? उसके ऐश-आराम का सामान जुटाना तुम्हारा काम है या मेरा?'' बात के डंक को घनश्याम ने महसूस किया या नहीं, पर मिनी को वह भीतर-ही-भीतर ऐसे लगा जैसे कि वे पंखा नहीं लगवाएँगी।

पर बात वहीं समाप्त नहीं हुई। उसे उलटकर आड़े-टेढ़े व्यंग्य के रूप में मिनी तक तो आना ही था, सो आई।

शुभा और टुकी चौधरियों के यहाँ रामायण-पाठ सुनने गई हुई थीं। लौटीं तो शुभा बिलकुल गद्गद, ''माँ, पंडितजी रामायण ऐसी पढ़ते हैं कि बस! रात को तुम जरूर जाना।''

"पर प्रसाद बिलकुल अच्छा नहीं दिया माँ।" टुकी ठुनकती हुई बोली।

"देखूँ, क्या दिया?" माँ ने दोनों हाथों में प्रसाद लेते हुए पूछा।

"खाली बताशे। मैं तो लड्डू सोचकर गई थी।"

"बताशे भी बहुत थोड़े-थोड़े दिए।" दोनों के बताशे को खूब गौर से देखते हुए बोलीं, "क्या जमाना आ गया है, भगवान के काम में भी कंजूसी। राम...राम!"

"पर माँ! पंडित जी की वाणी में तो बस अमृत है। राम वनगमन का प्रसंग था। सीता मैया कैसे सारे कपड़े-गहने उतार, महलों का सुख-वैभव छोड़कर, वनवासिनी होकर पति के साथ चल पड़ती हैं।...बस, आँसू आ गए।" शुभा भाव-विभोर हो रही थी।

"अरे बेटी, गए वो सीता-सावित्री के जमाने जब औरतें पति के लिए नरक का दुख भी हँसते-हँसते झेल जाती थीं। आजकल की औरतों को तो बस अपना सुख चाहिए। पति के आचार-विचार की कौन चिन्ता करता है!" और कलियुग के अनाचार पर माँ के कलेजे से एक ठंडी साँस निकल गई।

मिनी ने मन-ही-मन निश्चय किया कि वह जरूर पंखा लगवाएगी।

घर में एक अजीब-सा तनाव छा गया। मिनी के मन की घुटन है कि रोज की इस खिच-खिच से बढ़ती जा रही है। न इस सबसे वह पूरी तरह कट पाती है, न जुड़ पाती है। मन का अवसाद बहुत बढ़ जाता है तो कभी-कभी अनायास ही आँसू छलक आते हैं...माँ की याद आने लगती है, अपना घर याद आने लगता है।

"सुनती हो, यह तुम्हारा पत्र आया है।" बड़े व्यस्त भाव से आकर घनश्याम ने मिनी के हाथ में एक लिफाफा थमा दिया। और उसी व्यस्त भाव से वह बाहर भी निकल गया। माँ की लिखाई देखकर उसने बड़ी अधीरता से पत्र खोला और पढ़ने लगी। पर पत्र के अन्तिम हिस्से तक आते-आते उसका मन गहरे अवसाद में डूब गया। दो-एक क्षण वह पत्र लिये यों ही खड़ी रही। फिर उसने पत्र का अन्तिम हिस्सा दुबारा पढ़ा–

"नरेन्द्र आया था। टाइफाइड से उठकर बहुत कमजोर हो गया है, एकाएक पहचाना भी नहीं जाता। दादा के कमरे में बैठ घंटों रोता रहा, बिलख-बिलखकर। तुम्हारे बारे में भी पूछ रहा था। तबीयत पूरी तरह सँभलने पर जब

कलकत्ता लौटेगा तब शायद रास्ते में तुमसे मिलने आए...'' और मिनी की अपनी आँखों से झर-झर करके आँसू बहने लगे..., 'उनके रोने का भेद तुम कभी नहीं जान सकोगी माँ, कभी नहीं।'

पलंग पर पड़कर वह कब तक रोती रही, उसे खुद नहीं मालूम। पर मन इस घर की चहारदीवारी को तोड़कर अपने गाँव पहुँच गया। उसी बगीचे में, उन्हीं पेड़ों के झुरमुट में उसने अपने को नरेन्द्र की बाँहों में सौंप दिया। उसके आवेग-भरे आलिंगन और चुम्बनों के बीच यह भूल ही गई कि वह विवाहिता है, कि उसका एक पति भी है, कि यहाँ रात-दिन किसी से मोर्चा लेते रहना है। उसकी दी हुई माला को मुट्ठी में भींचकर वह उसी के खयालों में डूबी रही।

रात को घनश्याम आया तो उसकी धुली-धुली आँखों और उदास चेहरे को देखकर पूछा, ''क्या बात है, माँ के यहाँ सब कुशल तो है?'' मिनी की आँखें फिर छलछला आईं।

''तुम्हारे यहाँ आ जाने से वे शायद बहुत अकेली रह गई हैं?''

मिनी जाने कहाँ शून्य में देख रही थी। वहीं देखते-देखते बोली, ''बहुत-बहुत अकेली।'' स्वर उसका आँसुओं से डूबा हुआ था। फिर एकाएक घनश्याम की तरफ देखकर बोली, ''तुम मुझे कुछ दिनों के लिए माँ के पास भेज सकते हो? मैं एक बार वहाँ जाना चाहती हूँ।'' मिनी के स्वर में कुछ ऐसी याचना थी कि घनश्याम एक क्षण को जैसे असमंजस में पड़ गया। पास आकर बहुत ही लाड़ भरे स्वर में बोला, ''जानती तो हो, अगले महीने पूजा है। माँ क्या इस समय जाने देंगी? हाँ, पूजा के बाद जरूर माँ से कहकर जाने की व्यवस्था करवा दूँगा।''

मिनी कुछ भी नहीं बोली। चुपचाप जाकर सो गई। दूसरे दिन उठी तो लगा, रात भर की नींद ने मन को कहीं से भी हलका नहीं किया, बल्कि अवसाद का बोझ और अधिक गहरा हो गया है। मन की उदासी ने शरीर को भी अलस बना दिया है कि उठकर कुछ भी करने की इच्छा नहीं हुई।

घनश्याम ने खुद ही अपने कपड़े निकाले और नहाने के लिए निकल गया। थोड़ी देर में ही माँ का स्वर बाहर से सुनाई दिया, ''अरे, यह क्या, बहूरानी का सेवा का शौक पूरा हो गया क्या?'' फिर गले को सप्तम स्वर में चढ़ाकर बोलीं, ''बंकू! बड़े बाबू का नहाने का पानी तो रख। दो दिन किसी ने रख दिया तो तूने सोचा कि चलो छुट्टी हुई।''

मिनी ने जैसे-तैसे अपने को समेटा और बाहर निकलकर आई, पर घनश्याम अपना पानी खुद रख चुका था। सास ने उसे ही सुनाते हुए कहा,

"बहू, तुम अपनी किताबें ही पढ़ा करो। बेकार ही दो दिन को इन कामों में हाथ डालकर नौकरों की आदतें और बिगाड़ दोगी।" ननद फिस्स से हँस दी, जैसे माँ ने कोई बड़ा भारी मजाक किया हो और देवरानी के होंठों पर वैसी ही व्यंग्य-भरी मुस्कराहट खेल गई। बस विकाररहित किसी का चेहरा रहा तो घनश्याम का। वह वैसे ही मुस्कुराता हुआ नहाने घुस गया।

आहत-सी मिनी अपने कमरे में लौट आई। शाम को रसोई के बाहर बैठी हुई वह चावल बीन रही थी कि पति का स्वर सुनाई दिया। बिजली की फुर्ती से सास भंडारघर से निकलीं और टुकी को आदेश दिया, "बड़े दादा के हाथ-मुँह धोने का पानी रखकर जल्दी से चाय बना। थोड़ा अपने से भी देख लिया कर टुकी, हर काम आँख में अँगुली डालकर ही न दिखाना पड़े।" और परम आलसी टुकी, जिस तत्परता से दादा की सेवा में लग गई, उसने मिनी को हैरत में डाल दिया। पर वह बच्ची नहीं, खूब समझती है कि उसे नीचा दिखाने के लिए रचे गए इस नाटक में घनश्याम की हित-चिन्ता कितनी है। पर टुकी के हाथ से छीनकर काम लेना उसे अशोभनीय लगा। वह बिना कुछ बोले चावल बीनती रही। यों भी आज किसी का प्रतिवाद करने का उसका मन नहीं हो रहा था।

रात में ही घनश्याम को ज्वर हो गया। मिनी को मालूम तक नहीं। सवेरे सोकर उठी तो देखा पति पलंग पर ही सोए पड़े हैं। ऐसा तो आज तक कभी हुआ नहीं।

"यह क्या, तुम उठे नहीं!"

"रात ज्वर हो आया, अभी भी आँखें जल रही हैं और सिर भारी है।"

मिनी उठकर पास आई। माथा छूकर देखा, "बुखार तो तेज लगता है। तुमने मुझे जगाया नहीं?"

"जगाकर क्या करता भला?"

मिनी जानती है, घनश्याम से बहस करना बेकार है। उसने माँ को जाकर सूचना दे दी। घर की कर्ता-धर्ता वही हैं, जो करना होगा वही करेंगी। पर नौ बजे तक भी जब सास घनश्याम को देखने तक नहीं आईं तो फिर गुस्से से वह सुलगने लगी। मन हुआ, वह भी जाकर उसी तरह पूछे कि बस, हो गई सेवा-चाकरी बेटी की? पर वह जानती है कि उस स्तर पर उससे कभी नहीं उतरा जाएगा।

वह चुपचाप जाकर पति के लिए साबूदाना बनाने लगी। सास ने उसे रसोई में कुछ पकाते देखा तो बड़े सन्दिग्ध भाव से टटोलती हुई आ पहुँचीं। वे कुछ पूछतीं कि मिनी ने उसके पहले ही कह दिया, "उनके लिए साबूदाना बना रही हूँ।"

"हाँ-हाँ, तुम्ही बना लो बहू। देखती नहीं, सवेरे तो मुझे मरने तक की फुर्सत नहीं रहती।" पर एक बार भी उन्होंने यह नहीं पूछा कि ज्वर कैसा है? मिनी का मन जाने कैसा हो आया। रात-दिन जो आदमी इस घर के लिए खटता है, अपनी कमाई का पैसा-पैसा तक जो माँ के हाथ में सौंप देता है, अपने ऊपर जो चार पैसे भी खर्च नहीं करता, उसी निरीह व्यक्ति की ऐसी उपेक्षा।

अखिल के दफ्तर जाने का समय हुआ तो वह फिर सास के पास गई, "अखिल भैया से कह दीजिए माँ कि शाम को लौटते समय कोई दवाई लेते आएँगे। ज्वर के साथ बदन में दर्द भी है।"

माँ बड़े मनोयोग से अखिल की थाली सजा रही थीं। बोलीं, "तुम खुद ही जो कह दो, अखिल से पर्दा तो करती नहीं।" मिनी ने होंठों तक आई कड़वी बात को भीतर-ही-भीतर घोंट लिया। वह जानती है, घनश्याम को घर में होनेवाले इन क्लेशों से बड़ा आत्मिक कष्ट होता है, उसका अपना मन ही कौन खुश होता है? सुनकर वह जितनी दुखी होती है, सुनाकर उससे अधिक खिन्न होती है। वह अखिल को बोल आई।

घनश्याम ने सुना तो यही कहा, "दवाई के लिए क्यों कहा? तुलसी की चाय दे देना दो-तीन बार। महाप्रभु की कृपा हुई तो बुखार शाम तक उतर जाएगा।"

"चाय तो दे दूँगी, पर बुखार प्रभु की कृपा से नहीं, दवाई से ही उतरेगा।"

घनश्याम की यह अतिरिक्त सहनशीलता उसे जलाकर राख कर देती है। अभी कहीं प्रभु की कृपा पर भाषण न शुरू हो जाए, इसलिए वह उठकर बाहर चली गई।

बुखार शाम तक भी नहीं उतरा। माँ बड़े व्यस्त भाव से एक बार कमरे में झाँकने आईं और 'बहू तो है ही देखभाल करने को' कहती हुई निकल गईं। बात में आश्वस्ति भाव कहीं नहीं था...गिला ही था।

शाम को अखिल की आवाज सुनकर मिनी ने पूछा, "दवाई ले आए, अखिल भैया।" अखिल ने पहले तो उसे कुछ इस भाव से देखा मानो इस प्रश्न का मतलब ही न समझ पा रहा हो, फिर एकाएक जैसे कुछ याद करता-सा बोला, "ओहो...भाभी, बात यह है भाभी कि आज ऑफिस में इतनी खिट-खिट रही कि दिमाग एकदम भूसा हो गया। एकदम भूल ही गया। कल जरूर लेता आऊँगा।"

बात और उससे भी ज्यादा कहने के लापरवाह ढंग से मिनी ऊपर से नीचे तक सुलग उठी। फिर भी उसने अपने को भरसक संयत रखकर कहा, "कल

तक तो उन्हें बुखार में इस तरह मैं पड़ा नहीं रहने दूँगी। न होगा तो मैं खुद जाकर दवाई ले आऊँगी।''

अखिल के लिए नाश्ता लिये सास पीछे आ खड़ी हुई थीं। मिनी की बात सुनी तो तमककर बोलीं, ''ऑफिस के सत्तर झंझटों में अगर आदमी भूल ही गया तो इतना गरजने-बरसने की क्या बात हो गई बहू? लड़के को दो घड़ी साँस तो लेने देती। फिर तुमने क्या घनश्याम के सारे कायदे-कानून तुड़वाने की कसम ही खा ली है? वह तो दवाई-दारू कभी पीता नहीं।''

मिनी ने जलती-सी नजरों से सास की ओर देखा, फिर बड़े दृढ़ स्वर में आदेश देती-सी बोली, ''खा-पीकर अभी दवाई ला सको तो अच्छा है, अखिल भैया। नहीं तो मुझे ही कोई उपाय करना होगा।'' और फिर बिना एक क्षण रुके वह चली गई-अखिल को विस्मित और सास को कुपित-सा छोड़कर।

घनश्याम के सिरहाने बैठकर उसने पूछा, ''अच्छा बताओ तो, घरवाले तुम्हारी इतनी उपेक्षा, तुम्हारा इतना अपमान क्यों करते हैं? तुम्हें कभी गुस्सा नहीं आता?''

अपार विस्मय से घनश्याम ने कहा, ''किस पर गुस्सा करूँ? घरवालों के कहने-सुनने पर कहीं अपमान होता है भला?''

''होता है, खूब होता है।'' घरवालों से ज्यादा गुस्सा तो मिनी को घनश्याम की सहनशीलता पर आता है।

घनश्याम हँसा, ''पर मैं तो वैष्णव हूँ। सहन करना, क्षमा करना, यह तो हमारे महाप्रभु का आदेश है।''

''होगा,'' उपेक्षा से मिनी ने कहा, ''जिस सहन करने से सामनेवाले को अन्याय करने की पूरी छूट मिल जाए, मेरी नजर में तो वह भी उतना ही बड़ा अन्याय है।''

घनश्याम उसी तरह हँसता रहा।

''एक बार तुम सच्चे मन से अपने-आपको महाप्रभु के चरणों में सौंप दो, फिर तुम्हारा दुख, क्रोध सब हमेशा के लिए समाप्त हो जाएगा।''

पर मिनी का मन न अपने को भगवान के चरणों में समर्पित करने का हो रहा है, न ही वह अपने पति की इस मुद्रा को बर्दाश्त कर पा रही है। इस घर में आने के बाद उसने जो-जो अन्याय होते देखा है, उस सबको वह पति की आँख में अँगुली डालकर दिखा देना चाहती है। पति के पास बैठकर यों फुर्सत से बात करने का मौका भी तो आज उसे पहली बार ही मिला है। वरना वो रात में इतनी देर से आता है कि मिनी या तो सो चुकी होती है या नींद उस पर छाई

रहती है। सम्बन्धों का जो रूप उन दोनों के बीच बन गया है, उसमें उसे जागते रहने की कभी आवश्यकता नहीं हुई। उस तरह के सम्बन्धों से वह शुरू से ही अपने को बचाती आई है और पति को न उस सबका आग्रह है, न ही अपेक्षा।

लेकिन अब वह चुप नहीं रहेगी।

"अच्छा, तुम रात-दिन खटते हो, सारा घर चलाते हो, अपनी कमाई का पाई-पाई माँ के हाथ में रख देते हो, फिर भी तुम्हारी आवश्यकता, तुम्हारा सुख-दुख देखने की न किसी को जरूरत है, न अवकाश। अखिल बाबू का कमरा देखा है? क्या नहीं है उसमें-कालीन, सोफा, पंखा और दुनिया भर का ताम-झाम। और तुम्हारे कमरे में?"

अपार विस्मय से घनश्याम मिनी का चेहरा देखने लगा। फिर धीरे-धीरे उसके सदा निर्मल चेहरे पर एक मलिन-सी छाया उभर आई, "यह सब तुम क्या कह रही हो? साधारण घरेलू औरतों की तरह तुम भी क्या सारे दिन यही सब सोचती रहती हो?"

"तुमसे किसने कह दिया कि मैं कुछ विशिष्ट हूँ?"

"कहेगा कौन? मैं क्या जानता नहीं?"

"अगर विशिष्ट होकर यों अपना सब कुछ छोड़ना पड़ता है तो मैं साधारण ही अच्छी।"

घनश्याम चुप हो गया। उसने आँखें मूँद लीं। उसके चेहरे पर एक गहरी वेदना का भाव घिर आया। ऐसा भाव मिनी ने कभी उसके मुख पर देखा नहीं था। हमेशा एक निर्मल हँसी...एक मृदु, कोमल भाव ही उसने वहाँ देखा था। वह भीतर-ही-भीतर सहम उठी। उसे लगा जैसे उसने घनश्याम की किसी दुखती रग को छेड़ दिया है। और कुछ समझ में नहीं आया तो उसने धीरे से घनश्याम के माथे पर हाथ रख दिया। शब्दों से नहीं, इस स्पर्श से ही वह जता दे कि पति को यों आहत करने का उसका दूर-दूर तक कोई इरादा नहीं था।

स्पर्श में सचमुच कुछ था कि घनश्याम ने आँखें खोलीं। फिर जैसे सारी शक्ति को बटोरकर उसने कहा, "तुम एक वैष्णव की पत्नी हो मिनी। तुम्हें इन छोटी-छोटी बातों से ऊपर उठना होगा। तुम आई तो इन सबसे ऊपर ही थीं, अब क्यों व्यर्थ ही अपने को नीचे घसीट रही हो?" वह चुप हो गया, जैसे बहुत थक गया है। उसने आँखें मूँद लीं। मिनी अपलक उस चेहरे को देखती रही।

अलमारी से कपड़े निकालते-निकालते मिनी ने कहा, "तुम्हारे पास एक कुर्ता साबुत नहीं है। एक-दो सिलवा क्यों नहीं लेते?"

"अच्छा, माँ से कहूँगा।"

खाना खाने बैठा तो उसने माँ से कहा, "माँ, मेरे सभी कुर्ते फट गए हैं, दो-तीन नए कुर्ते सिलवा दो तो..."

माँ ने आँखें कपाल पर चढ़ाकर कहा, "कैसी बात करते हो बेटा! इस बार तुमने पूरा रुपया तक तो दिया नहीं। आठ सौ-हजार का खर्च और अभी कुल छः सौ रुपए दिए हैं। वसूली कुछ हो ही नहीं रही है, या कि..." बाकी बात उन्होंने अधूरी छोड़ दी।

"हाँ-हाँ, असल में रुपया कुछ दुकानों में अटक गया है।"

"रुपया भले ही अटक जाए बेटा। घर का खर्चा तो एक दिन को भी नहीं अटकता। निखिल की फीस की दूसरी चिट्ठी आ गई है, उसने फीस नहीं भरी है अभी तक। सामने पूजा का खर्चा है।"

"ओ हो, ठीक तो है...पूजा पर ही बन जाएँगे। मैं तो भूल ही गया। आज एक दुकानदार का रुपए देने का वायदा है, मिल गए तो कल निखिल की फीस भी भेज दूँगा।"

"आज तक तो तुमने कभी अपने लिए कोई चीज माँगी नहीं बेटा, मैं ही तो देखभाल करके सब कुछ करती रही हूँ। अब तुम भी इतना अन्धेर..."

बीच में ही बात काटकर घनश्याम बोला, "नहीं-नहीं, ऐसी कोई बात नहीं है।" और फुर्ती से हाथ धोकर चला गया।

ओट में बैठी मिनी ने गुस्से से होंठ काट लिया, "हुँह, ऊपर उठकर रहना है!..."

दो दिन से घर में एक ही प्रसंग चल रहा है-नीम तले के बाबा जी। उठते-बैठते उनकी यश-गाथा गाई जा रही है। कैसे सिद्ध पुरुष हैं, कैसे-कैसे चमत्कार उनके हाथों हुए हैं। भविष्य तो ऐसे बताते हैं जैसे उन्हें सामने दिखाई दे रहा हो। उनके दिए हुए तावीज आज तक अकारथ नहीं गए। वे शहर में आए हुए हैं और माँ चारु के पीछे पड़ी हुई हैं, "चारु, जैसे भी हो, उन्हें एक बार ले आ न। मुझे और कुछ नहीं चाहिए, बस टुकी का काम किसी तरह पार पड़ जाए तो गंगा नहाऊँ।"

तीसरे पहर मिनी टुकी की साड़ी में एक बेल टाँक रही थी। तभी अपना पोथा-पत्रा बाँधे पंडितजी हाजिर हुए। घर में जैसे प्रसन्नता की लहर दौड़ गई। उन्हें ऊँची चौकी पर आदर से बिठाया गया। टुकी को सामने करके, माथे तक घूँघट खींचकर माँ ने कहा, "बस पंडितजी, इस कन्या के लिए कुछ कर

दीजिए। इसके ब्याह का योग कब है?'' टुकी फिस्स करके हँस दी।

पंडित जी ने डेढ़ कमानी के चश्मे में से पहले टुकी का हाथ देखा फिर उसकी जन्म–पत्री। स्लेट पर कुछ लिखते जाते थे, अँगुलियों से कुछ गणना करते। फिर गम्भीर मुद्रा बनाकर गर्दन हिलाते हुए बोले, ''ओ हो, विवाह के घर में तो मंगल है। मंगल है तो दंगल। उत्पात कराएगा।''

माँ के चेहरे पर चिन्ता की छाया घिर आई। अनुनय करती–सी बोलीं, ''शान्ति का कोई उपाय तो होगा पंडित जी?''

''भोला शंकर पंडित के पास किस बात का उपाय नहीं? पर जरा शान्ति रखो माँ। सारे ग्रहों की स्थिति तो देख लूँ।'' वे फिर कुछ गिनने लगे।

''योग बुरा नहीं है, पर थोड़ा विलम्ब अवश्य है।''

''पन्द्रह तो पूरे कर लिये पंडित जी और कितना विलम्ब है?''

''आप मंगल की शान्ति का जाप कराइए और कन्या से मंगल का व्रत रखवाइए। विलम्ब की बाधा भी कटेगी।''

''मैं भूखी कैसे रहूँगी?'' ठुनकते हुए टुकी बोली।

''तू चुप कर।'' माँ ने झिड़का। ''तो आप करिए न जाप।''

''हाँ, जाप शुरू कर दीजिए...कल से ही शुरू कर दीजिए।'' टुकी बोली तो 'बहुत बचपना है' कहकर माँ ने जैसे उसके फूहड़पन की सफाई दी।

''करूँगा, करूँगा। जब काम हाथ में लिया है तो करना ही होगा। आप दो सेर गुड़, एक सेर घी, पाँच सेर आटा और इक्कीस रुपए का इन्तजाम करवा दीजिए। सात दिन तक जाप होगा, फिर यंत्र बनाकर दूँगा सो कन्या के हाथ में बँधवा देना। देखना, तुरन्त योग उपस्थित होगा।''

फिर शुभा की बारी आई। सन्तान के लिए एक तावीज की व्यवस्था उसके लिए भी कर दी गई। ग्यारह रुपए और थोड़ा–बहुत सामान।

मिनी चुपचाप यह तमाशा देखती रही...बस मन में केवल एक कौतुक जाग रहा था।

''दीदी, तुम भी चाहो तो अपना हाथ दिखा लो।'' पास आकर शुभा ने कहा, ''सचमुच बड़े सिद्ध पुरुष हैं।'' पंडित जी की नजर शायद उधर ही थी। बोले, ''आओ बेटी, आओ।''

मिनी ने नकारात्मक गर्दन हिला दी तो पंडित जी अवाक् से उसका मुँह देखते रहे।

शुभा और टुकी रसगुल्ले और सन्देश से पंडित जी की आवभगत करते रहे

और माँ भीतर जाकर सामान जुटाने लगीं।

बड़ी श्रद्धा से प्रणाम हुए और पंडित जी अपना पोथी-पत्रा लेकर चले। चारु सामान का थैला लिये हुए साथ-साथ गई।

एक क्षण को मिनी के मन में आए बिना नहीं रहा कि घनश्याम के कुर्तों के लिए माँ के पास पैसे नहीं थे और इन सबके लिए! माँ की चिन्ता के मुख्य विषय हैं-टुकी की शादी, शुभा का बच्चा या फिर अखिल की सुख-सुविधा या उसका भविष्य। घनश्याम नाम का कोई प्राणी भी इस घर में है या कि उसका भी कोई अस्तित्व है-यह बात भी उनकी चिन्ता के दायरे में नहीं आती। पर छोड़ो, क्या करना है उसे इन सब बातों से? क्यों बेकार वह अपना मन दुखाती है?

और मिनी ने सचमुच ही आसपास से आँखें मूँद लीं। जो हो, जैसा हो उसे क्या! वह अब ऊपर उठकर ही दिखा देगी। जो मिलेगा, खा लेगी। जैसा रखा जाएगा, रह लेगी। पर अजीब स्थिति थी उसकी भी। जैसे ही वह अपने आसपास से कटने की कोशिश करती, अनजाने ही वह घनश्याम से भी कटने लगती। यह बाहर का ही तो सब कुछ था जिसने उसे घनश्याम से जोड़ रखा था। बाहर से आँख मूँदते ही वह अपने भीतर डूब जाती और भीतर तो उसके एक दूसरी ही दुनिया थी, जिसका सामना करने में वह खुद आजकल बहुत घबराने लगी थी; जिसे वह भरसक दबाए ही रखना चाहती थी। अपनी भीतरी दुनिया को भूलने के लिए ही तो वह बाहर की दुनिया से बहुत घने रूप से जुड़ जाना चाहती थी। लेकिन अब? मन है कि फिर दौड़-दौड़कर उन्हीं दृश्यों में भरमाने लगता है। कैसे दो विरोधी व्यक्तियों के बीच बँटा है उसका मन भी तो।

नरेन्द्र का एक वाक्य याद आता-'बचपन का ही जिद्दी नरेन्द्र जिसकी कामना करता है उसे पाकर ही रहता है।' और घनश्याम? उसने तो अपनी सब कामनाएँ ही खत्म कर दीं।

और इन दोनों के बीच बँटी मिनी न कामनाओं को खत्म कर पाती है, न कामनाओं को पूरा करने का साहस ही जुटा पाती है।

उस दिन दोपहर में ही घनश्याम की आवाज सुनकर मिनी चौंकी। यह समय तो है नहीं पति के आने का। पर वह कमरे से बाहर नहीं निकली। आजकल न वह

कुछ जानने की जिज्ञासा दिखाती है, न कुछ करने की आतुरता। उसके इस परिवर्तन पर घर के लोग प्रसन्न ही नजर आते हैं। पहले घरवालों का यह क्रूर सन्तोष ही उसके लिए सबसे बड़ी चुनौती बना हुआ था, पर अब ऐसा भी कोई भाव मन में नहीं आता।

"मिनी!" पति ही कमरे में चले आए थे तो पुस्तक रखकर वह खड़ी हो गई। घनश्याम के हाथ में कागज का लिपटा हुआ एक बंडल था। मिनी ने अपनी नजरें पति के चेहरे पर गड़ा दीं।

"देखो, तुम्हें यह पसन्द है।" कहकर घनश्याम ने बंडल खोडला। एक नीली ढाकई साड़ी। मिनी की नजरों में प्रसन्नता से अधिक कौतूहल उभर आया। वह जैसे कुछ समझ नहीं पाई।

"आज वसूली के लिए एक कपड़े की दुकान पर गया था। वहाँ पर नीली साड़ी देखी तो ले ली। तुम्हें नीला रंग पसन्द है न?"

मिनी के तो विस्मय का ओर, न छोर। समझ नहीं पा रही है कि जो कुछ सामने देख रही है, सुन रही है उस पर विश्वास करे या नहीं? बिना माँ से पूछे जो अपने लिए एक कुर्ता सिलवा सकने तक का साहस नहीं जुटा पाता, वह उसके लिए साड़ी ले आया!

"पसन्द तो है न?"

"पर तुम्हें किसने कहा कि मुझे नीला रंग पसन्द है?" आश्चर्य से उसने पूछा।

"फिर वही बात। तुम्हारी हर बात क्या मुझे किसी और से सुनकर ही जाननी होगी?"

मिनी को लगा, सामने खड़े इस व्यक्ति को वह कभी समझ ही नहीं पाएगी। किताबों से पाया ज्ञान इसे जानने के लिए हमेशा ओछा पड़ गया है।

"उस दिन बताया नहीं कि तुम्हारे पास एक भी साबुत कुर्ता नहीं है, फिर यह क्यों ले आए?" भीतर से पुलकित, फिर भी बाहर से उलाहना देती-सी वह बोली।

"जिसे अपना सब कुछ दे दिया हो, उसे और कुछ भी देकर पाने का सुख ही तो होता है।" और अपने को एकदम व्यस्त बनाकर घनश्याम बाहर निकल गया।

मिनी अवाक् अचल। फिर अनायास ही होंठों पर मुस्कान थिरक गई। मन में केवल एक ही बात आई-जितने ये खुद विचित्र, प्रेम करने का इनका तरीका भी उतना ही विचित्र।

रसोईघर और भंडारघर में माँ का एकच्छत्र राज्य है। भंडार में तो घर के और सदस्यों का प्रवेश भी निषिद्ध है। पर हाँ, रसोई में वक्त-जरूरत पर बहुओं को बुला लिया जाता है। वैसे सबको खाना परोसने का काम माँ खुद ही करती हैं और अपनी निगरानी में ही सबको खिलाती-पिलाती हैं। किसको कितने दूध-घी, मक्खन की जरूरत है-इस बात को उनसे अधिक अच्छी तरह और कौन जान सकता है भला! जाने कैसे उनके मन में यह धारणा घर कर गई है कि उनका विरागी बेटा खाने-पीने की अच्छी चीजों की ओर से भी विरक्त है और उसकी इस विरक्ति में किसी प्रकार की बाधा न पहुँचे, इसका वे विशेष ध्यान रखती हैं। मिनी जानती है कि घनश्याम मांस-मछली तो नहीं खाता, पर अच्छे निरामिष भोजन का उसे बहुत शौक है। और इसीलिए पति के भोजन करते समय वह रसोई में चाहे न जाए पर आसपास जरूर कहीं मँडराती रहती है।

आज उसने देखा कि घनश्याम जब भोजन करने गया तो ननद सास से सटकर और देवरानी कुछ हटकर रसोई में ही बैठी हैं। सबके चेहरों पर एक विचित्र-सी उत्सुकता है।

थाली सामने रखकर ही सास ने पूछा, ''बहू को साड़ी पसन्द आ गई?'' बाहर बैठी मिनी ही सकते में नहीं आई, कौर उठाए हुए घनश्याम का हाथ भी एक क्षण के लिए जहाँ-का-तहाँ रह गया। इतने बड़े रहस्योद्घाटन पर घनश्याम के चेहरे की प्रतिक्रिया देखने के लिए देवरानी और ननद बेहद सतर्क हो आई थीं। पर घनश्याम ने इस चर्चा में किसी को अधिक रस लेने का अवसर दिया नहीं। बहुत सहज स्वर में बोला, ''आई ही होगी, उसकी पसन्द का ही तो रंग था।'' और फिर ऐसे भोजन करने लगा जैसे कुछ हुआ ही न हो। न आश्चर्य, न तिलमिलाहट और न ही पकड़े जाने की खिसियाहट। पर मिनी के तन-मन में जैसे आग लगी हुई थी। सिर्फ तीन घंटे पहले उसके कमरे के भीतर जो बात हुई थी, उसका पता बाहर कैसे लगा? सारे दिन ताक-झाँक, जासूसगीरी-यह कोई सभ्य लोगों के तरीके हैं? वह जानती है कि उसके और उसके पति के बीच जो कुछ होता है उसका राई-रत्ती हिसाब घरवालों के पास है। कड़वाहट से उसका मन भर गया और एक बार तो इच्छा हुई कि जाए और साड़ी लाकर सबके बीच में पटक दे कि लो देखो और कुढ़ो। लेकिन वह जड़ होकर जहाँ-की-तहाँ बैठी रही।

पर इतनी जल्दी दाँव हारनेवाला तो वहाँ कोई भी नहीं था। माँ ने स्वर में अपार परेशानी भरकर कहा, ''कल फिर निखिल की चिट्ठी आई है, न हो तो तुम ही जवाब दे दो बेटा, मैं क्या जवाब दूँ अब?''

"ठीक है, ठीक है। वह इन्तजाम भी हो गया। आज एक हुंडी मिली है कल भुनाकर निखिल की फीस भेज दूँगा।"

यह वार भी खाली गया तो फिर उन्हें सीधे-सीधे ही चोट करनी पड़ी, "अगले महीने ही तो पूजा है...मैं सभी के लिए तो कपड़े मँगवाती, बेटा! तुमने अब इस घर में यह नई चलन कौन-सी निकाली?"

इन औरताना दाँव-पेचों से नितान्त अनभिज्ञ घनश्याम ने हाथ धोते-धोते विस्मय से पूछा, "कैसी नई चलन?"

सामने बैठा व्यक्ति यों रँगे हाथों पकड़ा जाकर भी न संकुचित होता है न भयभीत-माँ का धैर्य जवाब दे गया। तमककर बोलीं, "बहू के लिए साड़ी लाने की। पहले तो ऐसा इस घर में कभी नहीं हुआ।" इतना सुनकर भी घनश्याम को अपनी गलती का अहसास हो जाता और लज्जित होकर वह साड़ी माँ के हाथ में लाकर सौंप देता तो सारा विवाद ही समाप्त हो जाता। तीन घंटों से चल रही मंत्रणा सार्थक हो जाती। पति का जैसा सीधा-सरल स्वभाव है उसमें मिनी को इसी बात का अन्देशा भी था पर बड़े सीधेपन से घनश्याम ने हँसकर इतना ही कहा, "पहले बहू थी ही कहाँ?" और चला गया।

उस क्षण से लेकर रात सोने तक मिनी एक नशे में डूबी रही। आज सचमुच ही उसने अपने पति के एक नए रूप के दर्शन किए। साड़ी लाकर देना और माँ के किए गए सारे वारों को व्यर्थ करके अपने किए को एक क्षण के लिए गलत सिद्ध न होने देना...और मिनी है कि मन उमड़-उमड़कर आ रहा है। कल्पना को जैसे पंख लग गए हैं। आँख मूँदते ही पति सामने आ खड़े होते हैं, मनुहार करते हुए, 'वह साड़ी पहनकर नहीं दिखाओगी?' और फिर वह केवल साड़ी ही नहीं पहनती, सारा शृंगार करती है। पति की मुग्ध नजरों के सामने लज्जित, संकुचित-सी उसकी देह कैसे अवश होकर पति की बाँहों में समा जाती है और इतने दिनों की खिंची हुई यह अभेद्य दीवार ढह जाती है। चटाई पर लेटे-लेटे कितनी ही बार उसकी समूची देह रोमांचित हो आई है। पर पति अपने समय से ही आए। 'अरे, तुम आ गए!' कहकर उसने यह भी जता दिया कि वह जाग रही है। लेकिन कहीं भी तो कुछ नहीं। बिना देखे ही उसने जान लिया है कि पति ने अपने को चैतन्य महाप्रभु की मूर्ति में ही डुबो दिया है।

जो कल्पनाएँ कुछ देर पहले उसके तन-मन को पुलकित कर रही थीं, वे ही अब सौ-सौ दंश बनकर उसका मन छलनी किए दे रही हैं। अपने ही हाथों खिंची हुई दीवारों के बीच उसका मन बुरी तरह छटपटाने लगा। उसकी असली

सुहागरात भी आँसुओं के बीच ही बीती थी, आज जिस सुहागरात की कल्पना की, उसकी परिणति भी आँसुओं में ही हुई। पर उस दिन विरक्ति और वितृष्णा से उसका मन भरा हुआ था और आज आकांक्षा और अपेक्षा से।

चाचाजी का पत्र क्या आया, घर में जैसे उत्साह की एक लहर आ गई। कल टुकी को दखने के लिए लड़के के बाप और मामा आ रहे हैं। सारा घर उनके स्वागत की तैयारी में जुटा हुआ है। घर की सफाई हो रही है। चादरें और पर्दे बदले जा रहे हैं। अखिल का कमरा पूरी तरह सजा दिया गया है। माँ का एक पैर बाहर तो एक पैर भीतर। दिन में दस बार वे मिनी को सुनाकर कह देती हैं, ''देख लिया पंडित जी के तावीज का चमत्कार! तुरन्त ही कैसा योग ला खड़ा किया। बड़ा चमत्कार होता है इन तावीजों में। नहीं तो दुनिया क्या पागल है जो इन पंडितों को पूजती है? बस, सर्दी शुरू होते-होते ही शादी कर दूँगी।''

टुकी अलग थिरकती फिर रही है, ''मुझे अच्छी तरह सजाना भाभी! कल मैं तुम्हारी साड़ी पहनूँगी।''

अखिल को माँ ने जबर्दस्ती छुट्टी दिलवा दी, ''बेटा, शहर के लोग हैं, खूब जमाकर बात करनेवाला चाहिए न। अंग्रेजी भी तो बोलनी पड़ सकती है। तुम छुट्टी ही ले लो।''

''बड़ी बहू, टुकी को तुम ही तैयार करना...आजकल की चलन से कर देना।''

सबके लिए माँ के पास आदेश हैं, पर जब घनश्याम ने कहा, ''माँ, मैं तो शायद खाने के समय तक ही पहुँच सकूँगा।'' तो माँ ने कहा, ''देख लेना बेटा, ऐसा भी क्या है, अखिल तो है ही। तुम अपने काम का क्यों हर्जा करते हो! पूजा के पास का समय ही तो तुम्हारे काम-कमाई का समय होता है।''

पता नही घनश्याम को बुरा लगा या नहीं, पर मिनी कटकर रह गई। होंठों तक आई कड़वी बात को जैसे-तैसे उसने पी लिया। इस अवसर पर भी बड़े बेटे की उपस्थिति अनावश्यक? शायद माँ नहीं चाहतीं कि घनश्याम, जो कॉलेज में रहकर नहीं पढ़ा और जो दुकानों का काम करता हूँ, आनेवाले शहरी लोगों के सामने आए। इतना अपमान! मन तो हुआ वह भी अपने कमरे में चली जाए-हैं तो छोटे बेटे-बहू करने के लिए। पर फिर उसने मन को समझा लिया। सुनना उसका कर्तव्य है, वह चुपचाप ही सुनेगी। न परेशान होगी, न बुरा मानेगी।

उसने टुकी को तैयार कर दिया, साथ ही उसे समझाया भी, "देखो टुकी, वहाँ बोलना नहीं, हाँ। चुप करके ही बैठी रहना। टुकी का फूहड़पना कैसे बर्दाश्त करेंगे शहरी लोग?"

"क्यों नहीं बोलूँगी? वे मुझे गूँगी नहीं समझ लेंगे!"

"जितना पूछें उतना ही बोलना, ज्यादा नहीं। और देखो, धीरे बोलना, समझीं।"

"समझ ले बेटी, समझ ले। और दो-चार बातें अक्ल की समझा दो बहू, तुम तो पढ़ी-लिखी हो।" आज मिनी के प्रति भी माँ अतिरिक्त रूप से उदार हो रही हैं।

पहले खाने-पीने का दौर चला। फिर अखिल टुकी को बुलाने भीतर आया। चाँदी की तश्तरी में पान सजाकर टुकी भाई के साथ भीतर गई। माँ और शुभा दरवाजे के दोनों ओर जैसे चिपक ही गईं। कोई बीस मिनट बाद टुकी निकली तो दोनों 'क्या पूछा, क्या पूछा' करके उस पर झपटीं।

तभी घनश्याम आया, "खाना-पीना हो गया माँ?" और सीधा अखिल के कमरे में चला गया। थोड़ी देर बाद ही कमरे से गरमा-गरम बहस के टुकड़े उछल-उछलकर बाहर आने लगे। माँ फिर दीवार से चिपक गईं।

और देखते ही देखते थोड़ी देर पहले का उत्साह रंज में बदल गया। माँ कपाल पीट-पीटकर कहने लगीं, "माँगे हैं पच्चीस हजार तो देने ही पड़ेंगे। जैसे भी हो, करो इन्तजाम। रुपयों के पीछे क्या मेरी लड़की अनब्याही ही रह जाएगी? हे भगवान! आज टुकी के बाबा होते तो क्या यों घर आए लोगों को लौटा देते? पर यहाँ किसे चिन्ता है...टुकी का दर्द ही किसे है?"

टुकी अलग भूँ-भूँ करके गला फाड़ने लगी। मनमौजी अखिल, जो इस सारे प्रसंग से शायद काफी ऊब-सा गया था, उसे डाँटते हुए बोला, "क्यों रो रही है इस तरह? जब कहते हैं कि कम खाया कर...थोड़ा अपने ऊपर काबू रख, तब तो सुनती ही नहीं। सारे दिन चरती रहती है..."

"बेकार की बात मत कर अखिल। मैं क्या समझती नहीं? बात रुपए पर तोड़ी है। भीतर की बात मैं खूब समझती हूँ...दूध पीती बच्ची नहीं हूँ..." बात घनश्याम को सुनाकर ही कही गई थी।

"माँ, हमें टुकी की शादी करनी है, सौदा नहीं।" वही दृढ़ और सधा हुआ स्वर जो माँ पर भी अंकुश लगा देता था, पर आज माँ कोई अंकुश मानने को तैयार नहीं थी। चीखकर बोलीं, "तो करो न शादी। किसी ने मना किया है तुम्हें। पन्द्रह साल पूरे कर गई। क्यों नहीं की शादी? बेच दो दुकानें और करो रुपए का इन्तजाम।"

"तुम बात को समझती क्यों नहीं, माँ।" घनश्याम के स्वर में न आवेश है, न क्रोध। सिर्फ माँ को शान्त करने का प्रयास है। समझाने का भाव।

"टुकी उन्हें पसन्द होती तो मैं जैसे भी होता, जहाँ से होता रुपए का प्रबन्ध करता। दुकानें बेचता, अपने को बेचता, पर रुपए का प्रबन्ध करता। पर वे कहते हैं कि लड़की हमें बिलकुल पसन्द नहीं है। मोटी है। सोचो माँ, कोई तरीका है यह बोलने का फिर ऊपर से कहते हैं, पच्चीस हजार रुपया दे दो तो हम लड़के को राजी करने की कोशिश कर सकते हैं। छी-छी-छी, ऐसी सौदेबाजी...इतना घटियापन!"

"कोई सौदेबाजी नहीं, सब लेते हैं। लड़के के ब्याह में कौन रुपया नहीं लेता? तुम खाली हाथ बहू ले आए तो सारी दुनिया तो नहीं लाएगी! दो पच्चीस हजार और करो सम्बन्ध।"

"माँ, तुम जानती नहीं, हमारे बंगाली परिवारों में कितने लोग ऐसी शादियाँ करते हैं और शादी के महीने-दो महीने बाद लड़की को वापस उसके घर छोड़ जाते हैं। जान-बूझकर टुकी को कुएँ में धकेला जा सकता है भला!"

पर माँ का प्रलाप चलता ही रहा। सारी बात को समाप्त-सा करते हुए घनश्याम ने फिर अपना निर्णय दोहरा दिया-एक-एक शब्द पर खूब जोर दे-देकर, "मैं लड़की का सौदा नहीं करूँगा।" और वह चला गया।

उत्साह की यह लपट बुझी तो जैसे अपने पीछे ढेर सारा जहरीला धुआँ छोड़ गई। माँ ने खुलेआम कहना शुरू कर दिया, "मैंने तो कभी सगा-सौतेला नहीं समझा। पेट के लड़के से ज्यादा ही समझा घनश्याम को, पर अपने अपने ही होते हैं और पराए पराए ही। आज अपनी बहिन होती तो...।" कभी क्रोध का बहाव मिनी की ओर हो जाता, "...पहले तो घनश्याम ऐसा नहीं था। उसने तो कभी छोटे भाई-बहिनों को गैर समझा ही नहीं, पर कोई रात-दिन बैठकर यही पट्टी पढ़ाए...अपना ही स्वार्थ सुझाए...अपनी ही फरमाइशें पूरी करवाए तो आदमी भी बेचारा क्या करे..."

माँ का यह क्रोध केवल बातों तक ही सीमित नहीं रहा, उनके व्यवहार में भी दिखाई देने लगा। घनश्याम की उपेक्षा और ज्यादा बढ़ गई। यहाँ तक कि उनका दूध भी बन्द कर दिया।

और मिनी। जिस दिन दृढ़ स्वर में घनश्याम ने कहा, "मैं शादी करूँगा, सौदा नहीं।" उस दिन उसे लगा जैसे घनश्याम के रूप में मामा बोल रहे हों। उसका मन एक अव्यक्त श्रद्धा से भर उठा। वह अपने प्रति हुए बड़े-से-बड़े अन्याय को हँसते हुए सह जाएगा...पर गलत बात का विरोध करने की दृढ़ता उसमें है और खूब है। उस जगह वह अडिग है। माँ के व्यंग्य-बाण हों या दुर्व्यवहार या कि मिनी का दुखी होना...कुछ भी तो घनश्याम को विचलित नहीं करता।

और भीतर-ही-भीतर उसने संकल्प किया–घनश्याम के प्रति माँ के इस दुर्व्यवहार पर वह अब और चुप नहीं रहेगी। उनकी दिन-ब-दिन बढ़ती ज्यादतियों के सामने वह पति को अकेला नहीं छोड़ेगी।

सप्ताह भर बाद ही ऐसा अवसर आ उपस्थित हुआ कि उसे केवल बोलना ही नहीं पड़ा, वरन् शिष्टता की सब सीमाओं को भी लाँघ जाना पड़ा। अखिल के चार-पाँच दफ्तरी मित्र भोजन के लिए आनेवाले हैं। एक दिन पहले से ही सारा घर तैनात है। किसको क्या काम करना है, खूब ठोक-ठोककर बता दिया गया है। "बड़े-बड़े अफसरों का मामला ठहरा, ढील करने से काम नहीं चलेगा।" माँ कई बार दोहरा चुकी हैं। सब्जी लाने का काम बंकू पर नहीं छोड़ा जा सकता था, इसलिए घनश्याम खुद जाकर सब्जी लाया है। कुछ लोग कमरा ठीक करने में लगे हैं तो कुछ रसोई में। मांस-मछली की तरह-तरह की डिशें बन रही हैं। मिनी को एकाएक खयाल आया...निरामिष तो कुछ बना ही नहीं, पति क्या खाएँगे? एक बार मन हुआ चुप कर जाए, पर चुप करने का मतलब है घनश्याम को सारे दिन भूखा ही रहना पड़ेगा। पूछ ही लिया, "माँ, निरामिष तो कुछ है ही नहीं, ये क्या खाएँगे?"

"तुम कैसी बात करती हो बहू? आज समय ही कहाँ है अलग पकाने का? आनेवाले सब अफसर लोग ठहरे–उन्हें ठीक समय से तो खाना देना ही होगा। रात के आलू और करेले रखे हैं, भात के साथ वही दे दूँगी, साथ में दूध।"

काबू रखते हुए भी मिनी का गुस्सा उबल उठा, "भात के साथ बासी आलू और करैला! कोई खा सकता है इस खाने को? क्या दाल भी नहीं बनाई जा सकती?"

"मुझे तुम्हारे साथ बहस करने की फुर्सत नहीं है बहू, बहुत काम है। देख तो रही हो, सवेरे पाँच बजे से तो सब लोग लगे हैं। आखिर काम करनेवालों के भी तो जान है।"

"बेजान तो बस एक व्यक्ति है इस घर में। किसी के पास समय नहीं है तो मैं खुद ही बना लूँगी।" मिनी ने बहुत तीखे ढंग से कहा और हाथ का काम जैसा का तैसा छोड़कर वह मछली तलती महाराजिन से बोली, "इनके लिए दाल-सब्जी और चटनी बना सको तो ठीक है वरना एक चूल्हा मेरे लिए खाली कर दो, मैं खुद बना लूँगी।" और वह सब्जी की डलिया में से घनश्याम की पसन्द की सब्जी निकालने लगी। तभी सास गरजीं, "अब इस घर में कुछ लाज-शरम, छोटे-बड़े की मर्यादा भी रहेगी या नहीं? घनश्याम को कोई जहर नहीं दिया जा रहा है जो तुम इधर-से-उधर गला फाड़ चिल्लाती फिर रही हो।"

मिनी ने सुलगती आँखों से सास को देखा और जैसे बेकाबू-सी होकर उसके मुँह से निकल गया, "ये किसी दफ्तर में सौ रुपल्ली की क्लर्की नहीं करते इसीलिए क्या नौकरों-चाकरों से भी गए-बीते हैं? लेकिन मैं भी इतना अन्याय नहीं होने दूँगी।" और वह थाली में सब्जी डालकर अपने कमरे में आ गई। सब्जी काटने के लिए वहाँ बैठे रहना भी उसके लिए असम्भव हो गया।

पर कमरे में आते ही ग्लानि से उसका मन फटने लगा। छि:, क्या हो गया है उसे जो इस तरह औरताना ढंग के टुच्चेपन पर उतर आई है! यह सब उसे शोभा देता है? लेकिन रात में जब घनश्याम ने आकर जरा कठोर-से स्वर में पूछा, "तुमने माँ से फिर झगड़ा किया? मैंने कहा था न कि इन छोटी-छोटी बातों को लेकर उनसे नहीं उलझोगी।" तो मिनी फिर झनझना उठी। "मैं अन्याय नहीं बर्दाश्त कर सकती।"

"न्याय-अन्याय की बात मैं नहीं जानता, जाकर माँ से माफी माँग आओ।" स्वर की दृढ़ता ने मिनी को बुरी तरह चौंका दिया। पर आज उसे अपनी गलती दिखाई नहीं दे रही थी, सो उसने तुनककर जवाब दिया, "अन्याय करें वे और माफी माँगूँ मैं? वाह रे तुम्हारा न्याय!"

"मैंने कहा न कि हम वैष्णव हैं, अपने प्रति किए गए अन्याय को हमें बर्दाश्त करना ही है।"

"तुम्हारे वैष्णव धर्म में डंडा मार-मारकर दूसरे से वैष्णवगीरी करवाने का आदेश भी है क्या?" मिनी ने व्यंग्य से पूछा।

घनश्याम एकटक मिनी का चेहरा देखता रहा। लगा कि मिनी की बात से वह जैसे भीतर तक आहत हो आया है। पर उसने अपने को नियंत्रित करके कहा, "दूसरे? तुम क्या दूसरी हो?"

मिनी भी एक क्षण रुकी फिर बोली, ''ठीक दूसरी हूँ, ऐसा तो नहीं कह सकती, पर तुम्हारी बहुत अपनी भी नहीं हूँ।'' और कहने के साथ ही अपनी बात के नीचे छिपे अर्थ का ध्यान आते ही जैसे वह स्वयं संकुचित हो आई। बात को बदलने के लिए जल्दी से बोली, ''यहाँ कदम-कदम पर जिस तरह का अन्याय होता है, उसमें चुप रहना मेरे लिए सम्भव नहीं। न हो तो तुम मुझे माँ के यहाँ भेज दो।''

''ठीक है, तुम माँ के यहाँ चली जाओ। मैं माँ से कहकर तुम्हारे जाने की व्यवस्था करवा दूँगा।'' अपने स्वर की दृढ़ता और उससे भी अधिक अपनी बात से मिनी को हतप्रभ करके घनश्याम चला गया। मिनी जहाँ खड़ी थी धम्म से वहीं बैठ गई। इतना अपमान! और सबसे बड़ी विडम्बना यह कि जिसके लिए चोरी करे वही चोर कहे!

अपमान की इस ज्वाला में सुलगते हुए ही उसकी सारी शाम बीती। माँ से जब घनश्याम ने उसे भेजने को कहा होगा तो कैसा विजयोल्लास उनके चेहरे पर छा गया होगा...ननद फिस्स करके हँसी होगी...देवरानी होंठ टेढ़ा करके मुस्कुराई होगी। इसकी कल्पना कर-करके ही उसकी आँखों से आँसू उमड़ने लगे।

नहीं, अब वह माँ के यहाँ चली ही जाएगी। यहाँ जिस तरह की जिन्दगी वह जीने को मजबूर है, वह सब यों भी उसके बस का नहीं। रात-दिन छोटी-छोटी बातों पर झगड़ा करो। निहायत टुच्चेपन पर उतरकर विवाद करो। इसी सबके लिए इतना पढ़ा-लिखा था? जिन्दगी के इसी रूप की कल्पना की थी? और उसका यहाँ है भी क्या? सवेरे से रात तक घनश्याम को अपने काम से अवकाश नहीं, रात में चैतन्य महाप्रभु का ध्यान और फिर अपने-अपने कोनों में सिमटकर सो जाना। वह यहाँ रहे न रहे, कितना अन्तर पड़ता है घनश्याम की जिन्दगी में। और फिर नए सिरे से उसे अपनी निरर्थकता का बोध हुआ। साथ ही वह अव्यक्त-सी पीड़ा भी हरी हो आई, जिसे वह शायद अपने भीतर-ही-भीतर दबाए हुए थी। शाम से लेकर रात तक वह अपने कमरे के बाहर भी नहीं निकली। अपना यह अपमानित चेहरा वह किसी को नहीं दिखाएगी।

उसके कमरे के बाहर ही एक तख्त रखा है और पास में एक अलमारी। घनश्याम की हिसाब-किताब की बहियाँ उसी में रहती हैं। रात में आठ-साढ़े आठ बजे लौटकर वह उसी तख्त पर बैठकर हिसाब-किताब देखता है। चिट्ठी-पत्री लिखता है। उसके बाद खा-पीकर भीतर आता है। मिनी अपने कमरे में किताब पढ़ती हुई या कुछ और करती हुई भी उसका ध्यान रखती है। कुछ जरूरत होने पर कमरे की खिड़की में से ही उसे पकड़ा देती है।

अलमारी खुलने की आवाज से ही वह समझ गई कि घनश्याम आ गया। "अब और मुझसे सहा नहीं जाएगा बेटा, आज फैसला हो ही जाए।" माँ शायद साथ ही लगी-लगी आई थीं।

मिनी एकदम सजग होकर बैठ गई। सुने तो सही, पति क्या कहकर उसके जाने की व्यवस्था करवाते हैं। कितना जलील और अपमानित करते हैं उसे माँ के सामने।

"तुमने सब सुना तो होगा ही बेटा। तुम्हीं बोलो, ऐसे मैं कैसे गृहस्थी चलाऊँगी?"

"हाँ, सुना तो।" घनश्याम का संक्षिप्त-सा उत्तर।

"मैं तो पहले ही इतनी बड़ी बहू लाने के बिलकुल पक्ष में नहीं थी। जो जबान कैंची की तरह चले, वह सारी गृहस्थी को तितर-बितर नहीं कर देगी? न...न मुझसे अब एक दिन भी बर्दाश्त नहीं होने का।"

"पर उपाय क्या है माँ? घर की बड़ी बहू को कहीं भेजा भी तो नहीं जा सकता न!" मिनी अवाक्। तो माँ से इन्होंने अभी तक उसे भेजने के लिए नहीं कहा!

"उपाय तो है और खूब है। पर इतना जान लो कि इसके साथ मैं गृहस्थी नहीं चला सकती। इसे यहाँ रहना है तो फिर यही घर चलाए...कोई दूध पीती बच्ची भी नहीं।" और उन्होंने झन्न से चाबियों का गुच्छा आँगन में फेंक दिया।

अपार विस्मय से घनश्याम ने कहा, "इसने गुनाह किया तो इसे ही सजा दो माँ! इसे यहाँ से भेजकर तो तुम मुझे ही सजा दे डालोगी। और फिर इसमें भेजने और ताले-चाबी की बात आती ही कहाँ है? वह केवल इतना ही तो चाहती है कि मुझे अच्छा खाना-पीना मिले...सो तुम उसी की व्यवस्था क्यों नहीं करतीं? सीधा-सा उपाय है।" माँ तो एकदम आगबबूला हो गईं। जिस बेटे को वे अपनी मुट्ठी में समझती थीं, जिससे अपनी हर उचित-अनुचित बात को मनवा लेना उनकी आदत बन गई थी, उसी बेटे का यह व्यवहार! एकदम भभककर बोलीं, "घनश्याम, तुमने तो हद कर दी बेटा। आज तक क्या मैं तुम्हें खिलाती-पिलाती नहीं आई हूँ जो आज मुझे यह सिखाएगी? अरे बेटा, अभी तो मेरे हाथों से तुम्हारे गू-मूत की गन्ध भी नहीं गई है। चार दिन की आई यह..." और वे फूट-फूटकर रो पड़ीं। "तुम इसी से अपनी घर-गृहस्थी करवाओ, मुझसे तो रोज-रोज लड़ा भी नहीं जाता।" वे हिचकियाँ लेने लगीं।

"लड़कर नहीं माँ, प्यार से उसे समझाओ, समझ जाएगी। मैं भी कहूँगा।"

आगे की बात मिनी ने नहीं सुनी, न सुनने की जरूरत ही समझी। अपने ही आवेग से उसकी छाती फूलने लगी। उसका मान रख लिया, तिल भर भी तो अपमानित नहीं होने दिया उसे सबके सामने। बल्कि जैसे दोनों हाथों से उसकी रक्षा ही तो की। उसकी आँखों में अनायास ही आँसू छलक आए। कितना कुछ उचित-अनुचित सोच डाला उसने शाम से अब तक। अपना एक विवेक है घनश्याम के पास, जिससे वह दोनों को ही अपनी-अपनी सीमाओं में रखने की कोशिश करता है। पहली बार मिनी का मन गर्व से भर उठा।

रात को जब घनश्याम आया तो उसने पूछा, "अच्छा एक बात बताओ, तुम क्या किसी के बड़े से बड़े अपराध को भी क्षमा कर सकते हो?"

"क्यों नहीं, अगर कोई सच्चे मन से क्षमा माँगे तो जरूर कर सकता हूँ।" मिनी बड़ी गहरी नजरों से पति को देखती रही। मानो इस बात की सच्चाई को तोल लेना चाहती हो। मामा की बात याद आई-'नरेन्द्र प्यार कर सकता है, निभा घनश्याम ही सकेगा।' और अब भीतर-ही-भीतर एक विचित्र-सा संकल्प उसके मन में आकार लेने लगा।

सारे दिन उसके मन में एक विचित्र-सी पुल कसमाई रही। उसका इस घर से हटना किसी के लिए सजा के समान कष्टकर है-यह कल्पना ही उसे ऊपर से नीचे तक सिहरा रही है। मन का यह आवेग शरीर की रग-रग में समाकर उसकी नसों को चटखा रहा है। किसी की बाँहों में अपने को पूरी तरह समर्पित करके, किसी के सीने में सिर छिपाकर ही बस ज्वर से मुक्त होना होगा। पर कैसे? देवरानी की कही एक बात याद आई-'दादा तो संन्यासी आदमी हैं, न हो तो तुम्हीं पहल करना दीदी।' उस दिन की बात ने मिनी को ऊपर से नीचे तक सुलगा दिया था। पर आज क्रोध से नहीं, लज्जा और संकोच से उसका चेहरा सुर्ख हो उठा। सच है, अपनी खींची हुई दीवार उसे खुद तोड़नी होगी। आज वह पूरी तरह अपने-आपको पति के हाथों समर्पित कर देगी। केवल तन से ही नहीं, मन से भी। कोई दुराव, छिपाव, अलगाव वह बाकी नहीं रहने देगी।

रात में मिनी ने पति की दी हुई साड़ी पहनी-लगा जैसे मात्र साड़ी ही नहीं पहनी, पति का दिया सम्पूर्ण स्नेह और समर्पण अपने चारों ओर ओढ़ लिया है। हलका-सा प्रसाधन करके जब वह शीशे के सामने खड़ी हुई तो मुग्ध भाव से अपने को ही निहारती रही।

अपना सारा साहस समेटकर वह पति के पलंग पर ही सो गई। सिरहाने ही खुली किताब उलटी करके इस तरह रख दी मानो पढ़ते-पढ़ते अचानक ही नींद लग गई हो। वह यह सारा नाटक भी कर रही थी और भीतर ही भीतर इस सबके लिए अपने को धिक्कारती भी जा रही थी, कैसे संकट में उसने अपने आपको डाल लिया कि आज यह सब करना पड़ रहा है।

न जाने कितने चित्र आँखों के सामने बन-बिगड़ रहे हैं-पति उसे पलंग पर देखकर मुस्कुरा रहे हैं और फिर जैसे ही उन्होंने बाँह में भरकर उसे अपने पास खींचा, उसने अपने-आपको पति के हवाले कर दिया। चुम्बन, आलिंगन और आनन्दाश्रुओं के बीच ही उसने नरेन्द्र की सारी बात बता दी है। पति के चेहरे पर कोई विकार नहीं, वैसा ही निर्मल चेहरा, वैसी ही मृदु मुस्कान। वे उतने ही स्नेह से उसके बाल सहला रहे हैं और उनकी बाँहों पर सिर रखे-रखे ही वह बेहद-बेहद हलकी और निर्द्वन्द्व हो आई है। कितनी सहजता से पति ने उसके मन के सारे बोझ, सारी दुविधा को अपने भीतर समेट लिया है। उसके गुण-दोष सबको अपने भीतर समा लिया है। तभी घनश्याम की पदचाप सुनकर उसकी साँस जहाँ-की-तहाँ रुक गई। रोम-रोम एक स्नेहिल स्पर्श के लिए अकुलाने लगा।

''अरे!'' उसने घनश्याम की आवाज सुनी। एक क्षण कमरे में सन्नाटा छाया रहा और फिर लौटते हुए पदचाप।

मिनी को लगा जैसे किसी ने एकाएक उसके पैरों के नीचे से जमीन खींच ली। घनश्याम लौट गया? इतना अपमान! ऐसी उपेक्षा! यह सारा नाटक, सारा आयोजन उसे ही छील-छीलकर छलनी करने लगा। उसका अपना मन ही उसे बुरी तरह धिक्कारने लगा-डूब मर बेहया, निर्लज्जा! मन हुआ, साड़ी उतारकर तार-तार कर दे-इस प्रसाधन को नोच-नोचकर फेंक दे। पर उससे हिला भी नहीं गया। शरीर में समाया हुआ कुछ देर पहले का आवेग, मन में उठा हुआ तूफान सब आँसुओं की बाढ़ में डूबने लगा।

मन हुआ, किसी तरह यह पृथ्वी फट जाए और वह उसी में समा जाए। कल कैसे वह अपना मुँह दिखाएगी? नहीं-नहीं, अब वह यहाँ रह भी नहीं सकेगी। उसे रहना भी नहीं चाहिए। क्यों रहे? किसके लिए रहे? क्या जन्म भर के लिए उसकी नियति इस चटाई और इस कोने के साथ ही बँध गई? मन में उठनेवाले इन आवेगों का वह क्या करे? किस दीवार के साथ सिर फोड़े?

रात भर की घोर मानसिक यातना दूसरे दिन चेहरे पर बहुत स्पष्ट होकर उभर आई थी। घनश्याम ने देखा तो बहुत स्नेह भरे स्वर में पूछा, ''क्या बात है मिनी? तबीयत तो ठीक है?''

मिनी चुप।

"चेहरा इतना उतरा हुआ क्यों है?"

मिनी चुप। यह स्नेह भी इस समय उसके मन में एक गहरी वितृष्णा जगा रहा है। "माँ की बात पर अभी तक गुस्सा हो?" फिर हँसकर बोला, "मैंने कहा न कि वैष्णव की पत्नी हो, थोड़ा-बहुत सहन तो करना ही होगा।"

मिनी ने सुलगती आँखों से घनश्याम को देखा। मन हुआ पूछे, 'वैष्णव की पत्नी को और क्या-क्या सहना होता है–वह सब भी बता दो।' पर इस समय कुछ बोलने तक की भी उसकी इच्छा नहीं हो रही थी। यही लग रहा था कि जल्दी से जल्दी घनश्याम यहाँ से चला जाए।

"आज शाम को मुझे रायगंज जाना है, वसूली के लिए। कोशिश करूँगा, कल शाम को ही आ जाऊँ, नहीं तो परसों सवेरे जरूर आ जाऊँगा, दो जोड़ी कपड़े ठीक करके रख दोगी?" और वह बाहर निकल गया।

मिनी ने एक गहरा नि:श्वास छोड़ा।

एक घंटे बाद ही घनश्याम ने आकर कहा, "अरे मिनी, देखो, तुम्हारे गाँव के नरेन्द्र बाबू आए हैं।" मिनी अवाक्। उसका चेहरा ऐसा भावशून्य हो गया जैसे वह घनश्याम की बात का अर्थ ही न समझी हो।

"मैं तो अभी चला जाऊँगा, पर तुम उनकी देख-भाल और खातिर में कोई कमी मत रखना।"

'नरेन दा!' अपने में डूबी-डूबी ही मिनी बोली। फिर एकाएक जैसे सचेत हो आई हो।

"तुम अखिल भैया को बोल दो, वे ही देख-भाल कर लें। यहाँ मुझसे यह सब नहीं हो पाएगा।"

"क्या नहीं हो पाएगा?" विस्मय से घनश्याम बोला। "मैं माँ को भी बोल देता हूँ। वैसे रात में उनकी गठिया की शिकायत फिर बढ़ गई है, फिर भी..."

पर मिनी दोपहर तक नरेन्द्र के सामने नहीं हुई। खाने के समय भी वह आड़ में ही रही। नरेन्द्र ने ही नौकरानी से पूछा, "मिनी कहाँ है, दिखाई नहीं दे रही!"

"दिखेंगी कैसे? आड़ में जो बैठी हैं।"

"मिनी सामने तो आ, देखूँ जरा शादी के बाद तू दिखती कैसी है? मुझसे रात-दिन झगड़ा करते-करते तो बड़ी हुई है, अब क्या शरमाएगी?"

यह नरेन की ही आवाज है? इतनी सहज, जैसे कहीं कुछ है ही नहीं। कितनी बार मन ललका है कि कम-से-कम एक बार देख ही ले नरेन को। पर उसने झाँका तक नहीं।

"दीदी, गाँव-घर के आदमी हैं, उनके सामने कैसी शरम? हम बेपढ़े-लिखे लोग भी गाँववालों के सामने जाते ही हैं।" पर मिनी टस-से-मस नहीं हुई। मन में उठनेवाले सारे आवेगों को बाँधे हुए जहाँ-की-तहाँ बैठी रही।

लेकिन खाना-पीना समाप्त करने के बाद जब देवरानी ने पान का बीड़ा थमाते हुए, "पान तो कम-से-कम अपने हाथ से दे आओ। तुमने तो हद कर दी।" तो मिनी बिना कुछ कहे एक आज्ञाकारी बच्चे की तरह नरेन्द्र के कमरे में चली गई।

आँखें चार होते ही एक क्षण को शब्द जैसे दोनों के ही गले में अटककर रह गए। "कैसी हो, मिनी?" एक संक्षिप्त-सा प्रश्न।

"अच्छी ही हूँ।" निर्विकार भाव से दिया हुआ उतना ही संक्षिप्त सा उत्तर।

एकाएक नरेन्द्र की आँखें मिनी के गले में पड़ी हुई माला पर जा पड़ी। वह असमंजस में पड़ा उसे देखता रहा, मानो उस माला का अब वहाँ होना उसकी समझ में नहीं आ रहा है। उसकी नजरों का अनुसरण करते हुए मिनी की अपनी नजरें भी उसी माला पर टिक गईं। और मन-ही-मन में एक तूफान गुजर गया। एक बार इच्छा हुई कहे, 'देखो नरेन, यह माला आज भी यहीं पड़ी है, पर तुम शायद कल्पना भी नहीं कर सकोगे कि किन-किन कष्टों से गुजरना पड़ा है, गुजरना पड़ेगा-शायद सारी जिन्दगी।' बरबस ही आँखें छलछला आईं। अपने को भरसक संयत बनाकर बोली, "माँ कैसी हैं? मिलकर आए थे?"

"नहीं, वहाँ जा नहीं सका। पर तुम्हारे बिना वे बहुत-बहुत अकेली हो गई हैं।"

"आप बहुत कमजोर हो गए हैं, बहुत बीमार रहे न इस बार? अब ठीक हैं?"

"ठीक? कह नहीं सकता।"

"पढ़ाई का तो बहुत नुकसान हुआ होगा?"

"नुकसान? इतना कि उसकी पूर्ति कभी नहीं हो सकेगी।"

शब्दों के परे जो अर्थ था वह दोनों ही समझ रहे थे। मिनी को लगा, वह अब और खड़ी नहीं रह सकेगी। एक क्षण उसने भरपूर नजरों से नरेन्द्र को देखा... कृशकाय, मलिन मुख। दुनिया भर की हताशा और निराशा जैसे वहाँ पुती हुई हो। उमड़ते हुए आँसुओं को पलकों में ही सँभाले हुए किसी तरह उसने कहा, "अब चलूँ, नरेन दा," और बिना उत्तर की प्रतीक्षा किए उलटे पैरों लौट आई।

आँसू...आँसू, केवल आँसू। कल उसका मन किस आवेग से उमड़ रहा था और आज किस आवेग से? कल किन कल्पना-चित्रों में उलझी हुई थी और

आज? पर चित्र तो वही थे, सिर्फ पात्र बदल गया। कैसा है यह मन, कैसी है इसकी विडम्बना? नहीं, अब वह नरेन के सामने नहीं आएगी। अपने संयम की कितनी-कितनी और कैसी-कैसी परीक्षाएँ देनी हैं उसे!

अच्छा हुआ घनश्याम आज ही चला गया। एकान्त में रोकर वह अपना मन हलका तो कर सकेगी...कुछ स्थिर तो हो सकेगी। कल की घटना ने मानसिक पीड़ा के जिस बिन्दु पर उसे पहुँचा दिया था वहीं पर नरेन्द्र को भी आना था–उसके पूरे अस्तित्व को झकझोर देने के लिए; उसे जड़ से उखाड़ देने के लिए। नहीं...नहीं, नरेन, तुम चले जाओ। इस घर से नहीं, मेरे जीवन से भी। इससे अधिक मैं तुमसे कुछ नहीं चाहती, चाह भी नहीं सकती। तुम्हें लेकर जो दो-चार स्मृतियाँ मेरे मन में हैं, बस वही मेरी धरोहर हैं, उन्हीं के सहारे मैं जिन्दगी काट दूँगी।

रात में सोई तो अनायास ही माला मुट्ठी में भिंच गई और आँसुओं की बाढ़ आ गई। उस शान्त-निस्तब्ध रात्रि में बराबर उसे लगता रहा कि इसी घर में, उससे थोड़ी दूर पर इतनी ही बेचैनी में छटपटाता हुआ नरेन्द्र भी रात गुजार रहा होगा। उसके मन-मस्तिष्क पर भी इस समय मिनी ही छाई होगी। अतीत के मधुर क्षण ही छाए होंगे। तब मन के किसी कोने ने जैसे कहा–'तू क्या आज तक इसी दिन की प्रतीक्षा नहीं करती रही थी? नरेन्द्र की...नरेन्द्र के आगमन की?'

सवेरे का नाश्ता नरेन्द्र ने अखिल बाबू के साथ ही किया।

"आप तो ऑफिस से पाँच बजे तक आते होंगे, अखिल बाबू! मैं चार बजे की गाड़ी से ही निकल जाऊँगा।" नरेन्द्र ने कहा।

"अरे वाह, यह कैसे हो सकता है? दादा मेरी खबर नहीं ले लेंगे? वे आपको मुझे ही तो सौंपकर गए हैं। रात तक वे जरूर आ जाएँगे। आपको उनके हवाले कर दूँ फिर जो जी में आए करिएगा।" उतनी ही मस्ती और लापरवाही से भरा हुआ अखिल का आग्रह।

"नहीं, यहाँ से कोई पन्द्रह मील दूर मेरी मौसी रहती हैं। वे आज मेरा इन्तजार करेंगी। जाना तो आज ही होगा।"

"और दादा?"

"चार दिन बाद फिर मुझे इधर से ही तो कलकत्ता जाना है। तब मैं एक दिन ठहरकर घनश्याम बाबू से मिल लूँगा। आज के लिए आप मेरी ओर से क्षमा माँग लीजिएगा।"

"लौटने का वायदा करते हैं तो आपको जाने दिया जाएगा।" दोनों हँस पड़े। मिनी समझ नहीं पाई कि इस खबर से वह सुखी थी या दुखी।

कोई घंटे भर बाद ही माँ हड़बड़ाती-सी आईं, "अरे बड़ी बहू! तुमने तो हद ही कर दी बेटी!"

मिनी धक्! भीतर का चोर जैसे सजग हो आया।

"नहीं...नहीं, सच बात तो यह है कि तुम लोगों को चिन्ता ही नहीं है।" मिनी की जिज्ञासा अपने चरम तक पहुँचे, उससे पहले ही बोलीं, "मुझे तो अखिल ने अभी बताया कि नरेन्द्र बाबू कुँआरे हैं। लो, देखो तो, बगल में छोरा और गाँव में ढिंढोरा..."

मिनी जैसे आसमान से गिर पड़ी।

"पढ़ा-लिखा, सुदर्शन और अच्छे परिवार का लड़का। और हमें चाहिए ही क्या टुकी के लिए? मैंने तो तुमसे पहले ही पूछा था, पर तुमने नाम तक नहीं लिया। यहाँ आ गए तब भी तुम्हें नहीं सूझा। नहीं-नहीं, तुम लोगों को असल में चिन्ता ही नहीं है।" पर यह समय आरोप-उलाहने का नहीं था सो स्वर में शहद घोलकर बोलीं, "जाओ बेटी, तुम जाकर बात तो करो..."

मिनी का तो जैसे खोया हुआ होश ही नहीं लौट पा रहा था। किसी तरह हिम्मत करके बोली, "लेकिन माँ..."

"अब लेकिन-वेकिन मत करो बेटी! हमें इससे अच्छा लड़का और कहाँ मिलेगा भला? जिस गाँव से लड़की लाए हैं उस गाँव में कुछ अधिकार तो हमारा भी है ही आखिर। घनश्याम आएगा तो जाकर घरवालों से मिल आएगा। न हो तो तुम भी चली जाना। अपनी माँ से मिल आना। उनका भी जी जुड़ा जाएगा।"

मिनी तो जड़ हो गई। भावहीन चेहरा लिये वह केवल माँ की तरफ देखती रही। "वे जमींदार हैं तो हम भी कुछ कम नहीं। खूब दान-दहेज देकर शादी करूँगी...अब घनश्याम की बातों में नहीं आने की। फिर हमारी टुकी में कमी ही क्या है? थोड़ी-सी सेहत अच्छी है सो जहाँ गृहस्थी का बोझ पड़ा कि चार दिन में झटक जाएगी। माँ-बाप के घर में लड़की जहाँ लाड़ से पलती है तो शरीर बन ही जाता है। वे शाम को जाएँ उससे पहले तुम..."

"पर माँ, वे तो पढ़ी-लिखी लड़की से शादी करना चाहते हैं।" माँ के तेवर एकदम आसमान तक।

"क्यों? क्या बहू से नौकरी करवाएँगे?"

"वे खुद ऊँची पढ़ाई कर रहे हैं..."

"तो इससे क्या हुआ? हमारे अखिल ने क्या नहीं की ऊँची पढ़ाई? कलकत्ता रहकर ही तो पढ़ा है, पर यह तो नहीं कहा कि बहू पढ़ी-लिखी चाहिए।"

मिनी चुप। उसकी चुप्पी और सारे प्रसंग के प्रति उदासीनता ने माँ को भीतर तक जैसे सुलगा दिया। फिर अवसर का तकाज़ा समझकर अपने पर काबू रखती-सी बोलीं, ''घर में और लोग भी तो होंगे! निभा लेंगे पढ़ी-लिखी बहू को? बड़ा कलेजा चाहिए।'' मिनी को बेधने के लिए छोड़ा गया बाण उसे बेध गया। स्वर में थोड़ी लापरवाही और उपेक्षा भाव भरकर बोलीं, ''पर शादी वे अपने लिए करेंगे, घरवालों के लिए नहीं।''

''तुम क्यों बेकार बहस में पड़ी हो माँ! तीन दिन बाद जब नरेन बाबू आएँ तो इनसे कहना, ये खूब जमकर बात कर लेंगे। वैसे भी ये बातें आदमियों के बीच ही होनी चाहिए।''

दिन का खाना नरेन्द्र को टुकी ने खिलाया। खूब सजा-धजाकर समझा-बुझाकर उसे थाली लेकर भेजा। चारु साथ थी।

''ये हमारी दीदी हैं...काम-काज में खूब होशियार। आज की सारी रसोई इन्होंने ही बनाई है।''

''अच्छा!'' नरेन्द्र का स्वर तो भीतर सुनाई दिया, पर नरेन्द्र ने आँख उठाकर भी टुकी को देखा या नहीं-मिनी नहीं जान सकी।

माँ पुलकित। टुकी उससे भी ज्यादा पुलकित।

मिनी बाहर नहीं निकली तो नहीं ही निकली। वह जाएगी भी नहीं, बस नरेन्द्र ही चला जाए। चार दिन बाद भी नहीं लौटे तो ही अच्छा है। व्यर्थ का एक कांड...तनाव और बदमगजी बढ़ाने का बहाना। सब काम-काज और खाने-पीने से छुट्टी पाकर वह अपने कमरे की खिड़की पर आकर बैठ गई। कुछ देर तक यों ही निरुद्देश्य भाव से बाहर बगीचे तो ताकती रही। फिर एक किताब उठा ली। आँखों के नीचे से गुजरनेवाले शब्द इतने निरर्थक भी हो सकते हैं, यह उसने पहली बार जाना।

अचानक हाथ पर किसी के स्पर्श से मिनी चौंक उठी। खिड़की के उस पार नरेन्द्र खड़ा था। भय और सिहरन की मिली-जुली भावना से उसकी वाणी कुंठित हो गई। एक शब्द भी उससे नहीं कहा गया। बोलना तो दूर, वह अपना हाथ भी नहीं खींच सकी। उसका मन हो रहा था कि अपना हाथ खींच ले और नरेन्द्र से कहे, 'यहाँ से चले जाओ नरेन,' पर उससे भी अधिक तीव्रता से उसका मन हो रहा था कि नरेन्द्र यहीं खड़ रहे, इसी तरह उसका हाथ पकड़े रहे और वह कभी इस स्पर्श से वंचित न हो। एक ही मन में इतनी विरोधी भावनाएँ एक साथ कैसे उठती हैं, यह खुद उसकी समझ में नहीं आ रहा था।

"मिनी, एक दिन के लिए भी तो इस विश्वास से मुक्त नहीं हो पाया कि तुम मेरी हो। इस माला ने मेरे अविश्वास की रक्षा कर ली। मैं तुम्हें लेने ही आया हूँ मिनी।"

मिनी चुप। केवल उसका हाथ थरथरा गया।

"मैंने तुमसे कहा था कि यदि कुछ भी ऐसा-वैसा हुआ तो उसे अनहुआ कर दूँगा। दुनिया के किसी भी कोने से तुम्हें ले आऊँगा। मैं यहाँ तुमसे मिलने नहीं, तुम्हें लेने आया हूँ।"

मिनी चुप। केवल एक बूँद आँसू नरेन्द्र के हाथ पर टपक पड़ा।

"तुम जानती हो, मैं रस्म-रिवाज, समाज किसी को नहीं मानता। विवाह से पहले लिखा हुआ तुम्हारा पत्र पाकर कलकत्ता में जो मकान लिया था, वह आज भी तुम्हारी प्रतीक्षा में वैसे ही बन्द पड़ा है।" नरेन्द्र का अपना स्वर आँसुओं में डूब गया। मिनी ने आँसू भरी आँखों से ही उसके कातर चेहरे को देखा। नरेन्द्र की यह याचना-भरी दृष्टि उसे भीतर-ही-भीतर आरे की तरह चीरती हुई चली गई।

"इतना दुस्साहस मुझसे नहीं हो सकेगा, नरेन।"

"होगा, खूब होगा।" और उसने मिनी की अँगुलियों को अपने होंठों पर दबा दिया। मिनी का मन हुआ कि खिड़की की ये सलाखें टूट जाएँ और वह अपने को नरेन्द्र की बाँहों में सौंप दे। मन हुआ कहे, 'तुम मुझे यहाँ से ले चलो, नरेन! आज तक मैं तुम्हारी ही तो प्रतीक्षा करती रही थी!' पर कहा यही, "तुम यहाँ से चले जाओ नरेन!"

"दो घंटे बाद ही चला जाऊँगा। पर चार दिन बाद आऊँगा तब तुम्हें लेकर ही जाऊँगा। तैयार रहना।" उसने फिर उसके हाथों को चूमा और लौट गया।

सुन्न हो आई मिनी। वहाँ जैसी-की-तैसी बैठी रही, जैसे उसकी सम्पूर्ण चेतना ही किसी ने हर ली हो। वह समझ नहीं पाई कि जो कुछ अभी-अभी घट गया वह सच है या स्वप्न।

एकाएक बाहर से टुकी के जोर-जोर से रोने और माँ के चीखने-चिल्लाने की आवाज से मिनी की चेतना लौटी तो घबराई-सी बस बाहर निकल आई। उसे देखते ही सास फूट पड़ीं, "हे भगवान! इस घर से धरम-करम तो उठने ही लगा था, अब तो इज्जत-मर्यादा भी गई। दिन-दहाड़े ऐसी बेहयाई...उन्हें तो पढ़ी-लिखी लड़की चाहिए।" नकल निकालते हुए माँ ने कहा, "अरे सीधे-सीधे कहो न कि तुम खुद लगी बैठी हो उससे। छीः-छीः तू रो मत बेटी...",

एक बार वज्र गिरने पर भी मिनी इतनी आहत न होती जितनी इस वाक्य से, "मैं भी कहूँ, आखिर ऐसी क्या बात है जो ब्याहकर भी मेरा बेटा..."

बिना पूरी बात सुने किसी तरह अपने को सँभालकर मिनी कमरे में लौट गई और कटे पेड़ की तरह बिस्तर पर गिर पड़ी। सौ-सौ धिक्कार उसके मन में फूट रहे थे, पर उसके अपने लिए या सास के लिए, वह खुद नहीं समझ पा रही थी। तीन महीने से जो जहर घरवालों के मन में भर रहा था उसे एक साथ ही उगलने के लिए कितना अच्छा अवसर हाथ लग गया है। जिस सिर को उसने आज तक नीचा नहीं होने दिया था, उसे अब कैसे उठाएगी? कैसे एक दिन भी अब यहाँ रहेगी? जो पति आज तक उसे सब तरह के वारों से बचाता आया है, आज वह खुद कितना बड़ा वार उस पर करेगा, इसकी कल्पना तक उससे नहीं की जा रही है। क्षमाशीलता, खाने-कपड़े में किए गए अन्याय के प्रति आदमी सहनशील हो सकता है, पर किसी के पूरे अस्तित्व को ही जलील कर दिया जाए तब? नहीं-नहीं, अब उसे कोई क्षमा नहीं करेगा।

'नरेन! तुम तो चले गए, अब इस नरक की यातना को कौन भोगेगा? एक बार प्रेम दिखाकर तो मुझे किसी लायक नहीं रखा और इस बार आए तो जीने के सारे रास्ते बन्द करते गए। शाम को वे आएँगे, उसके पहले ही किस तरह सारे बातें उन तक पहुँचा दी जाएँगी, कितना तोड़-मरोड़कर, कितना जहर भरकर और उसके बाद?'

शाम को पति की आवाज सुनते ही उसे लगा जैसे उसके हृदय की धड़कन रुक गई। सारी बात सुनते ही, बिना एक क्षण भी रुके, वे दनदनाते हुए कमरे में आएँगे और कहनी-अनकहनी सब कहेंगे। हो सकता है हाथ पकड़कर कमरे से बाहर कर दें। ठीक है आने दो। मैं भी साफ-साफ कह दूँगी, 'हाँ-हाँ मैं नरेन से प्रेम करती हूँ। वह मुझे लेने ही आया था और मैं अब जा रही हूँ। सँभालो अपना यह घर। तीन महीने में क्या मिला है मुझे-रोज-रोज के लड़ाई-झगड़े, रोज-रोज का अपमान। मैं उन सती-साध्वियों में से नहीं हूँ जो...'

"मिनी!" घनश्याम खड़ा था। सुलगती-सी आँखों से ही उसने एक बार घनश्याम की ओर देखा। युद्ध के लिए तैयार...हर चुनौती के लिए तत्पर।

"नरेन बाबू चले गए। इतना मैं खुद कहकर गया था, अखिल को कह गया था फिर भी रुके नहीं?"

मन हुआ पूछे, 'क्यों, जूते मारने थे?'

"मैं तो जैसे-तैसे काम समाप्त करके आज ही लौटा।" न चेहरे पर कोई विकार न स्वर में। जो सामने दिखाई दे रहा है, वह उस पर विश्वास करे या

नहीं? उसने ऐसी चुभती हुई नजरों से घनश्याम को देखा मानो आज वह उसकी सज्जनता के सारे आवरण चीरकर रख देगी। इस ढोंग और नाटक का रेशा-रेशा उधेड़कर रख देगी। इतना वह भी जानती है कि पति के सजा देने का, भर्त्सना करने का तरीका और लोगों की तरह फूहड़ और भद्दा नहीं होगा, वह शायद बहुत मीठी मार करेंगे...ऐसी कि मिनी लहूलुहान भी हो जाए और उफ तक भी न कर पाए।

"बहुत भाग-दौड़ की, पर अच्छी वसूली नहीं हो सकी। इस बार बाजार में बड़ी मन्दी चल रही है। चाहता था अच्छा पैसा हाथ में आता तो इस बार पूजा धूमधाम से करवाते। तुम्हारी तो इस घर में पहली पूजा है।"

'क्यों बेकार की बातें कर रहे हो। अपने असली मुद्दे पर आओ। जितना लांछित करना है एक साथ ही कर लो...यों धीरे-धीरे हलाल करने से क्या लाभ...'

पर वे जैसे आए थे, वैसे ही चले गए। मिनी हतप्रभ। उसकी नसों का तनाव अब जैसे उसे ही तोड़ने लगा। आज उसे लगा, शायद फाँसी की वास्तविक यातना उतनी भयंकर नहीं होती जितनी उसकी प्रतीक्षा की यातना, उस क्षण तक पहुँचने की यातना। रात में अपनी चटाई पर दीवार की ओर मुँह करके वह सो गई। शाम को जो नहीं हुआ वह अब होगा। घनश्याम की सारी क्षमाशीलता और विनम्रता के नीचे जो एक खास तरह की दृढ़ता है, उसे वह जानती है। बहुत शान्त, संयत किन्तु दृढ़ स्वर में वह कहेगा, 'अब इस घर में तुम्हारा रहना नहीं हो सकता। तुम जहाँ चाहो वहाँ भेजने की व्यवस्था कर दी जाएगी।' इसके जवाब में वह क्या-क्या कहेगी, वह सब भी उसने कई बार मन-ही-मन दोहरा लिया। पति की ओर से हर सम्भावित आरोप और उसका हर सम्भावित उत्तर। पर अपने सोचे हुए ये उत्तर खुद ही उसे व्यथामुक्त नहीं कर पा रहे हैं। अपराध का जो असह्य बोझ उसकी छाती पर लदा है, उसे किंचित् मात्र भी कम नहीं कर पा रहे हैं।

घनश्याम के आने की आहट से ही उसकी विचारधारा टूटी। वह नए सिरे से अपने को तैयार करने लगी। अभी-अभी एक बेहद सधी हुई और दृढ़ आवाज चीरती हुई यहाँ से बाहर तक फैल जाएगी। पर कहीं कुछ नहीं। सरकता हुआ हर क्षण उसे निश्चिन्त बनाने की बजाय और अधिक अधीर बनाने लगा। कोई बातचीत नहीं, यह नाराजगी ही है, इस स्थिति में कोई औरत सो सकती है भला? इतनी बात तो यह भी जानते ही होंगे।

मिनी ने पूरी रात करवटें बदलते हुए ही बिताई। भीतर से वह चाहे जितनी भी त्रस्त हो, ऊपर से अपने को बहुत सहज-स्वाभाविक बनाकर ही सवेरे वह बाहर निकली। उसके चेहरे की दयनीयता और कातरता घरवालों को कितना

प्रसन्न करेगी और उसकी लापरवाही और उपेक्षा भाव उन्हें कितना त्रस्त करेगा, वह अब खूब अच्छी तरह जानती है और इस तरह की प्रसन्नता तो वह उन्हें कभी नहीं देगी।

रसोई में घुसते ही देवरानी ने एकदम गरजते हुए कहा, ''तुम रहने दो दीदी, रसोई का काम आज मैं ही देख लूँगी।''

''क्यों?'' वहीं ठिठककर मिनी ने पूछा।

''मैं क्या जानूँ, माँ से ही जाकर पूछ लो। वे अपने कमरे में ही तो हैं।'' और उसके होंठों पर वही व्यंग्य-भरी मुस्कान उभर आई। टुकी ने उसकी तरफ देखकर गुस्से और घृणा से मुँह फेर लिया।

मिनी के तन-बदन में आग लग गई। इतना अपमान। तो अब वह अस्पृश्या हो गई? वह दनदनाती हुई कमरे में आई। भड़ाक से दरवाजा बन्द कर दिया। ठीक है, वह जब तक यहाँ है अपनी छाया भी किसी पर नहीं पड़ने देगी। लेकिन एक असह्य घुटन से उसका मन छटपटाने लगा। उसने खिड़की खोली-दूर तक फैला हुआ नीला स्वच्छ, मुक्त आसमान। वह सींखचे पकड़कर खड़ी रही।

घरवालों की की हुई व्यवस्था तो उसने जान ली। इससे अधिक की वह उनसे अपेक्षा भी नहीं करती थी। पर घरवालों की हर ज्यादती और अन्याय के सामने कवच की तरह रक्षा करनेवाले पति ने उसके लिए कौन-सी व्यवस्था सोची है, यह जानने के लिए ही उसका मन हर क्षण विकल हो रहा था।

खट्-खट्। दरवाजे पर दस्तक सुनकर उसने दरवाजा खोला। घनश्याम था, ''दरवाजा बन्द क्यों किया? आज क्या नहाना-धोना नहीं करना है?''

एक बहुत ही तीखी-कड़वी बात मिनी के मन में उभरी, पर आवेग के मारे कंठ जैसे भिंच गया। मेज की दराज में से कुछ कागज-पत्र लेकर जैसे वह आया था वैसे ही चला गया। न चेहरे पर किसी तरह की मलिनता या विकार, न स्वर में। हमेशा की तरह वही स्निग्ध निर्मलता।

पर यह निर्मलता मिनी को कहीं से भी न आश्वस्त कर रही है न हलका, बल्कि उसका बोझ है कि बढ़ता ही जा रहा है। दो दिन से मन-ही-मन वह जिस वाक्युद्ध की तैयारी कर रही है, जो गुबार उसके भीतर-ही-भीतर उफनता आ रहा है, बिना बाहर निकले वह उसे ही तोड़े डाल रहा है। घनश्याम उसकी जितनी भी भर्त्सना करता, जो भी सजा देता उसको वह सह लेती। कम-से-कम यह तो लगता कि अपराध की सजा पाकर अपराध से मुक्त हो गई। पर यह क्षमाशीलता...इसने तो उसके अपराध-बोध को हजार-हजार गुना बढ़ा दिया है। कैसी विचित्र स्थिति है-एक ओर घरवालों की असीम घृणा और दूसरी ओर

पति की सीमातीत क्षमाशीलता और दोनों ही उसे दो पाटों की तरह पीसती चली जा रही हैं। सारी स्थिति उसकी सहनशीलता की सीमा के पार होती जा रही है।

कैसा विचित्र है यह मन, और कितनी विचित्र है इसकी लीला। अपने को दोषमुक्त करने के लिए कैसे यह दूसरों को दोषी बना डालता है। न बनाए तो करे भी क्या? गुरुतर अपराधों का असह्य बोझ शायद इसी तरह बाँट-बाँटकर ही मनुष्य झेलता होगा-वरना तो जिन्दा रहना भी असम्भव हो जाए। और एकाएक ही मिनी की विचारधारा दूसरी ओर बह चली। कौन पति होगा जो अपनी पत्नी के इतने बड़े दोष से भी उदासीन रहेगा! शायद वही पति इस अपराध को नजर-अन्दाज कर सकता है जिसे पत्नी से कोई लगाव ही न हो। सचमुच घनश्याम और उसका सम्बन्ध है ही क्या? तभी तो उसे न मिनी का प्रलोभन है, न मिनी के शरीर का। मिनी किसी से प्रेम करे, किसी की बाँहों में जाए, उसका बनता-बिगड़ता ही क्या है? पत्नी जिनके जीवन का अभिन्न हिस्सा बन चुकी होती है, वे पति तो इतना भी बर्दाश्त नहीं कर सकते कि उसे कोई देख तक ले। मिनी को घनश्याम ने इतना अपना समझा ही कब है? कैसी है उसकी बुद्धि? क्षमाशीलता की आड़ में छिपी इस उदासीनता को वह देख ही नहीं पाई। और जब वह दिख गई तो एक दूसरे ही प्रकार की व्यथा से उसका मन बिंधने लगा। दो दिन से वह घनश्याम से कुछ बहुत ही कटु, कठोर और भर्त्सनापूर्ण सुनने के लिए अकुला रही थी और अब ठीक उतना ही कटु, कठोर और भर्त्सनापूर्ण उसे सुनाने के लिए अकुलाने लगी।

शाम को अवसर भी आ गया। वह जेबें सँभालकर धोबी को कपड़े दे रही थी कि घनश्याम के कुर्ते से एक पोस्टकार्ड निकला। पढ़ा तो अवाक्। माँ की चिट्ठी थी कि आग लग जाने से रसोई को छोड़कर पूरा का पूरा घर जल गया। वे बेहद संकट में हैं। दुख और क्रोध के मारे उसकी आँखें छलछला आईं। एक ओर माँ का दुख, दूसरी ओर चिट्ठी छिपा लेने की नीचता। माँ पर आए इतने बड़े संकट की बात भी उसे नहीं बताई?

रात को घनश्याम आया तो उसके मुँह पर एक तरह से चिट्ठी फेंकते हुए ही उसने पूछा, ''यह क्या है?''

''हाँ, माँ की चिट्ठी आई थी। मैं कुछ ऐसी उलझन में रहा कि बताना भूल गया।''

''तुम्हारी उलझन माँ के संकट से भी बड़ी थी, क्यों?'' बेहद कठोर स्वर में उसने पूछा।

''नहीं...नहीं। बात यह थी कि मैं...''

"बात जो थी वह मैं खूब जानती हूँ। मिनी की हस्ती ही क्या है इस घर में? कुछ उसे अस्पृश्य मानते हैं, रसोई में घुसना तक वर्जित कर दिया है उसका और किसी के लिए उसका होना न होना दोनों बराबर है।"

"कैसी बात कर रही हो, मिनी? कौन तुम्हें रसोई में नहीं घुसने देता?"

"तुम्हारी माँ का आदेश है। मैं पतिता हूँ न।" स्वर में जहर की मात्रा बढ़ती ही जा रही थी। दो दिन का यह उद्धत आवेग जैसे किसी भी नियंत्रण में बँधने को तैयार नहीं था।

"ओह..." उसके चेहरे पर परेशानी का भाव झलक आया। फिर स्वर में बेहद क्षमा-याचना भरकर बोला, "लेकिन मैंने तो इसीलिए नहीं बताया था कि तुम परेशान होतीं। सोचा, हो सके तो पहले कुछ..."

पर मिनी पर तो जैसे पागलपन सवार था। उतनी ही कठोर आवाज में बोली, "परेशान मैं क्या होती, परेशानी तो तुम्हारे लिए पैदा हो जाती। डर लग रहा होगा, कहीं मैं माँ के पास रुपया भेजने को न कह दूँ। सो इतना जान लो, जरूरत पड़ी तो माँ के लिए भीख माँग लूँगी पर तुमसे कुछ नहीं लूँगी। माँ गरीब हो सकती हैं, पर आत्म-सम्मान तो उनका भी है। मैं कल ही माँ के पास जाऊँगी। अब एक दिन भी नहीं रुकूँगी।"

"घर जलने की बात सुनकर तुम शायद बहुत विचलित हो गई हो। मन थोड़ा शान्त कर लो, फिर बात करेंगे।" और हलके-से मिनी का कन्धा थपथपाकर घनश्याम कमरे से बाहर हो गया।

अपने अपराध को छोटा करने का कितना अच्छा तरीका है कि दूसरे के अपराध को अपने से भी बड़ा साबित कर दो।

रात में दोनों के बीच एक बोझिल-सा मौन छाया रहा। पर मिनी ने यह जरूर महसूस किया कि उसकी तरह घनश्याम भी शायद रात भर सो नहीं सका है। सवेरे जल्दी ही वह कमरे से बाहर चला गया। थोड़ी देर बाद ही नौकरानी ढूँढ़ती हुई आई, "दादा बाबू क्या सवेरे-सवेरे कहीं बाहर गए हैं?"

"मुझे नहीं मालूम।" लेकिन मन में प्रश्न जरूर उठा–'इतने सवेरे-सवेरे कहाँ गए? कहीं उसके भेजने की व्यवस्था करने तो नहीं गए?' और इस कल्पना से ही उसे आघात लगा। उसने जाने के लिए कहा, ठीक है। पर क्या घनश्याम उसे एकदम भेज देगा!

कोई दस बजे घनश्याम आया। मिनी ने पहली बार उसके चेहरे पर हलकी-सी परेशानी देखी। और सच कहें तो परेशानी के इस भाव ने उसे सन्तोष ही दिया–निशाना तीर पर लगने जैसा सन्तोष।

"मिनी! मुझे तुम्हारे कुछ जेवर चाहिए, निकाल दो।"

स्वर में आदेश नहीं था, पर याचना जैसा भी कुछ नहीं था। मिनी पल भर घनश्याम का चेहरा देखती रही, मानो इस निहायत ही प्रत्याशित माँग का सिर-पैर समझना चाहती हो। पर पलक झपकते ही बात बिजली की तरह उसके दिमाग में कौंध गई और वह ऊपर से नीचे तक तिलमिला उठी–'इतना अविश्वास!'

उसने अलमारी खोली। एक-एक गहना उठा-उठाकर वह पलंग पर फेंकने लगी, "लो...लो...लो।" फिर उसने अपनी जरी की साड़ियाँ भी निकालकर फेंक दीं, "इन्हें भी सँभालो। तुमको डर लगा कि मैं तुम्हारा जेवर और कपड़ा लेकर माँ के घर चली जाऊँगी, पर इतनी भूखी और नीच नहीं है मिनी।"

अपने आवेश से वह खुद ही काँपने लगी। घनश्याम ने केवल इतना ही कहा, "तुम मुझे गलत समझ रही हो मिनी।" और तीन-चार चीजें उठाकर बाहर चला गया। पलंग पर पड़ी बची हुई चीजें उसके मन में जैसे सौ-सौ डंक चुभाने लगीं।

सास-देवरानी के किए हुए आज तक के सारे अपमान उसे इस अपमान के सामने बड़े हलके लगने लगे। उसकी नीयत पर शक। इतना अपमान और वह भी और किसी से नहीं, अपने ही पति से!

वह अब यहाँ नहीं रहेगी, उसने जैसे मन-ही-मन फैसला कर लिया।

घनश्याम आएगा तो साफ शब्दों में अपना फ़ैसला सुना देगी। अपने कहने और घनश्याम की प्रतिक्रिया के अनेक चित्र उसकी आँखों के सामने बनते-बिगड़ते रहे। कभी लगता घनश्याम बहुत कुपित हो आया है तो कभी लगता है जैसे वह बहुत आहत हो आया। उसके चेहरे पर मिनी को रोक लेने का एक बड़ा ही कातर-सा आग्रह उभर आया। कभी उसके सारे संकल्पों पर अंकुश-सा लगाता उसका वही दृढ़ निर्णयात्मक स्वर गूँज जाता, 'तुम्हें कहीं नहीं जाना है मिनी...तुम यहीं रहोगी–बस,' और उसे लगा जैसे यही सुनने के लिए इतनी देर से वह संकल्प-विकल्प के जाल में उलझ रही है। मन तो जैसे बराबर यही चाह रहा है कि घनश्याम उसे रोक ले...उसका मान रह जाए। घरवालों के सामने वह सिर उठाकर चलने लायक हो जाए।

पर सारा दिन बीत गया, घनश्याम नहीं आया। बस जब-तब उसको सुनाने के लिए कहे गए सास के व्यंग्य-बाण ही उसके कानों में पड़ते रहे। रात में भी घनश्याम नहीं आया। एक अव्यक्त से भय और आशंका से मिनी का मन थरथराता रहा। बिना कुछ भी कहे आखिर कहाँ चला गया घनश्याम?

दूसरे दिन अखिल जब ऑफिस जाने लगा तो आवाज को सप्तम स्वर पर चढ़ाकर माँ ने मिनी को सुनाते हुए कहा, ''बेटा अखिल, घनश्याम तो हो गया है मिट्टी का माधो। कल से जाने कहाँ मुँह छिपाए-छिपाए फिर रहा है। उससे कुछ होगा भी नहीं, अब तुम ही कुछ करो।''

अखिल ने कुछ कहा भी या नहीं–कुछ सुनाई नहीं दिया। फिर माँ का ही स्वर सुनाई दिया, ''इस घर में तो अब एक दिन भी नहीं रहा जाएगा। हमारी अपनी भी तो कोई इज्जत है...घर में जवान लड़की बैठी है। नहीं-नहीं, बहुत हुआ। अब तुम अपनी दुकानें भी अलग करो और अपना घर भी। मैं तो इस पाप की गठरी को एक दिन भी बर्दाश्त नहीं करूँगी।''

सब ओर से जड़ हो आई मिनी को यह सुनना था, उसने सुना। अखिल ने कोई व्यवस्था की या सुझाई–मिनी को नहीं मालूम। पर उसके जाने के दो घंटे बाद ही चारु के मुँह से यह सुनकर कि नरेन्द्र बाबू आए हैं और बाहर बैठक में बैठे हैं उसने खुद अपनी व्यवस्था कर ली। यंत्रचालित-सी वह बाहर के कमरे में गई और कहा, ''नरेन, मैं तुम्हारे साथ चलूँगी।'' स्वर में न आवेश था, न उद्विग्नता। था तो केवल एक दृढ़ संकल्प।

नरेन्द्र अवाक्। जैसे मिनी की बात पर विश्वास न हो रहा हो।

''तुम इसी समय स्टेशन चले जाओ, मैं तुम्हें वहीं मिलूँगी।''

''तुम सच कह रही हो मिनी?'' बड़ी अधीरता से नरेन्द्र ने पूछा।

''जो कह रही हूँ वही करो।'' और मिनी लौट पड़ी।

''तुम आ गईं! मैं जानता था, तुम आओगी...'' आवेग में नरेन्द्र जाने क्या-क्या बोलता चला जा रहा था। पर वे सारे शब्द मिनी को मात्र अर्थहीन ध्वनियाँ लग रहे थे, जो न उसकी समझ में आ रहे थे न उसे कहीं से छू रहे थे। वह बस जड़ प्रतिमा की तरह उसके सामने खड़ी थी।

नरेन्द्र ने उसे बाँह से पकड़कर बेंच पर बिठाया, ''यह क्या! तुम तो एकदम ठंडी हो रही हो!''

मिनी चुप।

''लगता है, तुम बहुत सहम गई हो। देखो, गाड़ी आने में तो अभी पाँच-छः घंटे की देर है। मैंने पास की धर्मशाला में एक कमरा ठीक कर लिया है। चलो, वहीं चलकर तुम आराम करो।'' और बाँह का सहारा देकर ही उसने मिनी को उठाया।

"तुम इस खटिया पर आराम करो, मैं कुछ खाने की व्यवस्था करके आता हूँ। लगता है, भूखी-प्यासी ही निकल आई हो!"

मिनी एक आज्ञाकारी बच्चे की तरह खाट पर लेट गई और उसने आँखें मूँद लीं। पर मन उसका जैसे किसी अतल गहराई में डूबता जा रहा है। घर से भाग आने की कोई थ्रिल भी नहीं है, कोई आ न जाए-वह पकड़ी न जाए, इस बात का भय भी नहीं है। नरेन्द्र के साथ जीवन की, अपने मनचाहे जीवन की कोई तसवीर उसके सामने नहीं उभर रही। बस, मन दौड़-दौड़कर अतीत में ही लौट रहा है। जिस अतीत को वह स्वेच्छा से छोड़ आई, वही जैसे बराबर खींच-खींचकर उसे अपने में बाँध रहा है-

यह उछाल-उछालकर जेवर फेंक रही है, पलंग पर नहीं, घनश्याम के मुँह पर-लो-लो,...अचानक हाथ का एक नुकीली बनावट वाला कंगन उसके ललाट को काटकर नीचे जा गिरा और घनश्याम के चेहरे से खून बह रहा है...सारे दिन की भाग-दौड़ के बाद घनश्याम थका-माँदा घर आया है, पर कोई उसे हाथ-मुँह धोने के लिए पानी देनेवाला नहीं है...वह खड़ा है तो खड़ा है...रात के आलू और करेले से वह किसी तरह सूखा भात खा रहा है...बीच-बीच में पानी का सहारा ले लेता है। वह बुखार में पड़ा है। दवाई तो दूर, कोई उसे पानी को पूछने के लिए भी नहीं आ रहा...

लौटकर घनश्याम ने मिनी की लिखी एक पंक्ति पढ़ी है और हमेशा निर्मल और प्रसन्न रहनेवाले उसके चेहरे पर विषाद और अवसाद की छाया घिर आई है। वह नजरें नीची किए बीच आँगन में खड़ा है...ननद फिस्स-फिस्स करके हँसे जा रही है, देवरानी मुँह टेढ़ा करके किसी तरह अपनी हँसी रोक रही है और सास है कि हाथ नचा-नचाकर उसे ही धिक्कार रही है, उसी की भर्त्सना कर रही है। और वह सब कुछ इसी तरह सुन-सह रहा है जैसे दोष मिनी का नहीं, उसका ही है...घर से मिनी नहीं, वह खुद भागा है। सहानुभूति का एक शब्द नहीं...स्नेह का एक स्पर्श नहीं...मिनी को परिवारवालों के अन्याय और अपमान से बचाने के लिए किस तरह घनश्याम कवच की तरह उसके आगे-पीछे रहता था, अपनी सारी विनम्रता के बावजूद जिसने कभी घरवालों को मिनी के आत्म-सम्मान पर ठेस नहीं पहुँचाने दी, आज उसी को वह घरवालों का निर्मम उपहास सहने के लिए छोड़ आई...घरवालों द्वारा किए हुए अपमान की ज्वाला में झुलसने के लिए छोड़ आई है। घनश्याम का निरीह और कातर चेहरा कई-कई रूपों में उसे दिखाई देने लगा-असंख्य चित्र हैं जो बनते-बिगड़ते जा रहे हैं।

और मिनी की आँखों में झर-झर करके आँसू झरने लगे। उसका अपना ही मन उसे धिक्कारने लगा, 'यह क्या कर डाला उसने? यह किसके साथ बदला लिया है उसने...घनश्याम के साथ या खुद अपने साथ? लौट चल...लौट चल।' मन जैसे भीतर से ठेलने लगा।

कमरे का दरवाजा खुला और फिर बन्द हो गया। बन्द आँखों से ही उसने जान लिया कि नरेन्द्र बाहर गया है। थोड़ी देर बाद ही उसे नरेन्द्र का स्वर सुनाई दिया, "मिनी, उठो, चाय पी लो।" दीवार की ओर मुँह किए-किए ही उसने इनकार कर दिया, "नहीं, मन नहीं है।"

एक बहुत ही कोमल स्नेहिल स्पर्श, "उठो मिनी, चाय पी लो। ऐसे घबराओगी तो कैसे चलेगा?" कैसे चलेगा? प्रश्न जाने कितने अर्थ अपने में लपेटकर उसके कानों में गूँजने लगा-वह जो कर आई है! उसके बाद कुछ भी तो चलने लायक नहीं रह गया।

नरेन्द्र ने उसे जबर्दस्ती पकड़कर बिठा दिया, आँचल से उसके आँसू पोंछ दिए, "तुम इतनी हिम्मती होकर इस तरह परेशान हो रही हो।" और उसने प्याला उसके होंठों से लगा दिया।

मिनी को नहीं मालूम चाय का स्वाद कैसा था।

"मैं दो-चार जरूरी चीजें खरीदकर लाता हूँ। दरवाजा बन्द कर दूँगा, डरना नहीं।" नरेन्द्र चला गया और मिनी फिर डूबने लगी।

कोई घंटे भर बाद नरेन्द्र लौटा, "लो देखो, यह तुम्हारे लिए है।"

मिनी ने आँखें खोलकर देखा-नरेन्द्र हाथ में साड़ी लिये खड़ा था। "जल्दी से नहाकर इसे पहन लो। तुम्हारी साड़ी बहुत मुसमुसा गई है।"

"तुम साड़ी लाए हो मेरे लिए?" पता नहीं किस दृश्य में खोए-खोए मिनी ने पूछा।

"अरे, मैं नहीं लाऊँगा तो और कौन लाएगा? अब से तुम्हारा सारा दायित्व मुझ पर ही तो है।" कानों में ये शब्द टकराए और साथ ही मन में कोई और ही वाक्य तैर गया-'जिसे अपना सब कुछ दे दिया है उसको कुछ भी देकर पाने का-सा ही तो सुख होता है।' यह अधिकार और वह समर्पण। मामा ने कहा था-'नरेन्द्र प्यार कर सकता है, निभा घनश्याम ही सकेगा।'

"नरेन, मैं लौटकर जाऊँगी।" एकाएक मिनी के मुँह से निकला। बात बिना किसी प्रसंग-भूमिका के ही निकली थी, पर न उसमें किसी तरह का आवेग था, न अस्थिरता। बड़े सधे हुए दृढ़ स्वर में ही उसने कहा था।

नरेन्द्र अवाक्, "पागल हो गई हो?"

"हो ही गई थी शायद।"

"तुम सोचती हो, तुम्हें वहाँ कोई घुसने देगा? घर से भागी हुई स्त्री के लिए कोई भी कोना बचा रह जाता है घर का? लांछित और अपमानित करके निकाल बाहर करेंगे तुम्हें।"

मिनी चुप। इस बात की सच्चाई को खुद भी जानती थी शायद। थोड़ी देर बाद बोली, "तो फिर माँ के यहाँ चली जाऊँगी। तुम्हारे साथ जाना शायद होगा नहीं मुझसे..."

नरेन्द्र एकाएक जैसे कुछ समझ नहीं पाया। आखिर बात क्या है। अधीर होकर बोला, "माँ के यहाँ जाने से ही तुम सोचती हो कि घर से भाग जाने का तुम्हारा अपराध कम हो जाएगा? तुम्हें फिर से अपने घर में आश्रय मिल जाएगा? तुम्हारे पतिदेव तुम्हें क्षमा कर देंगे?" उसके स्वर की उत्तेजना बढ़ती ही जा रही थी। वह मिनी को अच्छी तरह समझा देना चाहता था कि घर लौटने के सारे मार्ग तो वह खुद अपने हाथों ही बन्द करके आई है।

पर मिनी के चेहरे पर जाने कैसा पथराया भाव था जो इतनी सारी आशंकाओं से भी विचलित नहीं हुआ। उसने केवल इतना ही कहा, "वे शायद कर देंगे।"

नरेन्द्र भीतर-ही-भीतर कुछ अपमानित भी हुआ और सामने बैठी स्त्री की मूर्खता पर क्षुब्ध भी।

"हुँ! घर से भागी हुई स्त्री को शरण देनेवाला देवपुरुष मैंने अपने देश में तो कभी देखे नहीं। राम तक तो सीता को नहीं पचा पाए थे।"

मिनी एकटक नरेन्द्र का चेहरा देखती रही, फिर धीरे से बोली, "ठीक ही कहते हो, राम नहीं कर पाए थे, पर ये कर देंगे। उदारता, क्षमा ये सब मेरे लिए केवल किताबी शब्द थे। इनका अर्थ तो मैंने इनके सम्पर्क में आकर ही जांना-समझा।"

नरेन्द्र इस बार ईर्ष्या से तिलमिला गया। व्यंग्य से बोला, "तब फिर ऐसे महापुरुष को छोड़कर आने की जरूरत क्या थी?" अपमान से जैसे उसका चेहरा स्याह हो गया।

"नरेन, मेरे मन में तुम्हारे लिए जो कुछ है, इस तरह की बातें करके उस सबको समाप्त मत करो। मेरी मजबूरी समझने की कोशिश करो।"

नरेन्द्र चुप।

"माँ के यहाँ वाली गाड़ी कितने बजे जाती है, मुझे उसी में चढ़ा दो।" नरेन्द्र चुप।

''एक कष्ट तुम्हें इस मिनी के लिए और करना होगा।'' नरेन्द्र ने केवल अपनी आँखें मिनी के चेहरे पर टिका दीं।

''मुझे गाड़ी में बिठाकर एक बार घर जाकर इनको सारी बात बता देना–राई-रत्ती। फिर ये जैसा चाहेंगे मेरी वैसी ही व्यवस्था कर देंगे।''

''हो सकता है, किसी आश्रम में भिजवा दें।'' चाहकर भी नरेन्द्र न अपने मन की ईर्ष्या छिपा पा रहा है, न आक्रोश।

''हो सकता है अपने ही आश्रय में रखें।'' किसी गहरी निष्ठा और भीतरी आस्था से निकला हुआ यह वाक्य नरेन्द्र को चकित कर गया। फिर भी उसने कहा, ''तुम मेरे साथ नहीं जाना चाहतीं, मत चलो! पर वहाँ भेजकर अपमानित क्यों करवाना चाहती हो?''

मिनी एकटक नरेन्द्र के चेहरे को देखती रही–अपमान और ईर्ष्या से मलिन हो आया चेहरा, और तभी उसके सामने घनश्याम का चेहरा घूम गया...निर्मल, निर्विकार। मन में कहीं मामा के शब्द तैर गए–'...निभा घनश्याम ही सकेगा।' उसने बड़ी दृढ़ता से कहा, ''नरेन, जिस व्यक्ति ने इस सबको सहकर भी अपने को अपमानित महसूस नहीं किया, वह इस बात को कहनेवाले को कभी अपमानित नहीं करेगा। तुम अपने मान को इतना छोटा करके मत आँको।'' एक क्षण रुककर बोली, ''इसके बाद तुमसे कभी कुछ नहीं माँगूगी''

नरेन्द्र चुप। सामने बैठी मिनी की निष्ठा के सामने उसकी ईर्ष्या, आवेश, क्रोध सब कुछ धीरे-धीरे बह गया। रह गया तो केवल सब कुछ हार जाने का विषाद।

खाली हाथ और अकेले मिनी को देखकर गिरि आश्चर्य के मारे एक क्षण को अवाक् हो गई!

''मिनी तू! यों अकेली कैसे चली आई बिटिया?''

नीम बेहोशी की हालत में मिनी चारों ओर देख रही थी–जली हुई दीवारें, काली-काली ईंटों का ढेर।

''सारा का सारा घर जल गया माँ?'' और वह माँ के गले से लगकर फूट पड़ी। कई दिनों का आवेग जो बाहर न निकल पाने के कारण भीतर-ही-भीतर मिनी को तोड़ता आया था, माँ के गले लगते ही फूट पड़ा।

"परसों जमाई बाबू ने आदमी भेजा था, तू उसी के साथ क्यों नहीं आ गई? लगता है, वहाँ जाकर भी तू उतनी ही मनमौजी है।"

"आदमी भेजा था?"

"भेजा तो था, रुपया लेकर। मैं लेना नहीं चाहती थी तो बोला, 'बड़ी बहू ने जेवर गिरवी रखकर भिजवाए हैं।' मैं जानती थी, माँ की मुसीबत की बात सुनकर मिनी जेवर तो क्या, अपने-आपको भी गिरवी रख देगी।"

मिनी हतप्रभ!

"खुद शायद वसूली के लिए गए हैं। आदमी बोल गया है कि थोड़ा रुपया हाथ में आते ही मकान ठीक करवाने आएँगे।...पर तू उन्हीं के साथ आती न, इस तरह अकेले चले आना क्या ठीक लगता है?"

मिनी की आँखों से झर-झर आँसू बह चले। कितना अन्याय कर बैठी है वह, कैसा घोर अन्याय!

"अरे! तू रो क्यों रही है बेटी? घनश्याम के हाथों सब ठीक हो जाएगा, चिन्ता किस बात की!"

"ये सब कुछ ठीक कर देंगे न माँ?" अपने में ही डूबी-डूबी मिनी बोली।

"हाँ-हाँ, कर देंगे, तू चलकर नहा-खा!" फिर बहुत ही लाड़ भरे स्वर में बोली, "देखो तो ऐसे उठकर चली आई जैसे पड़ोसी के घर जा रही हो! सास ने कुछ कहा नहीं? तेरी इन आदतों को देखकर ही तो घनश्याम को सौंपा था तुझे।" और ब्याह के बाद पहली बार आई अपनी लाड़ली बेटी के लिए जाने क्या-क्या व्यंजन पकाने बैठ गई।

पूजाघर जल गया था। इसलिए गिरि ने रसोई में ही एक ओर ठाकुर जी सजा रखे थे। मिनी एकटक ठाकुर जी को ही देखती रही। माँ ने मिनी को इस रूप में देखा तो चेहरे पर मुस्कान फैल गई।

"माँ, सारा घर जल गया, तुम्हें चिन्ता नहीं होती कि अब क्या होगा?"

एकटक अपने ठाकुरजी की ओर देखते हुए गिरि बोली, "कैसी चिन्ता बेटी? जिसने अपना सुख-दुख, भूत-भविष्य सब कुछ स्वामी के हाथों में सौंप दिया, उसे कैसी चिन्ता? मेरी बिगड़ी वे ही बनाएँगे।"

मिनी कभी ठाकुर जी को देखती, कभी माँ को-माँ की निष्ठा को।

पूरा दिन और पूरी रात मिनी ने एक विचित्र-से संशय में काटी। लेकिन दूसरे दिन दोपहर को जब माँ का पुलकित स्वर सुनाई दिया, "ले मिनी, जमाई बाबू तो आ ही गए तुझे लेने..." तो उसे लगा-नहीं, संशय तो एक क्षण के लिए भी उसके मन में नहीं था। यह विश्वास कितनी गहरी जड़ जमाए बैठा था

मन में कि एक बार इस गुरुतर अपराध के लिए भी क्षमा माँगने का अवसर देने के लिए स्वामी आएँगे, जरूर आएँगे!

"मिनी, मैं तुम्हें लेने के लिए आया हूँ...घर ले जाने के लिए।" तो उसकी आँखें छलछला आईं। भावावेग के कारण पत्ते की तरह थरथराती हुई उसकी देह अवश होकर स्वामी की बाँहों में जा गिरी और दो भुजाओं की जकड़ में उसे लगा, सारी भटकन समाप्त हो गई है, सारे द्वन्द्व समाप्त हो गए। निश्चिन्त और पूरी तरह आश्वस्त हो आए उसके मन में माँ का यह वाक्य ही गूँजता रहा– 'जिसने अपना सुख-दुख, भूत-भविष्य सब कुछ स्वामी के हाथों में सौंप दिया, उसे कैसी चिन्ता?...'

स्वामी

शरतचन्द्र

अनुवाद

विमल मिश्र

मेरा नाम सौदामिनी मेरे पिता ने रखा था। मैं अकसर ही यह सोचा करती हूँ कि वे तो मुझे अपनी आँखों से एक साल से ज्यादा नहीं देख पाए थे, तब इस तरह से मेरे अन्दर और बाहर को मिलाकर वे मेरा यह नाम कैसे रख गए थे? बीजमंत्र की भाँति इसी एक शब्द में वे मेरे सारे भावी जीवन की कहानी जाहिर कर गए हैं।

रूप! मैं यह मानती हूँ कि रूप मुझमें है, मगर नहीं जी नहीं, यह मेरा घमंड नहीं है। कलेजा चीरकर दिखाया नहीं जा सकता है वरना मैं इसी पल अपना कलेजा चीरकर दिखा देती। रूप को लेकर घमंड करने को मेरे लिए अब बाकी कुछ नहीं है बिलकुल कुछ नहीं है। तब मेरी उम्र अट्ठारह या उन्नीस साल रही होगी। हाँ, तब मेरी उम्र उन्नीस साल ही थी। मेरी बाहरी देह उससे ज्यादा बूढ़ी नहीं हो पाई थी, लेकिन इस कलेजे के भीतरी हिस्से में यहाँ जो बूढ़ी अपने उन्यासी साल के सूखे हाड़-मांस को लेकर रह रही है, उसे तुम नहीं देख पा रहे हो? अगर तुम उसे देख पाते तो अब तक तुम डर से काँप उठते।

यह याद आने पर भी कि मैं अकेले कमरे के अन्दर हूँ आज भी लाज के मारे मेरा मरने को जी चाहता है। लेकिन यह कलंक की स्याही कागज पर उड़ेल देने की मुझे क्या जरूरत थी! सारी लाज को छोड़कर ही तो आज मुझे कहना पड़ेगा। वरना मुझे छुटकारा मिलेगा कैसे?

सब लड़कियों की तरह मैंने भी तो अपने पति को शादी या मंत्र पढ़कर ही पाया था। तब भी क्यों उससे मेरा जी नहीं भरा। इसीलिए जो कीमत मुझे चुकानी पड़ी, उसकी मैं अपने बड़े से बड़े दुश्मन के लिए भी एक दिन के वास्ते कामना नहीं करती। लेकिन कीमत मुझे चुकानी पड़ी। जो तमाम पाप-पुण्य, लाभ-हानि, न्याय-अन्याय के मालिक हैं उन्होंने मुझे रत्ती भर भी रिहाई नहीं दी। जब

उन्होंने पाई–पाई वसूल करके कंगाल बनाकर मुझे रास्ते पर निकाल दिया, जब उन्होंने लाज–शर्म की और कोई बात कहीं बाकी नहीं छोड़ी तभी उन्होंने सिर्फ दिखा दिया, अरी अभागिन यह तू क्या रही है? पति तो तेरी आत्मा है, उसे छोड़कर तू जाएगी कहाँ? एक न एक दिन तुझे उसे अपने उस सूने कलेजे के अन्दर पाना ही होगा। इस जनम में हो, अगले जनम में हो, करोड़ों जनमों के बाद ही, उसे तो तुझे चाहिए ही। तू तो उसी की है।

मैं यह जानती हूँ कि मैंने जो खोया है उससे कई गुना ज्यादा मैंने आज पाया है। तब भी तो मैं यह बात हरगिज नहीं भुला सकती हूँ कि यह है मेरी नारी-देह। आज मेरे आनन्द को रखने के लिए भी जगह नहीं है। मगर दुख को रखने के लिए भी तो जगह नहीं देखती हूँ प्रभु। इस देह का हरेक कण दिन–रात रो रहा है–अरी अस्पृश्या, अरी पतिता, हमें और बाँधकर मत जला, हमें छुट्‌टी दे, एक बार हमारी जान में जान आए। लेकिन रहने दीजिए इस बात को।

पिताजी चल बसे, एक साल की बच्ची को लेकर माँ अपने मायके चली आई।

मामा के कोई बाल–बच्चा नहीं था, इसीलिए गरीब का घर होने पर भी मेरे लाड़–प्यार में कोई कमी नहीं हुई। चढ़ती उम्र तक उनके पास बैठकर मैंने अंग्रेजी और बँगला की कितनी किताबें पढ़ी थीं।

मगर मामा थे घोर नास्तिक। वे देवी–देवता कुछ भी नहीं मानते थे। घर में कोई पूजा–अर्चना या व्रत–उपवास होते मैंने किसी दिन नहीं देखा था। यह सब उन्हें फूटी आँखों नहीं सुहाता था।

हाँ, वे नास्तिक ही थे। वे मुँह से कहते तो थे कि वे एग्नोस्टिक हैं मगर यह तो एक बहुत बड़ा धोखा है। जिन्होंने पहली बार इस शब्द को समझा था उन्होंने तो सिर्फ लोगों की आँखों में धूल झोंकने के लिए ही अपने शुरू से लेकर आखिर तक के धोखे के पीछे और एक आकाश–पाताल का धोखा जोड़ देकर अपना बचाव किया था। लेकिन तब क्या मैंने यह सब खाक समझा था! असल बात है कि सूरज की बनिस्बत बालू की तपिश से बदन में ज्यादा छाले पड़ते हैं। मेरे मामा की भी ठीक यही दशा हुई थी।

सिर्फ मेरी माँ शायद बैठे–बैठे छिपाकर न जाने क्या सब किया करती थी। लेकिन उसके अलावा और कोई यह जान नहीं पाता था। सो माँ चाहे जो मर्जी करे, मगर मैंने मामा से ज्यादा से ज्यादा सीख लिया था।

मुझे अच्छी तरह याद आता है, जब साधु–संन्यासी दरवाजे पर आकर खड़े होते थे, तो संगत देखने के लिए मैं भागी जाती थी और मामा को बुला लाती

थी। वे उनके साथ ऐसा मजाक शुरू कर देते थे कि बेचारों को भागने का रास्ता नहीं मिलता था। मैं ताली बजाकर हँसती हुई लोटपोट हो जाती थी। इसी तरह से हमारे दिन कट रहे थे।

सिर्फ माँ एक-एक दिन बड़ी गड़बड़ी मचाती थी। मुँह लटकाकर आकर कहती–भैया सदु की तो दिन पर दिन उम्र हो रही है। अभी से अगर लड़का नहीं ढूँढ़ोगे, तो समय पर उसकी शादी कैसे कराओगे?

मामा अचरज में पड़कर कहते, 'यह तू क्या कह रही है गिरि? अभी तो तेरी बेटी ने बारहवें को पार नहीं किया है, इसी बीच उसने तेरहवें में कदम रखा है। अंग्रेजों की लड़कियाँ तो इस उम्र में...'

माँ रुआँसी होकर जवाब देती, 'अंग्रेजों की बात क्यों उठा रहे हो भैया? हम लोग तो सचमुच ही अंग्रेज नहीं हैं। तुम देवी-देवताओं को भले ही न मानो, पर वे तो तुमसे कोई झगड़ा करने नहीं आते हैं। मगर ठेठ गाँव का समाज तो है उसे तुम कैसे उड़ा दोगे?'

मामा हँसकर कहते, 'तू फिक्र मत कर बहन! वह सब मैं जानता हूँ। जैसे मैं तुझे उड़ा दे रहा हूँ वैसे ही मैं अपने मक्कार समाज को भी हँसकर उड़ा दूँगा।'

माँ मुँह लटकाए बुदबुदाती हुई बकते-बकते उठकर चली जाती। मामा परवाह तो नहीं करते थे, मगर मुझे बड़ा डर लगता था। न जाने कैसे मैं यह समझ सकी थी कि मामा चाहे जो भी क्यों न करें, माँ से वे मुझे बचा नहीं सकते हैं।

मैं यह बता रही हूँ कि शादी की बात से क्यों मुझे डर लगना शुरू हुआ था। हमारे पश्चिम मुहल्ले के सीने को चीरता हुआ जो नाला गाँव का सारा बरसात का पानी नदी में उड़ेल देता था। उसके दो तटों पर जो दो घर रह रहे थे उनमें से एक घर हमारा था और दूसरा घर था गाँव के जमींदार विपिन मजुमदार का। यह जमींदार वंश जितना अमीर था उतना ही खौफनाक था। गाँव के अन्दर-बाहर उन लोगों के बोलबाले की सीमा नहीं थी। नरेन था उस वंश का इकलौता वंशधर।

आज इतने बड़े झूठ को जबान पर लाने में मुझे क्या हो रहा है, यह मेरे अन्तर्यामी को छोड़ और कौन जानेगा! लेकिन तब मैंने सोचा था–यह क्या सचमुच एक चीज है, सचमुच ही मैं क्या नरेन को प्यार करती हूँ।

मैं यह नहीं बता सकती कि कब यह मोह पैदा हुआ था। कलकत्ता में वह बी.ए. में पढ़ता था, लेकिन छुट्टी के वक्त आने पर मामा के साथ फिलॉसफी पर चर्चा करने के लिए वह अकसर ही हमारे घर आता था। उन दिनों

Agnosticism ही था शायद पढ़े-लिखों का फैशन। इसी को लेकर ज्यादातर तर्क हुआ करता था। कितने दिन मामा अपना घमंड दिखाने के वास्ते नरेन बाबू के तर्कों का जवाब देने के लिए मुझे बुला भेजते थे। कितने दिन शाम को पार करके रात हो जाती थी, हम दोनों के तर्कों का कोई फैसला नहीं होता था। लेकिन मैं ही अकसर जीतती थी। कारण भी आज अब मुझसे छिपा नहीं है।

बीच-बीच में वह अचानक तर्क के बीच विराम देकर मामा के मुँह की तरफ निहारकर बड़े विस्मय से बोल उठता, 'अच्छा ब्रज बाबू, इस उम्र में इतने बड़े लॉजिक के ज्ञान और तर्क करने की एक ऐसी क्षमता को क्या आप एक फिनेमिनन मानते हैं?'

मैं गर्व और सौभाग्य से गर्दन झुका लेती। अरी अभागिन, उस दिन तेरी गर्दन हमेशा-हमेशा के लिए बिलकुल टूट कर जमीन पर क्यों नहीं गिर गई थी?

मामा ठहाका लगाकर कहते-'बात क्या है, जानते हो नरेन? यह है सिर्फ सिखाने की कैपासिटी।'

मगर बहस-मुबाहिसा मुझे उतना अच्छा नहीं लगता था जितनी अच्छी लगती थी उसके मुँह की मोन्टिक्रिस्टा की कहानी। लेकिन कहानी भी तो भला खत्म होने का नाम नहीं लेती थी। मेरी अधीरता की कोई सीमा नहीं मिल सकती थी।

सवेरे नींद टूटने के बाद दिन भर में सैकड़ों बार मैं यह सोचती थी कि कब दिन ढलेगा, कब नरेन बाबू आएँगे।

इसी तरह तर्क करते हुए और कहानी सुनते हुए मेरी शादी की उम्र बारहवें को पार करके तेरहवें में जा पहुँची। लेकिन मेरी शादी नहीं हुई।

तब घोर बरसाती मौसम में मजुमदार के बाग के एक बहुत बड़े मौलसिरी के पेड़ के नीचे झड़े फूलों का अम्बार-सा लग जाता। हमारे बाग के किनारे के उस नाले को पार करके मैं रोज जाकर फूलों को चुन लाती। उस दिन तीसरे पहर भी आसमान में घिरे बादलों की उपेक्षा करके ही जब मैं जा रही थी कि तभी माँ मुझे देख पाई, तो बोली, 'मरी तू भागी तो जा रही है, पर पानी तो आने ही वाला है।'

मैंने कहा, 'पानी अभी नहीं आएगा। मैं भागी जाकर थोड़े से फूल चुन लाती हूँ।'

माँ ने कहा, 'पन्द्रह मिनटों के अन्दर बारिश आएगी सदु, मेरा कहा मान, मत जा। मैं यह कह देती हूँ कि इस बेवक्त भीग जाने पर तुम्हारे बाल अब नहीं सूखेंगे।'

मैंने कहा, 'मैं तुम्हारे पैरों पड़ती हूँ माँ, मुझे जाने दो। अगर बारिश आ जाएगी, तो मैं मालियों की झोंपड़ी के अन्दर जाकर खड़ी हो जाऊँगी।' यह कहते-कहते मैं दौड़कर भाग गई। मैं अपनी माँ की इकलौती बेटी थी, वह मुझे हरगिज दुख नहीं दे सकती थी। यह तो वह खुद भी जानती थी कि मैं बचपन से ही फूलों को कितना प्यार करती हूँ। इसीलिए वह चुप रही। कितने दिन मैं सोचती हूँ कि माँ अगर उस दिन अभागिन का झोंटा पकड़कर खींच लाती, तो हो सकता है, मैं तुम्हारा मुँह इस तरह से नहीं जलाती।

मौलसिरी के फूलों से मेरा आँचल लगभग भरने को आया था। ऐसे समय वही हुआ जो माँ ने कहा। झमझम करती हुई बारिश आई। मैं दौड़ती हुई जाकर मालियों की झोंपड़ी के अन्दर घुस गई। वहाँ कोई नहीं था, मैं खम्बे से टिककर खड़े-खड़े बादलों की तरफ निहारती हुई सोच रही थी कि तभी छपछप करता हुआ आकर न जाने कौन घुस पड़ा। मैंने मुँह घुमाकर निहारा, तो देखती हूँ, ये तो नरेन बाबू हैं। यह तो मैंने नहीं सुना था कि वे कलकत्ता से घर आए हैं।

वे मुझे देखकर चौंक उठे और बोले, 'आयँ, सदु तुम। तुम यहाँ?'

बहुत दिनों से मैंने उन्हें नहीं देखा था, बहुत दिनों से मैंने उनकी आवाज नही सुनी थी, मेरे कलेजे के अन्दर मानो आनन्द हिलोरे लेने लगा। शर्म के मारे मेरे कान तक लाल हो उठे। मैं उनके मुँह की तरफ निहारकर तो जवाब नहीं दे सकी। मैंने फर्श की तरफ निहारते हुए कहा, 'मैं तो रोज ही यहाँ फूल चुनने आती हूँ। आप कब आए?'

नरेन ने मालियों की एक टूटी-फूटी चारपाई खींच ली और उस पर बैठकर बोला, 'मैं आज सवेरे आया हूँ। लेकिन तुम किसके हुक्म से फूल चुराती हो, जरा सुनूँ तो सही!'

उसकी गम्भीर आवाज सुनकर मैं ठगी-सी रह गई और जब अचानक मैंने अपना मुँह उठाया, तो देखती हूँ, उसकी दोनों आँखें दबी हँसी से नाच रही हैं।

शर्म! शर्म! इस जली हुई के मुँह पर भी पता नहीं कहाँ से हँसी आ गई, बोली, 'मैं फूल चुराती हूँ? तकलीफ उठाकर फूल चुन लेना क्या चोरी करना होता है?'

नरेन चट से खड़ा होकर बोल उठा, 'और अगर मैं उन चुने हुए फूलों को तुम्हारे आँचल से और एक बार चुन लूँ तो उसे क्या कहेंगे?'

पता नहीं क्यों मुझे यह डर लगा कि सचमुच ही अबकी बार वह आकर मेरे आँचल को धर दबोचेगा। मेरी मुट्ठियाँ ढीली हो गईं और पलक झपकते सारे फूल स्वयं से फर्श पर गिर गए।

"यह तुमने क्या किया?"

मैंने किसी तरह अपने आपको सँभाल लिया और बोली, 'ये तो आप ही के फूल हैं। अच्छी बात है, आप इन्हें चुन लीजिए न?'

'आयँ, इतना अभिमान?' इतना कहकर वह उठकर आया। मेरे आँचल को खींच लिया और फूलों को चुन-चुनकर उसमें रखने लगा। पता नहीं क्यों, मेरी दोनों आँखों में पानी भर आया। मैं जबरन अपना मुँह घुमाकर दूसरी तरफ निहारती रही।

नरेन ने सारे फूलों को चुनकर मेरे आँचल में रखा। उसमें एक गाँठ बाँध दी और अपनी जगह लौट गया। वह थोड़ी देर तक चुपचाप मेरे मुँह की तरफ निहारता रहा फिर बोला, 'जो मजाक नहीं समझती है, जो इतनी मामूली सी बात पर गुस्सा करती है वह फिलॉसफी क्यों पढ़ती है? मैं कल ही ब्रज बाबू से कह दूँगा कि वे और अपनी मेहनत बरबाद न करें।'

मैंने पहले ही अपनी आँखें पोंछ डाली थीं, बोली, 'किसने गुस्सा किया है?'

'जिसने फूल फेंक दिए।'

'फूल तो अपने आप गिर गए।'

'तो क्या मुँह भी अपने आप घुमा हुआ है?'

'मैं तो बादलों को देख रही हूँ।'

'बादलों को क्या इधर मुड़कर नहीं देखा जा सकता है?'

'नहीं, उधर मुड़कर नहीं देखा जा सकता है।' इतना कहकर मैंने गलती से अचानक ज्यों ही अपना मुँह घुमाया त्यों ही हम दोनों की आँखें चार हो गईं। नरेन खी-खी करके हँसता हुआ बोला, 'एक आईना होता, तो मैं दिखा देता कि देखा जा सकता है या नहीं। तुम अपने ही मुँह-आँख पर एक ही साथ बादल और बिजली देख पाती। तकलीफ उठाकर आकाश को ढूँढ़ना नहीं पड़ता।'

मैंने तब अपनी नजरें घुमा लीं। मैंने अपने रूप की प्रशंसा बहुत सुनी थी, लेकिन नरेन की दबी हँसी, दबे इशारे ने उस दिन मेरे कलेजे के अन्दर घुसकर मेरी धड़कनों को मानो जोर से हिला दिया। यह पाँच साल पहले की बात है। मगर आज लगता है कि वह सौदामिनी शायद कोई दूसरी थी।

नरेन बोला, 'बादल छँटने पर मैं ब्रजबाबू से कह दूँगा कि वे तुम्हें झूठ-मूठ में पढ़ा-लिखा रहे हैं। वे और तकलीफ न उठाएँ।'

मैंने कहा, 'अच्छी बात है। यह तो अच्छा ही होगा। मैं वह सब पढ़ना भी नहीं चाहती। बल्कि कहानियों की किताब पढ़ना ही मुझे काफी अच्छा लगता है।'

नरेन ताली बजाकर बोल उठा, 'रुको, मैं उन्हें बता देता हूँ, तो क्या तुम आजकल नॉवेल पढ़ती हो?'

मैंने कहा, 'तो आप खुद कहानियों की किताब क्यों पढ़ते हैं?'

नरेन ने कहा, 'सिर्फ तुम्हें कहानियाँ सुनाने के लिए मैं कहानियों की किताब पढ़ता हूँ वरना मैं कहानियों की किताब नहीं पढ़ता।' फिर उसने वर्षा की तरफ निरखकर कहा, 'अच्छा अगर आज यह पानी न रुके तो? तो तुम क्या करोगी?'

मैंने कहा, 'मैं भीगते-भीगते चली जाऊँगी।'

'अच्छा, यह अगर हमारी पहाड़ी बरसात होती, तो तुम क्या करती?'

'बतौर चीज कहानी को क्या मैं हमेशा प्यार ही करती हूँ?' थोड़ी-सी गन्ध मिलते ही मेरी निगाह पल भर में आसमान से नरेन के मुँह पर उतर आई। मैंने पूछ डाला, 'पहाड़ी जगह की बरसात में क्या निकला नहीं जा सकता है?'

नरेन बोला, 'पहाड़ी जगह की बरसात में बिलकुल नहीं निकला जा सकता है। वहाँ की बरसात बदन में तीर की तरह चुभती है।'

'अच्छा, तुमने कहाँ की बरसात देखी है?' जले मुँह से तुम निकल गया। सोचती हूँ, काश मेरी जबान तुरन्त गिर जाती।

उसने कहा, 'इसके बाद अगर कोई आप कहेगा तो वह दूसरे का मरा मुँह देखेगा।'

'आपने मुझे कसम क्यों दी? मैं तो आपको हरगिज तुम नहीं कहूँगी।'

'अच्छी बात है, तो फिर मरा मुँह देखना।'

'कसम कोई चीज नहीं है, मैं उसे नहीं मानती।'

'कैसे नहीं मानती हो, एक बार आप कहकर साबित कर दो।'

मैंने मन ही मन गुस्सा करके कहा-मुँहजली तेरा झूठा तेज रहा कहाँ? मुँह से तो तू हरगिज आप नहीं निकाल सकती है। मगर काश उसी दिन दुर्गति का अन्त हो जाता।

क्रमशः आसमान का पानी तो रुका, लेकिन धरती के पानी ने सारी दुनिया को मानो घोलकर एकाकार कर दिया। शाम होने वाली थी। आँचल में कुछ फूल बँधे हुए थे। मैं कीचड़-भरे बाग के रास्ते पर निकल पड़ी।

नरेन ने कहा, 'चलो, मैं तुम्हें पहुँचा देता हूँ।'

मैंने कहा, 'नहीं, तुम्हें पहुँचाना नहीं होगा। '

मन ने जैसे कह दिया-यह अच्छा नहीं है। मगर मैं किस्मत को कैसे लाँघ जाती? बाग के किनारे आकर मैं मारे डर के हक्की-बक्की हो गई। सारा नाला पानी से भर गया था। पार करूँतो करूँ कैसे?

नरेन साथ में नहीं आया था, वह वहीं खड़ा होकर देख रहा था। मुझे चुपचाप खड़ी होते देखकर स्थिति को समझ लेने में उसे देरी नहीं हुई। उसने नजदीक आकर कहा, 'अब उपाय?'

मैंने रुआँसी होकर कहा, 'मैं नाले में डूब मरूँ, यह भी मेरे लिए अच्छा है, मगर अकेले इतनी दूर सदर रास्ता घूमकर मैं हरगिज नहीं जाऊँगी। माँ देखेगी–'

मैं अपनी बात खत्म नहीं कर सकी।

नरेन ने हँसकर कहा, 'कोई बात नहीं। मैं तुम्हें उस पिटुली एक विशेष वृक्ष के पेड़ के ऊपर से होकर पार कर देता हूँ।'

वह ठीक ही तो कह रहा है। खुशी के मारे मैं मन ही मन नाच उठी। इतनी देर तक यह मुझे याद नहीं आया था कि थोड़ी दूर पर एक पिटुली का पेड़ आँधी में उखड़कर नाले के ऊपर ब्रिज की तरह पड़ा हुआ है। बचपन में मैं खुद ही उसके ऊपर से होकर आर-पार हुई थी।

मैंने खुश होकर कहा, 'हाँ, वहीं चलो।'

नरेन ने उससे भी ज्यादा खुश होकर कहा, 'कितना मीठा बोली तुम, कहो तो!'

मैं बोली, 'धत्!'

वह बोला, 'तुम्हें सही-सलामत पार कर दिए बिना क्या मैं अब जा सकता हूँ?'

मैं बोली, 'तो क्या तुम मुझे पार लगा देनेवाले खेवैया हो?'

आज भी यह बात मुझे सोचते नहीं बनी है कि यह बात कैसे मेरे मन में आई और कैसे मैंने यह बात अपने मुँह से निकाली।

लेकिन जब उसने मेरे मुँह की तरफ निहारते हुए तनिक मुस्कराकर कहा, 'देखता हूँ, काश मैं खेवैया बन पाता!' तब मैं घृणा से मर गई।

जब मैं वहाँ आई, तो देखती हूँ, पार करना आसान नहीं है। एक तो वह जगह पेड़ों की छाया से अँधेरी है, दूसरा, पिटुली का पेड़ पानी में भीग-भीगकर जितना फिसलन भरा हो गया है उतना ही ऊँचा-नीचा बना हुआ है। उसके नीचे से होकर बरसात का सारा पानी हहराता हुआ बहता जा रहा है। मैं एक बार कदम बढ़ाती थी, एक बार खींच लेती थी।

नरेन ने थोड़ी देर तक देखकर कहा, 'तुम मेरा हाथ पकड़कर जा सकोगी?'

मैंने कहा, 'हाँ, जा सकूँगी।' लेकिन उसका साथ पकड़कर मैंने ऐसी हरकत की कि उसने किसी तरह से डगमगाहट को सँभाल और उधर कूदकर अपनी जान बचाई। कई पलों तक वह चुपचाप मेरे मुँह की तरफ निहारता रहा। उसी

के बाद उसकी दोनों आँखें चमचमा उठीं बोला, 'देखोगी एक बार कि मैं सचमुच का खेवैया बन सकता हूँ या नहीं!'

मैंने अचम्भे में पड़कर कहा, 'तुम कैसे बनोगे खेवैया?'

'इस तरह से।' इतना कहकर उसने झुककर अपना एक हाथ मेरे दोनों घुटनों के नीचे और दूसरा हाथ मेरी गर्दन के नीचे रखकर पलक झपकते मुझे उठाकर अपने सीने से लगा लिया और उसी पेड़ के ऊपर कदम रखकर खड़ा हो गया। डर से मैं अपनी आँखें मूँदकर उसके गले में अपना बायाँ हाथ डाल उससे लिपट गई।

नरेन तेज कदमों से पार करके इस पार चला आया। मगर मुझे नीचे उतारने के पहले उसने मेरे दोनों होंठों को मानो जला दिया। लेकिन रहने दीजिए। कम घृणा से क्या अब इस देह का हर अंग दिन-रात फाँसी लगाना चाहता है।

मैं सिहरते-सिहरते घर चली आई, मेरे दोनों होंठ पहले की ही तरह जलने तो लगे लेकिन वह जलन मिर्च और गोल मिर्च खाने के बाद होनेवाली जलन की तरह जितनी जलने लगी, जलन की तृष्णा उतनी ही बढ़ती जाने लगी।

माँ बोली, 'अच्छी लड़की है तू सदु, तू आई कैसे? मैं देख आई, वह नाला तो पानी में डूब गया है। तू क्या उसी पेड़ के ऊपर से चलकर आई? तू गिरकर मर नहीं सकी?'

'नहीं माँ, मैं पानी में गिरकर नहीं मर सकी।' अगर मैंने ऐसा पुण्य किया होता, तो अब यह कहानी लिखने की जरूरत क्यों होती?

उसके अगले दिन नरेन मामा से मिलने आया। मैं वहीं बैठी हुई थी। मैं उसकी तरफ निहार नहीं सकी। लेकिन मेरे रोंगटे खड़े हो गए। जी चाहा दौड़कर भागूँ। मगर कमरे का पक्का फर्श चोर-बालू की तरह मेरे दोनों पाँवों को जरा-जरा करके निगलने लगा। न ही मैं हिल सकी न ही मैं मुँह उठाकर देख सकी।

नरेन को कौन-सी बीमारी हुई, यह शैतान ही जाने! बहुत दिनों तक वह फिर कलकत्ता नहीं गया। रोज ही मुलाकात होने लगी। माँ बीच-बीच में विरक्त होकर मुझे आड़ में बुलाकर कहने लगी, 'उन मर्दों में पढ़ाई-लिखाई की बातचीत होती है, उनके बीच मुँह बाए बैठकर तू क्या सुनती है, बता तो? घर के अन्दर जा। काश, इतनी बड़ी लड़की को थोड़ी-सी भी लाज-शरम होती!'

मैं एक-एक कदम बढ़ाती हुई अपने कमरे में चली जाती, लेकिन मैं किसी काम में मन नहीं लगा सकती थी। जब तक वह रहता तब तक उसकी अस्पष्ट आवाज अविराम बाहर की तरफ मुझे खींचती रहती।

मेरे मामा और चाहे जो भी क्यों न हों, उनका मन पेचीदा नहीं था। इसके अलावा पढ़-लिख और तर्क करके भगवान को उड़ा देने की चाल में उनका मन इतना व्यस्त रहता था कि उनकी नाक के नीचे क्या हो रहा है, यह वे देख नहीं पाते थे। मैंने एक बहुत बड़ा मजा देखा है कि दुनिया के सबसे नामचीन नास्तिक ही हैं सबसे बड़े बेवकूफ। भगवान की लीला का अन्त नहीं है। वे इसी 'नहीं' के रूप में ही उन लोगों के मन के बहुत बड़े हिस्से में समाए रहते हैं, इसका पता उन लोगों को नहीं चलता है। सबूत के साथ हो या बगैर सबूत के वे लोग उन्हीं की चिन्ता में सारा दिन बिता देते हैं और कहते हैं–दुनिया के लोग कितने बेवकूफ हैं। वे लोग सुबह-शाम बैठकर बीच-बीच में भगवान की चिन्ता करते हैं। मेरे मामा की भी थी यही दशा। वे कुछ भी नहीं देख पाते थे। मगर माँ वैसी नहीं थी। वह तो मेरी ही तरह औरत थी। उसकी नजरों को धोखा देना तो आसान नहीं था। मैं यह पक्का जानती हूँ कि माँ ने हम लोगों पर सन्देह किया था।

और सामाजिक बाधा हम दोनों के बीच कितनी बड़ी थी, यह सिर्फ वही जानती थी, मैं नहीं जानती थी, ऐसी बात नहीं है। यह सोचने पर मेरा कलेजा सूख जाता था, इसीलिए चिन्ता के इस भद्दे पहलू को मैं अपने से दूर रखती थी। लेकिन मुझे इसका भी पता चलता था कि मैंने दुश्मन के बदले दोस्त को ही दूर कर दिया है। मगर ऐसा होने से क्या होता है? जिस शराबी ने एक बार कड़ी शराब पीना सीखा है, पनीली शराब से उसका जी नहीं भरता है। निखालिस जहर की आग में कलेजे को जला देने में ही तब उसे बहुत बड़ा सुख मिलता है।

और एक चीज मैं कभी भूल नहीं सकती थी, वह थी मजुमदार की दौलत की शक्ल-सूरत। बचपन में मैं तो माँ के साथ कितने दिन उनके घर घूमने गई थी। उस सब घर-बार, झाड़-तसवीर, अलमारी, सन्दूक, सामान के साथ किसी एक छोटी-सी इकमंजिला भावी ससुराल के भद्दे रूप की कल्पना करके मैं मन-ही-मन सिहर उठती थी।

महीने भर बाद एक दिन सवेरे नदी में नहाकर जब मैं घर लौटी, तो देखती हूँ बरामदे में एक अधेड़ विधवा माँ के पास बैठकर गपशप कर रही है। मुझे देखकर उसने माँ से पूछा, 'क्या यही है वह लड़की?'

माँ ने गर्दन हिलाकर कहा, 'हाँ माँ, यही है मेरी बेटी। गदराया बदन है, वरना–'

उस औरत ने हँसकर कहा, 'सो हो, लड़के की भी उम्र लगभग तीस साल है। दोनों की जोड़ी खूब फबेगी। कहने को वह दुहाजा है, वरना लड़का बड़ा खूबसूरत है!'

मैं तेज कदमों से अपने कमरे में चली गई। समझा–ये घटक हैं, मेरे लिए रिश्ता लाई हैं।

माँ ने चिल्लाकर कहा, 'कपड़े बदलकर एक बार यहाँ आकर बैठ बेटी!'

कपड़ा बदलना भाड़ में गया। मैं भीगे कपड़े पहने ही दरवाजे की आड़ में खड़ी होकर कान लगाकर सुनने लगी। धड़कनें मानो रुकने का नाम नहीं लेना चाहती थीं। सुनाई पड़ा–दूल्हा है चितारे गाँव के किसी राधाविनोद मुखर्जी का बेटा घनश्याम। मेरे फूटे नसीब में बहुत दुख था, इसीलिए तो आज जो नाम जप का मंत्र है वह नाम सुनकर उस दिन बदन में आग क्यों लग गई थी?

मैंने सुना–बाप नहीं है, माँ है। दो छोटे भाई हैं। एक भाई की शादी हो गई है, दूसरे की अभी तक शादी नहीं हुई है। घर-गिरस्ती की जिम्मेदारी बड़े के ही कन्धे पर है, इसीलिए एंट्रेंस पास करके ही उसे पैसा कमाने के लिए पढ़ाई छोड़नी पड़ी है। धान, चावल, तीसी, जूट आदि की दलाली करके वह पैसा कम नहीं कमाता है, उसी पर सब कुछ निर्भर है, उसके अलावा घर में नारायण शिला है, दो गाएँ हैं, विधवा बहन है–क्या नहीं है।

नहीं है सिर्फ घर की बड़ी बहू सात बरस पहले, शादी के एक महीने के अन्दर ही, वह चल बसी थी। उसके बाद इतने दिनों पर वह फिर शादी करना चाहता है। सात बरस। मैंने मन-ही-मन घटक से कहा–मुँहजली, इतने दिनों तक क्या तू मेरा सर्वनाश करके आँखें बन्द किए सो रही थी?

माँ के बुलाने पर कपड़े बदलकर मैं उसके पास आकर बैठी। उसने मुझे बारीकी से देखकर कहा, 'लड़की पसन्द आई है। अब शादी का दिन तय करो।' माँ की दोनों आँखें छलछल करने लगी। बोली, 'तुम्हारे मुँह में घी-शक्कर माँ। और क्या कहूँ!'

जब मामा ने सुना, तो कहा, 'लड़का एंट्रेंस पास है? तो उसे कहला भेजो कि वह अभी दो साल सदु से अंग्रेजी पढ़ ले। तब शादी की बात की जाएगी।'

माँ बोली, 'मैं तुम्हारे पैरों पड़ती हूँ भैया, तुम एतराज मत करो। ऐसी सुविधा और नहीं मिलेगी। कुछ देना-वेना नहीं होगा।'

मामा ने कहा, 'फिर उसका हाथ-पाँव बाँधकर उसे गंगा में फेंक दे। वह भी ऐसा पैसा नहीं माँगेगी।'

माँ ने कहा, 'उसने पन्द्रहवें में कदम रखा है।

मामा ने कहा, 'सो तो रखेगी ही। आखिर पन्द्रह साल तक वह जिन्दा तो है!'

माँ ने गुस्से और दुख से रुआँसी होकर कहा, 'तो क्या तुम उसकी शादी नहीं कराओगे भैया? इसके बाद बिलकुल ही घर नहीं मिलेगा।'

मामा ने कहा, 'इस बात के डर से तो उसे पहले से पानी में नहीं फेंका जा सकता है।'

माँ ने कहा, 'उस लड़के को तुम एक बार अपनी आँखों से देख आओ न भैया। अगर वह तुम्हें पसन्द न आए तो तुम उसके साथ सदु की शादी मत कराना।'

मामा बोले, 'यह अच्छी बात है। तो मैं चिट्ठी भी लिख देता हूँ कि मैं रविवार को लड़का देखने जाऊँगा।'

इस डर से कि कहीं किसी को इसकी भनक न मिल जाए, माँ ने इस बात को गुप्त रखा था और मामा को भी सावधान कर दिया था। मगर वह यह नहीं जानती थी कि ऐसा भी आँख-कान था जिसे कोई सतर्कता चकमा नहीं दे सकती है।

मैंने बाग में थोड़ा-सा साग उगाया था। दो दिनों बाद दोपहर में मैं एक टूटी-फूटी खुरचनी लेकर उसकी घास उखाड़ रही थी कि तभी कदमों की आहट सुनकर मैंने अपना मुँह घुमाया, तो देखती हूँ, नरेन है। यह सच है कि उसके मुँह का वैसा भाव मैंने बहुत दिन बाद और एक बार देखा था, लेकिन पहले कभी भी उसके मुँह का वैसा भाव मैंने नहीं देखा था। कलेजे में एक ऐसा दुख टीसा, जो मैंने कभी किसी दिन नहीं पाया था। उसने कहा, 'तुम क्या सचमुच ही मुझे छोड़ चली!'

उसकी बात समझ करके भी मैं नहीं समझ सकी। मैंने कह डाला, 'कहाँ?'

उसने कहा, 'चितारे।'

बात साफ हो जाते ही शर्म से मेरा सर झुक गया। कोई जवाब मुँह में नहीं आया।

उसने फिर से कहा, 'इसीलिए मैं भी विदा लेने आया हूँ, शायद जन्म भर के लिए ही। मगर इसके पहले मैं दो शब्द कहना चाहता हूँ, सुनोगी??

कहते-कहते उसकी आवाज भर्रा गई। तब भी मेरे मुँह में शब्द नहीं आया। लेकिन मैंने मुँह उठाकर निहारा। यह क्या! देखती हूँ, उसकी दोनों आँखों से आँसुओं की धारा बह रही है।

अरी पतित! अरी दुर्बल नारी! आदमी के आँसू बर्दाश्त करने की क्षमता जब भगवान ने तुझे बिलकुल नहीं दी है तब तेरी भला क्या मजाल थी। देखते ही देखते मेरी भी आँखों से आँसुओं की धारा बह निकली थी। नरेन ने करीब आकर मेरे आँचल के खूँट से मेरी आँखें पोछ दीं और मेरा हाथ पकड़कर कहा, 'चलो, उस पेड़ के नीचे जाकर बैठें। यहाँ कोई देख लेगा।'

मैंने मन में समझा यह अनुचित है, यह बिलकुल अनुचित है।

लेकिन तब भी उसकी पलकें भीगी हुई थीं, तब भी उसकी आवाज रुआँसी थी।

बाग के एक छोर पर चम्पा का एक कुंज था। उसने मुझे बुलाकर वहाँ ले जाकर बिठाया।

एक डर से मेरा कलेजा धकधक कर रहा था। मगर वह खुद ही दूर जाकर बैठा और बोला, 'इस एकदम सुनसान जगह पर मैं तुम्हें बुला तो लाया हूँ, लेकिन मैं तुम्हें छुऊँगा नहीं। अभी तुम मेरी नहीं हुई हो।'

उसकी आखिरी बात से मेरी जली आँखों में आँसू आ गए। मैंने आँचल से अपनी आँखें पोंछी और जमीन की तरफ निहारती हुई चुपचाप बैठी रही।

उसके बाद बहुत सारी बातें हुईं। लेकिन उन सबको रहने दीजिए। आज भी तो हर दिन की बड़ी से बड़ी तुच्छ घटना को भी मैं याद कर सकती हूँ। मरकर भी मैं कैसे भूल पाऊँगी, यह आशा करने का भी भरोसा नहीं होता है। एक कारण से मैं अपनी इतनी बड़ी दुर्गति में भी विधाता को दोष नहीं दे सकी हूँ। मुझे साफ-साफ याद आता है कि मेरे चित्त के अन्दर से नरेन के संसर्ग को उन्होंने किसी दिन प्रसन्न चित्त से नहीं अपनाया है। यह मेरे जीवन में कितना बड़ा झूठ है, यह तो उनसे छिपा हुआ नहीं था। इसीलिए उसके प्रणय-निवेदन की पल भर की उत्तेजना दूसरे पल के कितने बड़े अवसाद में डूब जाती थी, यह मैं नहीं भूली हूँ। ऐसा लगता था, जैसे पता नहीं किसकी कितनी चीजें चुराकर और सर्वनाश करके मैं अपने घर लौट आई। लेकिन ऐसी फूटी किस्मत कि अन्तर्यामी के इतने बड़े संकेत से भी मुझे होश नहीं आया था। आता भी भला कैसे! किसी दिन तो मैंने यह नहीं सीखा था कि भगवान आदमी के कलेजे के अन्दर भी रहते हैं। यह सब उन्हीं की मनाही है।

मामा वर को देखने के लिए निकल पड़े। जाते वक्त वे कितना ठट्ठा-मसखरी कर गए। माँ मुँह स्याह करके खड़ी रही। उसने मन ही मन अच्छी तरह यह समझा कि यह जाना बेकार है, वर उन्हें हरगिज पसन्द नहीं आएगा।

लेकिन आश्चर्य है, उन्होंने कोई खास ठट्ठा-मसखरी नहीं की, बोले, 'हाँ, लड़का उतना कुछ पास-वास तो नहीं कर सका है लेकिन मूर्ख सा भी नहीं लगता है। इसके अलावा वह बड़ा नम्र है, बड़ा विनयी है और एक बात तू जानती है गिरि, उस लड़के के मुँह के भाव में ऐसा कुछ है जिसे देखकर जी चाहता है कि बैठे-बैठे और भी दो पल उससे बातचीत करूँ।'

खुशी के मारे माँ के मुँह पर चमक आ गई। बोली, 'तो अब एतराज मत करना भैया। तुम अपनी सहमति दो–सदु का वारा-न्यारा हो जाए।'

मामा ने कहा, 'अच्छा, मैं सोचकर देखता हूँ।'

मैंने ओट में खड़ी होकर निराशा की आशा को कलेजे में दबाए रखकर मन ही मन कहा–खैर, मामा अभी भी तय नहीं कर सके हैं। अभी भी कहा नहीं जा सकता है। लेकिन कौन जानता था कि अपनी भानजी की शादी के बारे में तय करने के पहले ही उनके अपने बारे में तय करने का बुलावा आ जाएगा। जिन पर वे जीवन भर सन्देह करते आए हैं उस दिन जब बेहद अचानक उनका दूत आकर बिलकुल मामा के सिरहाने खड़ा हो गया तब वे चौंक गए। उनकी बात सुनकर हम लोगों को भी खास कम विस्मय नहीं हुआ। उन्होंने माँ को अपने करीब बुलाकर कहा, 'मैं अपनी सहमति दिए जा रहा हूँ बहन, तू सदु की शादी वहीं कराना। उस लड़के को वास्तव में भगवान पर विश्वास है। सदु सुख से रहेगी।' यह हैरान कर देनेवाली बात है। मगर हैरान नहीं हुई सिर्फ माँ। नास्तिकता उसे फूटी आँखों नहीं सुहाती थी। उसकी धारणा थी कि मरते वक्त सभी घुमा-फिराकर भगवान का नाम लेते हैं। इसीलिए वह कहती, 'शराबी अपने शराबी दोस्त को चाहे जितना भी क्यों न प्यार करे, पर जब निर्भर करने का वक्त आता है तो वह निर्भर करता है सिर्फ उसी पर जो शराब नहीं पीता है।' मैं नहीं जानती कि यह बात कितनी सही है।

दिल का दौरा पड़ने से मामा का देहान्त हो गया। हम लोग तो भारी मुसीबत में पड़ गए। सुख-दुख में कुछ दिन कट तो गए, लेकिन जिस घर में अविवाहित लड़की की उम्र तेरहवें पार कर जाए, वहाँ आलस्य में पड़कर शोक करने की सुविधा नहीं रहती है। माँ आँखें पोंछकर उठ बैठी और कमर कसकर भिड़ गई।

अन्त में बहुत दिनों तक बहुत तू-तू, मैं-मैं के बाद शादी की लगन जब सचमुच ही मेरे कलेजे में आकर चुभी तब मेरा सोलहवाँ भी पार हो गया। तब भी मैं लगभग इतनी ही लम्बी थी। मेरे इस लम्बे डील-डौल के चलते माँ की लाज और कुंठा की सीमा नहीं थी। गुस्सा करके वह अकसर ही भर्त्सना करती, अभागिन लड़की का सब कुछ अजीबोगरीब है। एक तो दुल्हन की उम्र सत्रह साल होना एक भयंकर गुनाह है, दूसरा, यह लम्बा डील-डौल मानो उसे भी लाँघ गया था। काश, कम-से-कम उस रात के लिए भी माँ मुझे किसी तरह से ऐंठ-मरोड़कर जरा छोटी कर पाती, माँ शायद ऐसा करने में भी पीछे नहीं हटती। मगर ऐसा तो होनेवाला नहीं था। मैं अपने पति के सीने को पार करके उसकी ठोड़ी के बिलकुल करीब जा पहुँची।

लेकिन, शुभदृष्टि शादी की एक रस्म, जिसमें वर-वधू एक-दूसरे को देखते हैं, नहीं हुई। मैं ठीक गुस्से से नहीं, बल्कि न जाने कैसी एक वितृष्णा से अपनी आँखें बन्द किए रही। लेकिन मैं यह भी कहती हूँ कि तब मैंने कोई ऐसा असहनीय हृदयविदारक दुख अपने मन के अन्दर नहीं पाया था।

इसके पहले कितने दिन रात भर जागकर मैंने सोचा था कि ऐसी दुर्घटना अगर सचमुच ही किस्मत में घटे कि नरेन आकर मुझे ले जाए तब भी किसी दूसरे के साथ मेरी शादी किसी भी सूरत में नहीं हो सकेगी। उस रात जरूर मेरा कलेजा चीरकर मेरे मुँह से भल्ल-भल्ल करके खून निकल पड़ेगा और पकड़कर मुझे विवाह-मंडप से उठाकर बिस्तर पर ले जाना होगा, यह विश्वास मेरे मन में बिलकुल बद्धमूल हो गया था। लेकिन कहाँ कुछ भी तो नहीं हुआ। और भी आम बंगाली लड़कियों का शुभकर्म जिस तरह से होता है मेरा भी शुभकर्म उसी तरह से खत्म हो गया और उसी तरह से मैं भी एक दिन अपनी ससुराल चली गई। सिर्फ जाते वक्त पालकी की झिरी से उस चम्पा के कुंज पर नजर पड़ी तो अचानक आँखों में पानी आया। वह हमारे कितने दिनों के कितने आँसुओं और कितने कसमों-वादों का मूक गवाह है।

जिस दिन चितारे गाँव के उस लड़के के साथ मेरा रिश्ता पक्का हो गया उस दिन उसी पेड़ की आड़ में बैठकर हम दोनों बहुत रोए थे। उसके बाद यह तय हुआ था कि एक दिन वह आकर मुझे लेकर चला जाएगा। क्यों, कहाँ वगैरह बेकार के सवालों की तब जरूरत भी नहीं पड़ी थी।

और कुछ नहीं, काश! जाते वक्त सिर्फ एक बार मुलाकात होती! क्यों उसने मुझे नहीं निहारा, क्यों और एक दिन भी वह नहीं मिला, काश, सिर्फ यह खबर मुझे मिलती!

मैं ससुराल गई, शादी के बाकी रीति-रिवाज भी खत्म हो गए। यानी मैं अपने पति की धर्मपत्नी के पद पर अबकी बार पक्की होकर बैठी।

मैंने देखा, पति के प्रति वितृष्णा सिर्फ अकेली मुझे ही नहीं है, बल्कि घर भर के लोगों को भी है। ससुर नहीं है, सौतेली सास अपने दोनों बेटों, एक बहू और विधवा बेटी को लेकर परेशान है। इतने दिनों तक वे सुरक्षित रूप से गिरस्ती कर रही थीं, अचानक एक सतरह-अठारह साल की बहुत बड़ी बहू को देखकर उनका समूचा मन सशस्त्र जाग उठा। लेकिन वे मुँह से बोलीं, 'जान में जान आई बहू, तुम्हारे हाथ में घर-गिरस्ती को सौंपकर अब मैं दो पल भगवान का नाम ले सकूँगी। घनश्याम मेरे लिए सगे से भी बढ़कर है। वह

जिन्दा रहेगा, तो सब बना रहेगा। सिर्फ उसे समझकर काम करना बेटी। मैं और कुछ नहीं चाहती।'

उन्होंने अपना काम किया, मैंने अपना काम किया। मैंने कहा, 'अच्छा।' मगर यह पहलवानों के ताल ठोंकने जैसा था। पेच मारना हम दोनों ही जानते हैं, यह मैंने इशारे से बता दिया।

लेकिन यह एक अजीब बात है कि कितनी जल्दी औरत औरत को पहचान सकती है। जैसे उन्हें पहचानने में मुझे भी देरी नहीं हुई वैसे ही उन्होंने मुझे भी दो दिनों के अन्दर पहचान लिया और राहत की साँस ली। उन्होंने यह अच्छी तरह समझा कि पति के रोटी-कपड़े, उठने-बैठने, खर्चे-वर्चे को लेकर दिन-रात चक्का थामे फोस-फोस करते फिरने लायक न ही मुझमें उत्साह है और न ही प्रवृत्ति।

औरतों के तरकश में जितने प्रकार के दिव्यास्त्र हैं उनमें ब्रह्मास्त्र है कनसुइयाँ लेना। सुविधा मिलने पर उस माँ-बेटी, सास-बहू, ननद-देवरानी में से कोई किसी की खातिर नहीं करती है। मैं ठीक जानती हूँ कि यह खबर उनसे छिपी नहीं थी कि मैं पलंग पर न सोकर कमरे के फर्श पर एक चटाई बिछाकर उस पर पड़ी रहती थी। पहले मैंने सोचा था कि जिस दिन नरेन के बदले किसी दूसरे का घर बसाना पड़ेगा उसी दिन मेरा कलेजा फट जाएगा। पर मैंने देखा, यह गलत है। कलेजा फटने-वटने के किसी लक्षण का मुझे पता नहीं चला। भले ही कलेजा फटने का किसी को पता न चला हो, लेकिन एक बिस्तर पर सोने का भी हरगिज मेरा मन नहीं किया।

मैंने देखा मेरे पति अजीब स्वभाव के आदमी हैं। मेरे आचरण को लेकर उन्होंने कुछ दिनों तक कोई बात ही नहीं की। हालाँकि ऐसी भी बात नहीं थी कि वे मन ही मन गुस्सा या अभिमान किए हुए हैं। सिर्फ एक दिन उन्होंने तनिक मुस्कराकर कहा, 'कमरे में और एक पलंग लाकर बिस्तर को बड़ा कर देने पर क्या तुम नहीं सो सकती हो?'

मैंने कहा, 'जरूरत क्या है, मुझे तो इसमें तकलीफ नहीं होती है।'

उन्होंने कहा, 'भले ही तुम्हें नीचे चटाई पर सोने में तकलीफ न होती हो, तो भी तुम एक दिन बीमार हो सकती हो।'

मैंने कहा, 'अगर तुम्हें इतना डर है, तो तुम किसी दूसरे कमरे में मेरे सोने का इन्तजाम नहीं कर दे सकते हो??

उन्होंने कहा, 'छिः, ऐसा क्या हो सकता है? इससे कितनी तरह की चर्चाएँ उठेंगी।'

मैं बोली, 'चर्चाएँ उठेंगी, तो उठें। मैं परवाह नहीं करती।'

वे पल भर चुपचाप मेरे मुँह की तरफ निहारते रहे, फिर बोले, 'ऐसी क्या बात है कि तुम्हारी इतनी बड़ी हिम्मत हमेशा रहेगी? इतना कहकर वे तनिक मुस्कुराएँ और काम पर चले गए।'

मेरा मँझला देवर चालीस रुपए मासिक वेतन पर कहीं नौकरी करता था। लेकिन वह एक पैसा कभी घर में नहीं देता था। हालाँकि ऑफिस जाते वक्त उसे भात देने और ऑफिस से आने पर उसे पैर धोने के लिए झारी-गमछा, नाश्ता, पान-चिलम वगैरह देने के लिए घर भर के सभी चुस्त बने रहते हैं। मैंने देखा मेरे पति और मेरा मँझला देवर, हो सकता है, किसी दिन एक ही साथ तीसरे पहर घर लौट आए पर सभी उसी के लिए परेशान हैं, यहाँ तक कि नौकर भी उसी को खुश करने के लिए भाग-दौड़ करता फिर रहा है। उसे जरा भी देरी या दिक्कत होने पर मानो दुनिया रसातल में चली जाएगी। हालाँकि मेरे पति की तरफ कोई नजरें उठाकर भी नहीं देखता था। वे आधे घंटे से हो सकता है एक लोटा पानी के लिए खड़े हों, उधर किसी का ध्यान ही नहीं है। हालाँकि इन लोगों के रोटी-कपड़े, सुख-दुख के लिए वे दिन-रात मेहनत करते रहते हैं। गाड़ी में जुता घोड़ा भी बीचो-बीच में विद्रोह करता है। लेकिन उन्हें किसी भी चीज से थकान नहीं। कोई भी दुख उन्हें पीड़ा नहीं दे सकता है। इतने शान्त, इतने धीर, इतने परिश्रमी को इससे पहले कभी भी मैंने नहीं देखा था। चूँकि अब मैंने अपनी आँखों से हरेक को देखा है, इसीलिए मैं लिख पा रही हूँ, वरना सुनी-सुनाई बात होती, तो मैं यह विश्वास ही नहीं कर पाती कि दुनिया में इतना अच्छा आदमी भी रह सकता है। मुँह पर मुस्कान लगी ही रहती है। वैसी हर बात पर कहते, 'रहने दो, रहने दो। इसी से मेरा काम चल जाएगा।'

पति के प्रति मुझे माया तो थी नहीं बल्कि वितृष्णा का भाव ही था। तब भी एक ऐसे निरीह आदमी के प्रति घर भर के इतने बड़े अन्याय, अवहेलना से मेरा बदन जल जाने लगा।

घर में गाय का दूध खास कम नहीं होता था। खाते वक्त उन्हें किसी दिन थोड़ा-सा दिया जाता था, तो किसी दिन नहीं दिया जाता था। अचानक एक दिन बर्दाश्त न कर पाने की वजह से मैंने कह डाला था और क्या। लेकिन दूसरे ही पल लगा कि छिः-छिः मैं अगर कहती तो ये लोग मुझे कितनी बेहया समझते। इसके अलावा ये सब अपने आदमी होकर भी अगर दया-माया नहीं करते हैं। तो मैं ही भला इतनी माथा-पच्ची क्यों करूँ। मैं कहाँ की कौन हूँ? मैं तो पराई ही हूँ।

पाँच-छह दिनों बाद एक दिन सवेरे रसोईघर में बैठकर मैं मँझले देवर के लिए चाय बना रही थी कि तभी पति की आवाज मेरे कानों में पहुँची। उन्हें सवेरे ही कहीं निकलने की जरूरत थी। लौटने में देरी होगी, उन्होंने माँ को पुकारकर कहा, 'अगर मैं कुछ खाकर जाता, तो बड़ा अच्छा होता माँ। खाना-वाना कुछ है?'

माँ ने कहा, 'तुमने तो मुझे अचम्भे में डाल दिया घनश्याम। इतने सवेरे मैं खाना कहाँ पाऊँगी?'

पति ने कहा, 'तो रहने दो, वापस आकर ही खाऊँगा।' इतना कहकर वे चले गए।

उस दिन मैं हरगिज अपने आपको नहीं सँभाल सकी। मैं यह जानती थी कि उस मुहल्ले के बोस ने अपने समधियाने से मिले सन्देश और रसगुल्लों को मुहल्ले में बाँटा था। सास ने कल रात मुझे भी कुछ दिया था।

सास जब कमरे में घुसीं, तो मैंने कह डाला, 'कल का सन्देश-रसगुल्ला क्या कुछ भी नहीं था माँ?'

उन्होंने एकबारगी आसमान से गिरकर कहा, 'संदेश-रसगुल्ला भला कौन खरीद लाया बहू?'

मैंने कहा, 'मैं उन सन्देश और रसगुल्लों की बात कह रही हूँ जो बोस दे गया था।'

उन्होंने कहा, 'हाय राम, भला कितने सन्देश-रसगुल्ले थे? वे आज सवेरे तक रहेंगे? वे तो कल ही खत्म हो गए।'

मैंने कहा, 'तो घर में कुछ खाना बना नहीं दिया जा सकता था माँ?'

सास बोलीं, 'यह तो अच्छी बात है बहू, तो तुम्हीं ने खाना क्यों नहीं बना दिया? तुमने तो बैठे-बैठे सब सुना था बेटी।'

मैं चुप रही। मुझे कहने को कुछ भी नहीं था। पति के प्रति मुझे कितना प्यार है, यह तो घर में किसी से छिपा नहीं था।

यह सच है कि मैं चुप रही, मगर अन्दर मेरा मन जलने लगा। दोपहर में सास ने मुझे बुलाकर कहा, आओ बहू, खाना खाओगी। भात परोसा गया है।'

मैंने कहा, 'मैं अभी नहीं खाऊँगी। आप लोग खाइए।'

मेरे आज के मन के भाव को सास ने देखा, बोलीं, 'तुम क्यों नहीं खाओगी, जरा सुनूँ तो सही!'

मैंने कहा, 'अभी भूख नहीं है।'

मेरी मँझली देवरानी उम्र में मुझसे चार साल बड़ी थी। वह रसोईघर के अन्दर से खाना देती हुई बोल पड़ी, 'जब तक बड़े भैया खाना नहीं खाएँगे तब तक शायद दीदी को भूख नहीं लगेगी, न?'

सास बोलीं, 'ऐसी बात है क्या बहू? पूछती हूँ, यह नया नखरा तुमने कहाँ सीखा?'

उन्होंने कुछ भी गलत नहीं कहा था, मेरे लिए तो यह नखरा ही तो था, लेकिन तब भी मैं खाना नहीं खा सकी। मैंने जवाब दे डाला, 'यह नया नहीं है माँ। आप लोगों के समय क्या इस रीति का चलन नहीं था? आप लोग क्या अपने पति के खाना खाने के पहले ही खाती थीं?'

'चलो, यह अच्छा हुआ, इतने दिनों बाद घनश्याम की किस्मत तो बदली।' इतना कहकर सास मुँह बिचकाकर रसोईघर में जा घुसीं।

मँझली देवरानी की आवाज मेरे कानों में पहुँची। उसने मुझे सुनाकर कहा, 'मैंने तो तभी कहा था कि बूढ़ी मैना पोस नहीं मानेगी!'

गुस्सा करके मैं अपने कमरे में आकर लेट तो गई, मगर अबकी बार सारी चीजों पर मन ही मन विचार करके मैं शर्म से गड़ जाने लगी। सिर्फ लगने लगा, चूँकि उन्होंने खाना नहीं खाया है इसलिए मैंने नहीं खाया है, उनकी बात को लेकर मैंने झगड़ा किया है, वापस आने पर यह सब अगर उनके कानों में पहुँचेगा तो? छि:-छि:, क्या सोचेंगे वे? मेरे इतने दिनों के आचरण के साथ यह व्यवहार इतना बेतुका, बेढंगा था कि मैं खुद अपनी ही शर्म से मर जाने लगी।

लेकिन मैं बची, क्योंकि जब वे वापस आए, तो किसी ने यह बात उन्हें नहीं सुनाई।

सचमुच ही मैं बची, इसमें जरा भी झूठ नहीं है। लेकिन अच्छा, एक बात अगर मैं कहूँ, तो तुम लोग विश्वास कर सकोगे क्या? अगर मैं यह कहूँ कि उस दिन थके हुए पति बिस्तर पर सोए रहे और नीचे जब तक मुझे नींद न आई तब-तक बार-बार यह साध होने लगी कि काश! कोई यह बात उनके कानों में डाल देता कि भूखे पति को छोड़कर आज मैंने हरगिज खाना नहीं खाया है, इसको लेकर मैंने झगड़ा किया है, तब भी मैंने मुँह बन्द करके यह अन्याय बर्दाश्त नहीं किया है, तो इस बात पर तुम लोगों को विश्वास होगा क्या? अगर इस बात पर तुम लोगों को विश्वास न हो, तो मैं तुम लोगों को दोष नहीं दूँगी, होने से सौभाग्यबल से मानव। आज मेरे लिए पति से बड़ी तो कोई भी दूसरी चीज दुनिया में नहीं है। मैं उनका नाम लेकर कह रही हूँ कि बतौर चीज आदमी के मन का अन्त नहीं है, उस दिन मैंने इसका आभास पाया था। यह देखकर कि

इतनी बड़ी पापिन के मन के अन्दर भी ऐसी दो विपरीत धाराओं के एक साथ बहती जाने के लिए जगह हो सकती है, तब मैं ठगी-सी रह गई थी। मैं मन ही मन कहने लगी-यह तो बड़ी शर्म की बात है। वरना मैं इसी दम उन्हें नींद से जगाकर कह देती कि अजीबोगरीब अच्छा आदमी होने से ही नहीं होता है, कर्तव्य करना सीखने की भी जरूरत है। जिस पत्नी की तुम रत्ती भर भी खोज-खबर नहीं लेते हो वह तुम्हारे लिए क्या कर रही है, इसे एक बार आँखें खोलकर देखो, हाय रे फूटी तकदीर! जुगनू चाहता है चमक कर सूरज को राह दिखाना। मैं इसीलिए कहती हूँ कि अभागिन की स्पर्धा का तुमने क्या कोई आदि-अन्त नहीं दिया है भगवान!

मैं यह कह नहीं सकती कि गरमी की वजह से या और किसी वजह से कई दिनों से अकसर ही मेरा सर दुख रहा था। पाँचेक दिन बाद बहुत रात तक छटपट करती हुई पता नहीं कब मैं जरा सो गई थी। नींद में ही लग रहा था कि पता नहीं कौन मेरी बगल में बैठकर धीरे-धीरे पंखा झल रहा है। एक बार जब खट से मेरे बदन से पंखा टकरा गया, तो मेरी नींद टूट गई। कमरे में बत्ती जल रही थी, मैंने निहारा, तो देखा, पति हैं।

रात को जागकर बैठे-बैठे पंखा झलकर वे मुझे सुला रहे थे।

हाथ बढ़ाकर मैंने पंखे को पकड़ लिया और कहा, 'यह तुम क्या कर रहे हो?'

उन्होंने कहा, 'बात करने की जरूरत नहीं। सो जाओ, जगी रहोगी, तो सरदर्द नहीं छूटेगा।'

मैंने कहा, 'यह तुमसे किसने कहा कि मेरा सर दुख रहा है?'

उन्होंने तनिक मुस्कराकर जवाब दिया, 'मुझे किसी ने नहीं कहा है, मैं ज्योतिष जानता हूँ। जब किसी का सर दुखता है तो मुझे इसका पता चल जाता है।'

मैं बोली, 'तो यह कहो कि दूसरे दिन भी तुम्हें इसका पता चला था। सिर्फ आज ही तो मेरा सर नहीं दुख रहा है।'

उन्होंने फिर तनिक मुस्कराकर कहा, 'मुझे रोज ही पता चला है। लेकिन अभी तुम जरा सोओगी या बात करोगी?'

मैं बोली, 'मेरा सर-दर्द छूट गया है, अब मैं नहीं सोऊँगी।'

वे बोले, 'तो सब्र करो, मैं तुम्हारे माथे पर दवा लगा देता हूँ।' इतना कहकर वे उठकर गए और पता नहीं क्या ले आकर धीरे-धीरे मेरे माथे पर उसे रगड़ने लगे। ऐसी बात नहीं कि मैंने ठीक जान-बूझकर यह किया, लेकिन मेरा दाहिना

हाथ पता नहीं कैसे ज्यों ही उनकी गोद पर जा गिरा त्यों ही उन्होंने उसे अपने एक हाथ से पकड़े रखा। हो सकता है, मैंने एक बार जोर किया भी था। मगर जोर अपने आप ही पता नहीं कहाँ विलीन हो गया। शरारती बच्चे को जब माँ अपनी गोद में खींचकर जबरन उसे पकड़े रखती है तब बाहर से, हो सकता है, वह तनिक अत्याचार सा भी लगे, लेकिन उस अत्याचार के अन्दर सो जाने में बच्चे को हिचकिचाहट नहीं होती है।

बाहरी आदमी चाहे जो भी क्यों न कहे, बच्चा यह समझता है कि वही है उसके लिए सबसे सुरक्षित जगह। मेरे इस जड़ हाथ को भी शायद यह ज्ञान था, वरना उसे यह कैसे पता चला कि निश्चिन्त और निर्भय होकर पड़े रहने का ऐसा आश्रय उसके लिए कोई दूसरा नहीं है।

उसके बाद वे धीरे-धीरे मेरे माथे पर हाथ फेरने लगे। मैं चुपचाप पड़ी रही। मैं इससे ज्यादा और नहीं कहूँगी। वह मेरी पहली रात की आनन्द-स्मृति है-वह मेरी है, बिलकुल मेरी ही रहे।

लेकिन मैं तो यह जानती थी कि प्यार का जो कुछ है उसे मैं सीखकर और खत्म करके ससुराल आई हूँ। लेकिन वह सीखना थल पर हाथ-पाँव मारकर तैरना सीखने जैसा गलत सीखना था, काश, इस सीधी बात का मुझे उस दिन पता चलता! पति की गोद पर से मेरा हाथ अपने सर्वांग से चूसकर यही बात मेरे कलेजे के अन्दर पहुँचा देने लायक कोशिश कर रहा था, काश, यही बात उस दिन मेरी समझ में आ जाती।

सवेरे जब मेरी नींद टूटी तो मैंने देखा, पति कमरे में नहीं हैं। पता नहीं कब वे उठकर गए। अचानक लगा कि मैंने सपना तो नहीं देखा है। लेकिन जब मैंने निहारा, तो देखती हूँ, वहीं दवा की शीशी सिरहाने के पास है, न जाने क्या लगा, मैंने उसे बार-बार अपने सर से छुलाया, उसके बाद उसे आले पर रखकर मैं बाहर निकल आई।

मुझे इस बात का पता चला कि सास उस दिन से मुझ पर कड़ी नजर रख रही थीं। मैंने भी सोचा था-बला से! मैं अब किसी बात में नहीं पडूँगी। इसके अलावा दो दिन आते न आते बहू अपने पति के रोटी-कपड़े को लेकर झगड़ा करती है। छिः-छिः लोग सुनेंगे, तो भला क्या कहेंगे?

मगर पता नहीं कब इसी बीच मेरे मन पर असर पड़ गया था। पता नहीं कब उनके रोटी-कपड़े को लेकर अन्दर-ही-अन्दर मैं उत्सुक हो उठी थी, यह मैं खुद ही नहीं जानती थी। इसीलिए दो दिन जाते न जाते मैंने फिर एक दिन झगड़ा कर डाला।

मेरे पति के किसी अढ़तिया दोस्त ने उस दिन सवेरे एक बहुत बड़ी रोहू मछली भेजी थी। मैं नहाने के लिए तालाब जा रही थी कि तभी देखती हूँ, बरामदे में सभी इकट्ठा होकर बातचीत कर रहे हैं। मैं उनके पास आकर खड़ी हो गई, मछली काटी जा चुकी है। मँझली देवरानी सब्जी काट रही है, सास उसे बता दे रही हैं–इसे मछली के झोल में डालना, उसे मछली की चटनी में डालना, ऐसा ही सब लगभग आमिष खाना। आज एकादशी है, उनके और विधवा बेटी के खाने का झमेला नहीं है लेकिन मैंने अपने पति के लिए कोई इन्तजाम ही नहीं देखा। वे वैष्णव हैं, वे मांस–मछली नहीं छूते थे। वे थोड़ी–सी दाल, थोड़ी–सी भुजिया और थोड़ी–सी चटनी खाकर ही सन्तुष्ट हो जाते थे। हालाँकि दाल खाना भी वे पसन्द करते थे। मैंने यह भी देखा है कि एकाध दिन थोड़ी–सी दाल–सब्जी मिल जाती, तो उनकी खुशी की सीमा नहीं रहती थी।

मैंने कहा, 'उनके लिए क्या खाना बनाया जा रहा है माँ?'

सास बोलीं, आज अब समय कहाँ है बहू! उसके लिए भात, आलू का भुरता और करेला बना देने के लिए मैंने कह दिया है। उसके बाद थोड़ा–सा दूध दे दूँगी।'

मैंने कहा, 'समय क्यों नहीं है माँ?'

सास झुँझलाकर बोलीं, 'देख तो रही हो बहू! इतने सारा आमिष खाना बनाने में ही तो दस–ग्यारह बज जाएँगे। आज मेरे अखिल (मँझले देवर) के दो–चार यार–दोस्त खाना खाएँगे। वे सबके सब ऑफिसर हैं। अगर दस बजे के अन्दर वे खाना नहीं खाएँगे, तो उनकी भूख मर जाएगी और वे फिर खा ही नहीं सकेंगे। ऊपर से निरामिष खाना बनाने की कोशिश करने पर खाना बनानेवाली जिन्दा नहीं रहेगी। उसकी जान को भी तो देखना होगा बेटी!'

गुस्से के मारे मेरा अंग–अंग धू–धू करके जलने लगा। तब भी मैंने किसी तरह से अपने आपको रोककर कहा, 'सिर्फ भात, आलू का भुरता और करेला कोई खा सकता है? थोड़ी–सी दाल बनाने का क्या समय नहीं मिलता?'

उन्होंने मेरे मुँह की तरफ त्योरियाँ चढ़ाकर निहारा और कहा, 'मैं तुमसे बहस नहीं कर सकती बेटी, मुझे काम है।'

इतनी देर तक मैंने अपने गुस्से को सँभाला था, पर अब मैं अपने गुस्से को सँभाल नहीं सकी। मैंने कह डाला, 'काम सबको है माँ। चूँकि वे तीस रुपए मासिक वेतन पर किरानी काम नहीं करते हैं इसलिए आप लोग उनकी उपेक्षा करती हैं। मगर मैं तो उनकी उपेक्षा नहीं कर सकती। मैं उन्हें सिर्फ भात, आलू का भुरता और करेला खाने नहीं दूँगी। अगर, खाना बनानेवाली खाना नहीं बना सकती है, तो मैं जा रही हूँ मैं उनके लिए खाना बना दूँगी।'

सास थोड़ी देर तक अचम्भे में पड़कर मेरे मुँह की तरफ निहारती रहीं, फिर बोलीं, 'तुम तो कल आई बहू, इतने दिनों तक वह क्या खाता-पीता था, जरा सुनूँ तो सही!'

मैं बोली, 'इस खोज-खबर की मुझे जरूरत नहीं। भले ही मैं कल आई, तो भी मैं नन्ही बच्ची नहीं हूँ माँ। अब से मैं यह सब नहीं होने दूँगी।' रसोईघर में घुसकर मैंने खाना बनानेवाली से कहा, 'बड़े बाबू के लिए निरामिष दाल, डालना, और चटनी बनेगी। तुम अगर यह सब न बना सको, तो तुम एक चूल्हा छोड़ दो, मैं आकर बना देती हूँ।' इतना कहकर और किसी बहस-मुबाहिसे का इन्तजार किए बिना मैं नहाने चली गई।

पति का बिस्तर मैं रोज अपने हाथों लगाती थी। इस झक्क सफेद बिस्तर पर अन्दर ही अन्दर एक लोभ पैदा हुआ था। अचानक इतने दिनों बाद आज बिस्तर लगाते वक्त जब मैं यह बात जान पाई, तो मैं अपने ही आगे शर्म से मर गई।

जब घड़ी में बारह बजे, तो वे सोने आए। क्यों इतनी रात तक जागकर बैठे-बैठे मैं किताब पढ़ रही थी, उनके कदमों की आहट ने यह खबर आज इतना साफ-साफ मेरे कानों में कह दी कि शर्म के मारे मैं मुँह उठाकर निहार भी नहीं सकी।

पति ने कहा, 'तुम अभी तक सोई क्यों नहीं हो?'

मैंने किताब से मुँह उठाकर घड़ी की तरफ ताका, तो मैं चौंक उठी, 'अरे, बारह बज चुके हैं!'

लेकिन जो सब देख सकते हैं उन्होंने देखा था कि मैंने हर पाँच मिनट पर घड़ी देखी है।

पति बिस्तर पर बैठे और तनिक मुस्कराकर बोले, 'आज फिर तुमने क्या हंगामा मचाया था?'

मैंने कहा, 'किसने कहा?'

उन्होंने कहा, 'मैंने तो उस दिन ही तुमसे कहा था कि मैं ज्योतिष जानता हूँ।'

मैं बोली, 'अगर तुम ज्योतिष जानते हो, तो यह तो अच्छी बात है। मगर तुम अपने जासूस का नाम बताओ, उन्होंने क्या-क्या दोष मुझे दिया, जरा सुनूँ तो सही!'

वे बोले, 'जासूस ने तुम्हें कोई दोष नहीं दिया है। लेकिन मैं तुम्हें दोष दे रहा हूँ। अच्छा पूछता हूँ कि इतनी मामूली-सी बात पर तुम्हें इतना गुस्सा क्यों आता है?'

मैं बोली, 'तुम इसे मामूली-सी बात कहते हो? तुम क्या सोचते हो कि तुम लोगों के न्याय-अन्याय के तराजू पर ही सबको तौला जाएगा? लेकिन मैं तब

भी कहती हूँ कि तुम तो इतना कहते हो, पर यह अत्याचार अगर तुम अपनी आँखों से देखते, तो तुम्हें भी गुस्सा आता।'

वे फिर तनिक मुस्कराए, बोले, 'मैं वैष्णव हूँ, अगर कोई मुझ पर अत्याचार करता है, तो भी मुझे गुस्सा नहीं करना चाहिए। महाप्रभु ने हमें पेड़ों की तरह सहनशील बनने को कहा है और तुम्हें अभी से सहनशील बनना होगा।'

'क्यों, मुझे सहनशील बनना होगा? मेरा अपराध क्या है?'

'तुम वैष्णव की पत्नी हो, बस यही है तुम्हारा अपराध।'

मैं बोली, 'यह हो सकता है, मगर पेड़ों की तरह अन्याय सहन करना मेरा काम नहीं है। सो चाहे जो भी प्रभु यह आदेश क्यों न दें! इसके अलावा जो आदमी भगवान तक को नहीं मानता है, उसके लिए भला महाप्रभु क्या है!'

पति अचानक चौंक उठे, बोले, 'कौन भगवान को नहीं मानता है? तुम?'

मैं बोली, 'हाँ, मैं। मैं भगवान को नहीं मानती।'

वे बोले, 'तुम भगवान को क्यों नहीं मानती हो?'

मैं बोली, 'मैं इसलिए नहीं मानती हूँ कि भगवान नहीं हैं। मैं इसलिए नहीं मानती कि यह झूठ है।'

मैं गौर करके देख रही थी, मेरे पति का मुस्कुराता चेहरा धीरे-धीरे उदास होने को आ रहा था। इस बात के बाद वह मुँह बिलकुल राख-सा सफेद हो गया। वे थोड़ी देर तक चुप रहे, फिर बोले, 'मैंने सुना था कि तुम्हारे मामा अपने आपको नास्तिक कहते थे...'

मैंने बीच में गलती को सुधारते हुए कहा, 'वे अपने आपको नास्तिक नहीं कहते थे। वे अपने आपको Agnostic कहते थे।'

पति ने विस्मित होकर पूछा, यह भला क्या है?'

मैं बोली, 'Agnostic वे लोग हैं जो इस बारे में कोई बात ही नहीं करते हैं कि ईश्वर है या नहीं।'

मेरी बात अभी खत्म भी नहीं हुई थी कि पति बोल उठे, 'रहने दो यह सब चर्चा। मेरे सामने तुम और किसी दिन यह बात अपनी जबान पर मत लाना।'

तब भी मैं तर्क करने जा रही थी, लेकिन जब मैंने अचानक उनके मुँह की तरफ निहारा, तो मेरी जबान पर कोई शब्द नहीं आया। मैं यह जानती थी कि भगवान पर उनका अटल विश्वास है। लेकिन मेरी यह धारणा ही नहीं थी कि कोई आदमी दूसरे के मुँह से उनके न मानने की बात सुनने पर इतना दुख पा सकता है। इसको लेकर खुद मैंने अपने मामा की बैठक में बहुत तर्क किया था, दूसरे को भी तर्क करते देखा था। लोगों को गुस्सा हो जाते मैंने बहुत बार देखा

था, लेकिन इतने दुख से बदरंग हो जाते मैंने किसी को नहीं देखा था। खुद मैंने दुख खास कम नहीं पाया। मगर कोई तर्क किए बिना इस तरह से मेरा मुँह बन्द कर दिया गया, इस अपमान से मेरा सर झुक गया। लेकिन सोचती हूँ कि मेरे अपमान की बारी इसी प्रसंग से क्यों उस दिन खत्म नहीं हुई?

जिस चटाई को बिछाकर मैं नीचे सोती थी वह कमरे के कोने में समेटी हुई रहती थी। आज किसने उसे हटाकर रखा था, मैं कह नहीं सकती यह देखकर कि वह मुझे ढूँढ़े नहीं मिल रही है, उन्होंने खुद बिस्तर से एक तोशक उठाकर कहा, 'आज इसे बिछाकर सोओ। इतनी रात गए कहाँ अब उसे ढूँढ़ता फिरूँ कहो?'

उनकी आवाज में रत्ती भर भी ताना-व्यंग्य नहीं था। तब भी उनकी बात मानो अपमान का काँटा बनकर मेरे कलेजे में चुभी। रोज तो मैं नीचे ही सोती थी। एक मामूली-सी चटाई बिछाकर जैसे-तैसे रात बिताना ही तो था मेरा सबसे बड़ा गर्व। लेकिन यह किसने सोचा था कि पति के दो छोटे शब्दों से आज मेरा वही गर्व ठीक इतनी बड़ी लांछना में रूपान्तरित होकर दिखाई पड़ेगा।

अपने सोने की सामग्री मैंने पति के हाथ से ही हाथ फैलाकर ली, मगर ज्यों ही मैं लेटी त्यों ही रुलाई की लहरें मानो मेरे गले तक फ़ेनिल हो उठीं। मैं नहीं जानती कि उन्हें मेरी रुलाई सुनाई पड़ी थी या नहीं। सवेरा होते न होते मैं जल्दी से कमरे से भागने की कोशिश कर रही थी कि तभी उन्होंने पुकारकर कहा, 'आज इतने तड़के क्यों उठी?'

मैंने कहा, 'नींद टूट गई, इसीलिए बाहर जा रही हूँ।'

उन्होंने कहा, 'मेरी एक बात सुनोगी?'

गुस्से और अभिमान से मेरा अंग-अंग भर गया।

बोली, 'तुम्हारी कौन सी बात मैंने नहीं सुनी है?'

उन्होंने मेरे मुँह की तरफ निहारा और तनिक मुस्कराकर कहा, 'सुनो, अच्छा तो फिर तुम मेरे करीब आओ कहता हूँ।'

मैं बोली, 'मैं बहरी नहीं हूँ, मैं यहीं खड़े-खड़े सुन सकूँगी।'

'तुम वहाँ खड़े-खड़े मेरी बात नहीं सुन पाओगी जी, नहीं सुन पाओगी।' इतना कहकर वे अचानक सामने झुके और मेरा हाथ पकड़ लिया। मैंने जोर लगाकर अपने हाथ को छुड़ाने की कोशिश की, लेकिन मैं उनसे कैसे हाथ छुड़ा सकती। उन्होंने एकबारगी मुझे खींचकर अपने सीने से लगा लिया, जबरन हाथ से मेरे मुँह को ऊपर उठाया और बोले, 'जो लोग भगवान को मानते हैं वे क्या कहते हैं, जानती हो? वे कहते हैं कि पति से हरगिज झूठ नहीं बोलना चाहिए।'

मैं बोली, 'लेकिन जो लोग भगवान को नहीं मानते हैं, वे कहते हैं कि किसी से भी झूठ नहीं बोलना चाहिए।'

पति ने हँसकर कहा, 'बात तो सही है। लेकिन अगर ऐसी बात है, तो इतनी बड़ी झूठी बात तुम कल कैसे अपनी जबान पर लाई, बताओ तो? तुमने कैसे यह कहा कि तुम भगवान को नहीं मानती हो?'

अचानक लगा कि इतनी आशा करके किसी ने शायद कभी किसी से भी बात नहीं की होगी। इसीलिए कहने में हिचकिचाहट होने लगी। लेकिन तब भी तो जला अहंकार नहीं गया। मैंने कह डाला, 'तो यह कहने से कि मैं भगवान को मानती हूँ, क्या सही बात कहना होता? तुमने मुझे क्यों रोक रखा? और कोई बात है?'

उन्होंने उदास होकर धीरे-धीरे कहा, 'और एक बात है, वह यह कि तुम माँ से माँफी माँगना।'

मेरा अंग-अंग गुस्से से जल उठा, बोली, 'माफी माँगना क्या बच्चों का खेल है या उसका कोई अर्थ है?'

पति ने कहा, 'इसका अर्थ यह है कि माफी माँगना तुम्हारा कर्तव्य है।'

मैंने कहा, तुम लोगों के भगवान शायद यह कहते हैं कि जो निरपराध है वह जाकर अपराधी बनकर माफी माँगकर अपना कर्तव्य करे।'

पति ने मेरा हाथ छोड़ दिया और थोड़ी देर तक मेरा मुँह चुपचाप निहारते रहे। उसके बाद उन्होंने धीरे-धीरे कहा, 'भगवान का नाम लेकर मजाक नहीं करना चाहिए, यह बात भविष्य में और किसी दिन मुझे तुम्हें याद दिलानी न पड़े। मैं तर्क करना पसन्द नहीं करता। अगर तुम माँ से माफी न माँग सको, तो उनसे अब कभी भी झगड़ा करने की कोशिश मत करना।'

मैं बोली, 'क्यों, क्या मैं यह नहीं सुन सकती?'

वे बोले, 'नहीं। मना करना मेरा कर्तव्य है, इसीलिए मैंने मना कर दिया।' इतना कहकर वे बाहर जाने के लिए उठकर खड़े हो गए।

मैं और बर्दाश्त नहीं कर सकी, बोली, 'कर्तव्य-बोध तुम लोगों को अगर इतना ज्यादा है, तो क्या और किसी को भी कर्तव्य-बोध नहीं है? मैं भी तो आदमी हूँ, घर के अन्दर मेरा भी तो कोई कर्तव्य है। यह अगर तुम लोगों को अच्छा न लगे तो तुम मुझे मायके भेज दो। यह मैं पक्का कह देती हूँ कि अगर मैं यहाँ रहूँगी तो झगड़ा होगा।'

वे मुड़कर खड़े हो गए और बोले, 'तो क्या अपने से बड़ों से झगड़ा करना ही तुम्हारा कर्तव्य है? अगर ऐसी बात है तो जिस दिन मर्जी तुम मायके चली जाना, हमें कोई आपत्ति नहीं है।'

पति चले गए, मैं वहीं धम्म से बैठ गई। मेरे मुँह से सिर्फ निकला–हाय रे, जिसके लिए चोरी करती हूँ वही कहता है चोर।

मेरा सारा सवेरा कैसे बीता, यह मैं ही जानती हूँ। लेकिन दोपहर में पति के मुँह से जो बात मैंने सुनी उससे विस्मय की कोई सीमा नहीं रही।

उन्हें खाना खिलाने बिठाकर सास ने कहा, 'कल मैंने तुमसे नहीं कहा था बेटा। लेकिन इस बहू के साथ तो मैं घर में नहीं रह सकती घनश्याम। कल की घटना तो तुमने सुनी होगी।'

पति ने कहा, 'हाँ, मैंने सुनी है माँ।'

सास बोलीं, 'तो फिर चाहे जो हो, इसका कोई इन्तजाम करो।'

पति ने तनिक मुस्कराकर कहा, 'इन्तजाम करनेवाली मालकिन तो खुद तुम्हीं हो माँ।'

सास बोलीं, 'इन्तजाम भला क्या मैं नहीं कर सकती बेटा! एक ही दिन में मैं इन्तजाम कर सकती हूँ। इतनी बड़ी सयानी लड़की के साथ तुम्हारी शादी कराने की तो मेरी इच्छा ही नहीं थी सिर्फ...'

पति बोले, 'इस बात को सोचने से अब क्या फायदा है माँ! अब वह अच्छी–बुरी चाहे जो भी हो माँ, घर की बड़ी बहू को तो अब तुम छोड़ नहीं सकती हो। वह यह चाहती है कि मैं जरा अच्छा खाऊँ–पिऊँ। वही अच्छा इन्तजाम तुम क्यों नहीं कर देती हो माँ?'

सास बोलीं, 'तुमने तो मुझे हैरान कर दिया घनश्याम! मैं क्या अच्छा–बुरा खाना खिलाना नहीं जानती हूँ कि आज वह आकर मुझे यह सिखा देगी? और तुम्हारा ही भला क्या दोष है बेटा! इतनी बड़ी बहू जिस दिन आई थी उसी दिन मैं यह समझ सकी थी कि अबकी बार गिरस्ती टूटी। सो बेटा, मेरा मालिकाना अब अगर न चले, तो मैं उसी के हाथों भंडार की चाबी दे रही हूँ। कहाँ हो बहू, निकल आओ जी, चाबी ले जाओ' इतना कहकर सास ने झन्न से चाबियों के गुच्छे को रसोईघर के दरवाजे पर फेंक दिया।

पति ने और एक शब्द भी नहीं कहा। उन्होंने मुँह बन्द करके भात खाया और बाहर जाते वक्त कहते–कहते गए, 'हर औरत की यही एक बीमारी है, भला किससे क्या कहूँ!'

मेरे कलेजे के अन्दर मानो खुशियों का ज्वार उमड़ आया। मैं क्यों झगड़ा कर रही हूँ, यह वे जान सके हैं, इस बात को मैं सैकड़ों बार मुँह से दोहराकर हजारों तरह से मन के अन्दर अनुभव करने लगी। सवेरे के मेरे सारे दुख धुल–पुँछ गए।

अभी कितनी बार लगता है कि बचपन से काम और बेकाम की कितनी किताबों को पढ़कर कितनी बातें मैंने सीखी थीं। लेकिन अगर यह बात कहीं मैं सीख पाती कि दुनिया में एक तुच्छ बात को सहेजकर न कहने के दोष से, एक छोटी-सी बात को मुँह खोलकर न कहने के अपराध से कितनी घर-गिरस्ती तहस-नहस हो जाती है। हो सकता है, यह बात अगर मैंने सीखी होती तो यह कहानी लिखने की आज जरूरत ही नहीं पड़ती।

इसीलिए तो मैं बार-बार कहती हूँ–अरी अभागिन! तूने इतना कुछ सीखा था, तूने सिर्फ यह नहीं सीखा था कि औरतों का मान किसके मान से है, किसके अनादर से तुम लोगों के मान की अट्टालिका ताश की अट्टालिका की तरह पल भर में एक फूँक से जमींदोज हो जाती है।

तब तेरी किस्मत नहीं जलेगी, तो जलेगी किसकी? सारी शाम तूने कमरे में ब्योंड़ा लगाकर अगर साज-सिंगार किया, बेवक्त सोने का स्वाँग रचकर अगर तू पति के पलंग के एक किनारे जाकर लेट सकी, तो उन्हें एक आवाज देने में तुझे ऐसी क्या झिझक हुई? वे कमरे में घुसकर दुविधा और संकोच से बार-बार आनाकानी करके जब निकल गए तब अपना एक हाथ बढ़ाकर उनके हाथ को पकड़ लेने में क्या तेरे हाथ को लकवा मार गया? तू रात भर फर्श पर पड़े-पड़े रोई, एक बार मुँह खोलकर सिर्फ इतना कहने में क्या बाधा हुई कि अच्छा, तुम अपने बिस्तर पर आकर सोओ, मैं अपनी नीचे बिछी चटाई पर लौट जा रही हूँ।

बहुत दिन चढ़ने पर जब मेरी नींद टूटी, लगा, जैसे मुझे बुखार आ गया हो। मैं उठकर बाहर जा रही थी कि तभी पति कमरे में घुसे। मैं मुँह नीचा किए एक बगल में खड़ी रही, उन्होंने कहा, 'तुम्हारे गाँव से नरेन बाबू आए हैं।'

मेरा कलेजा धक कर उठा।

पति कहने लगे, 'वे अपने निखिल के कॉलेज के दोस्त हैं। कलकत्ता रहते पता नहीं कब वह उन्हें चितारे के दह में बत्तखों का शिकार करने का न्योता दे आया था! इसीलिए वे आए हैं। तुम भी उन्हें अच्छी तरह पहचानती हो न?'

उफ, आदमी की हिमाकत की क्या कोई सीमा नहीं रहनी चाहिए।

मैंने गर्दन हिलाकर जताया, 'हाँ, मैं उन्हें पहचानती हूँ।' मगर घृणा और लाज से मेरी एड़ी से लेकर चोटी तक कड़वी हो गई।

पति ने कहा, 'अपने पड़ोसी की खातिरदारी की जिम्मेदारी तुम्हें ही लेनी होगी।'

उनकी बात सुनकर मैं इतनी चौंक उठी कि मुझे डर लगा कि हो सकता है, मेरा विस्मय उन्हें नजर आ गया हो। मगर इधर उनका ध्यान नहीं था।

बोले, कल रात से ही माँ का गठिया बहुत बढ़ गया है। इधर निखिल भी घर में नहीं है। अखिल को भी अपने ऑफिस जाना होगा।'

मैंने मुँह नीचा करके किसी तरह से कहा, 'और तुम?'

'मेरे यहाँ रहने की हरगिज गुंजाइश नहीं है। मुझे भी जूट खरीदने के लिए जाना ही पड़ेगा, गए बिना गुजारा नहीं है।'

'तो तुम कब लौटोगे?'

'मैं कल इसी समय लौटूँगा। मुझे रात को वहीं रहना पड़ेगा।'

'तो तुम उन्हें कहीं और जाने को कह दो। मैं बहू हूँ, ससुराल में मैं उनके सामने नहीं निकलूँगी।'

पति बोले, 'छि: ऐसा क्या हो सकता है? मैं सब ठीक कर दे जा रहा हूँ। तुम बाहर न निकलना, आड़ से करीने से देना।' इतना कहकर वे बाहर निकल गए।

उस दिन पाँच महीने बाद मैंने फिर नरेन को देखा। दोपहर को जब वह खाना खाने बैठा था, तो मैं रसोईघर के दरवाजे के पीछे बैठकर हरगिज अपनी आँखों के कौतूहल को रोक नहीं सकी। लेकिन ज्यों ही मैंने निहारा त्यों ही मेरा सारा मन एक तरह की ऐसी वितृष्णा से भर गया कि उसे दूसरे को समझाना मुश्किल है। एक बहुत बड़े लाल बिच्छू को टेढ़े-मेढ़े चले जाते देखने पर अंग-अंग जैसा कर उठता है, हालाँकि जब तक वह नजर आता है तक तक नजरें हटाई नहीं जा सकती हैं, ठीक वैसे ही मैं नरेन की तरफ निहारती रही। छि:-छि: उसके उस बदन को मैंने कैसे एक दिन छुआ था, यह याद आते ही मेरे रोंगटे खड़े हो उठे।

खाते-खाते वह बीच-बीच में नजरें उठाकर क्या ढूँढ़ रहा था, यह मैं जानती हूँ। मेरी खाना बनानेवाली जब उसे कोई सब्जी देने गई, तो उसने अचानक बड़े अचरज में पड़कर पूछा, 'अरी सुनो, तुम्हारी बड़ी बहू निकली क्यों नहीं?'

खाना बनानेवाली यह जानती थी कि वह मेरे मायके का आदमी है, गाँव का जमींदार है। इसीलिए शायद उसे खुश करने के लिए ही उसने हँसी की मुद्रा में ढेरों झूठी बातें कहकर उसके मन को तृप्त कर दिया। बोली, 'क्या पता बाबू, बड़ी बहू बड़ी शर्मीली हैं, वरना खुद उन्होंने तो आज आपके लिए खाना बनाया। रसोईघर में बैठकर खुद उन्होंने ही तो आपके सारे खाने को आगे बढ़ाकर सहेज दिया। लेकिन शरमाकर आप कम नहीं खाइएगा बाबू, अगर आप शरमाकर कम खाइएगा, तो वे बहुत गुस्सा करेंगी, यह उन्होंने मुझे कह दिया।'

आदमी की शैतानी का अन्त नहीं है, दुस्साहस की भी सीमा नहीं है। उसने आराम से स्नेह-भरी हँसी से रसोईघर की तरफ अपना मुँह उठाया और

चिल्लाकर कहा, 'तू मुझसे भला शरमाती क्यों है री सदु? आ–आ, निकल आ। बहुत दिनों से मैंने तुझे देखा नहीं है, एक बार देखूँ तुझे!'

मैं सन्न होकर उसी दरवाजे को पकड़े खड़ी रही। मेरी मँझली देवरानी भी रसोईघर में थी, उसने ठिठोली करके कहा, 'दीदी तुम हर बात में ज्यादती करती हो। मुहल्ले के आदमी हैं, भाई जैसे हैं। शादी के दिन तक तुम उनके सामने निकली थी, उससे बातें की थीं, और आज इतनी शरमाती हो। वे एक बार तुम्हें देखना चाह रहे हैं, जाओ न।'

इसका भला मैं क्या जवाब देती?

तब दिन के दो–ढाई बजे थे। घर के सभी अपने--अपने कमरे में लेटे हुए थे, नौकर ने आकर बाहर से कहा, 'बाबू ने पान माँगा माँ जी।'

'किस बाबू ने?'

'नरेन बाबू ने।'

'वे शिकार करने नहीं गए हैं?'

'नहीं तो। वे तो बैठक में लेटे हुए हैं।'

'तो फिर शिकार करने का बहाना भी झूठा है!'

पान भेजकर मैं खिड़की के पास आकर बैठी। जब से मैं इस घर में आई थी तब से लेकर अब तक यह खिड़की ही थी मेरी सबसे प्रिय। नीचे ही फुलवारी थी, चमेली के फूल के पेड़ों के झुरमुट से सामने का हिस्सा ढका हुआ था, यहाँ बैठने पर बाहर का सब कुछ देखा जा सकता था, मगर बाहर से कुछ नहीं देखा जा सकता था।

मैं आदमी की यह एक बड़ी अजीब हरकत देखती हूँ कि जो मुसीबत अचानक उसके कन्धे पर आकर उसे बेहद अस्थिर और उद्विग्न कर देती है, वह उसे ही दरकिनार कर एक तुच्छ बात को सोचने बैठ जाता है। यह सच है कि बाहर पान भेजकर मैं नरेन की ही बात सोचने बैठी थी लेकिन मुझे इस बात का पता भी नहीं चला था कि कब, किस मौके पर मेरे पति मेरे समूचे मन में समा गए थे।

मैं अपने पति को जितना देख रही थी उतनी ही हैरान होती जा रही थी। मैं सबसे ज्यादा हैरान होती थी उनकी माफ करने की क्षमता को देखकर। पहले पहल लगता था, यह उनकी कमजोरी है, मर्दानगी की कमी है। चूँकि उनकी डाँटने फटकारने की मजाल नहीं है इसीलिए वे माफ करते हैं। लेकिन जितने दिन जा रहे थे उतना ही मुझे पता चल रहा था कि वे जितने अक्लमन्द हैं, उतने ही मजबूत हैं। यह तो मैं निःसन्देह अनुभव कर सकती हूँ कि वे मुझे अन्दर ही

अन्दर कितना प्यार करते थे। लेकिन उस प्यार पर दावा जताने की मेरी तो हिम्मत नहीं होती थी।

एक दिन मैंने बातों-बातों में कहा था, 'अच्छा, तुम्हीं तो घर के सर्वेसर्वा हो, लेकिन घर भर के सभी तुम्हारी उपेक्षा, अवहेलना करते हैं! यहाँ तक कि तुम पर अत्याचार करते हैं, इसे क्या, तुम चाहो तो, रोक नहीं सकते हो?'

उन्होंने हँसकर जवाब दिया था, 'कहाँ, कोई तो मेरी अवहेलना नहीं करता है।'

लेकिन मैं यह पक्का जानती थी कि कुछ भी उनसे छिपा नहीं था। बोली, 'अच्छा, चाहे जितना भी बड़ा दोष क्यों न हो, तुम क्या सब माफ कर सकते हो?'

उन्होंने पहले की ही तरह हँसकर कहा, 'जो सचमुच माँफी माँगे, उसे माफ करना ही होगा, यह तो हमारे महाप्रभु का आदेश है जी।'

इसीलिए एक-एक दिन मैं चुपचाप बैठकर सोचती कि भगवान अगर सचमुच नहीं है, तो फिर इतनी शक्ति, इतनी शान्ति इन्हें कहाँ मिली? मैं पत्नी का कर्तव्य एक दिन भी नहीं करती हूँ, तब भी तो वे किसी दिन पति होने के बल पर मेरा निरादर, अपमान नहीं करते हैं।

हमारे कमरे के आले पर संगमरमर की गौरांग की एक मूर्ति थी। रात को नींद टूट जाने पर कितनी बार मैंने देखा था, पति बिस्तर पर स्तब्ध होकर बैठे-बैठे एकटक उनकी तरफ निहार रहे हैं और उनकी आँखों से आँसुओं की धारा बहती चली जा रही है। समय-समय पर उनका मुँह देखकर मुझे भी रुलाई आती। लगता, इस तरह से एक दिन भी अगर मैं रो सकती, तो मन का आधा दुख कम हो जाता। बगल के आले पर उनकी कई बड़ी प्रिय किताबें थीं, उनकी देखा-देखी मैं भी बीच-बीच में उन्हें पढ़ती। ऐसी बात नहीं है कि उनमें लिखी बातों को सच मानकर मैं उन पर विश्वास करती थी। तब भी कितने दिन ऐसा हुआ था कि कब उन्हें पढ़ने में मन लग गया था, कब दिन ढल गया था, कब दो बूँद आँसू गालों पर लुढ़ककर सूख गए थे, कुछ भी पता नहीं चला था। कितने दिन ईर्ष्या तक हुई थी कि उनकी तरह मैं भी अगर इस सबको सच मान सकती।

कुछ दिनों से मुझे यह अच्छी तरह से पता चलता था कि कोई दुख रोज मेरे कलेजे के अन्दर जमा होता जा रहा था। लेकिन क्यों, किसलिए, यह मैं हरगिज टटोल नहीं पाती थी। सिर्फ लगता कि मेरा कोई कहीं नहीं है। मैं सोचती-माँ के लिए ही शायद अन्दर ही अन्दर मन कैसा करता है, इसीलिए कितने दिन मैंने यह तय किया था कि मैं उनसे कहूँगी कि वे कल ही मुझे मायके भेज दें। लेकिन ज्यों ही यह लगता कि मैं इस घर को छोड़कर और कहीं जा

रही हूँ त्यों ही सारा संकल्प पता नहीं कहाँ काफूर हो जाता, मैं मुँह खोलकर उनसे यह कह भी नहीं पाती थी।

मैं सोचती–जाऊँ, आले से किताब लाकर जरा पढ़ूँ। आजकल ये किताबें हुई थीं मेरे बहुत सारे दुखों की सान्त्वना। लेकिन उठने की कोशिश करने पर ज्यों ही अचानक आँचल में एक खिंचाव पड़ा त्यों ही मैंने मुड़कर निहारा तो मुझे अपनी आँखों पर विश्वास नहीं हुआ। देखती हूँ, मेरा आँचल पकड़े खिड़की के बाहर खड़ा है नरेन। मैं चिल्लाने से बाल–बाल बची और क्या। वह कब आया था, कितनी देर से वह इस तरह से खड़ा था, मैं कुछ भी नहीं जान सकी थी। लेकिन आज भी मुझे यह सोचते नहीं बनता है कि उस दिन मैंने कैसे अपने आपको सँभाल लिया था। मैं मुड़कर खड़ी हो गई और पूछा, 'तुम यहाँ क्यों आए हो? शिकार करने?'

नरेन ने कहा, 'तुम बैठो तो, कहता हूँ।'

मैं खिड़की पर बैठ गई और बोली, 'तुम शिकार करने क्यों नहीं गए?'

नरेन ने कहा, 'घनश्याम बाबू का हुक्म नहीं मिला है। जाते वक्त वे कह गए कि हम वैष्णव हैं। हमारे घर से जीव–हत्या करना मना है।'

पलक झपकते पति के गर्व से मेरा सीना फूल उठा। वे कोई कर्तव्य नहीं भूलते थे, अपने कर्तव्य के प्रति उन्हें रत्ती भर भी कमजोरी नहीं थी। मैं मन ही मन सोचती कि यह आदमी यह देख जाए कि मेरा पति कितना बड़ा आदमी है।

मैंने कहा, 'तो फिर तुम अपने घर क्यों नहीं लौट गए?'

नरेन ने सलाखों के पीछे से खप से मेरे हाथ को धर दबोचा और बोला, 'टाइफाइड से मरते–मरते जिन्दा होकर जब मैंने यह सुना कि तुम दूसरे की हो गई हो, अब मेरी नहीं हो, तब मैंने बार–बार कहा–भगवान, तुमने मुझे क्यों बचाया? तुम्हारे प्रति मैंने इस उम्र के अन्दर कौन–सा ऐसा पाप किया जिसकी सजा देने के लिए तुमने मुझे जिन्दा रखा!'

मैंने कहा, 'तुम भगवान को मानते हो!'

नरेन अचकचाकर कहने लगा–नहीं, मैं भगवान को नहीं मानता। मगर उस समय...क्या जानती हो?'

'रहने दो, उसके बाद?'

नरेन बोल उठा, 'उफ, वे मेरे कैसे दिन थे, जिस दिन मैंने यह सुना कि तुम मेरी ही हो आज, सिर्फ नाम के लिए दूसरे की हो, वरना मेरी ही हो हमेशा, सिर्फ मेरी ही हो। आज तक एक दिन भी और किसी के भी बिस्तर पर तुमने रात...'

'छिः–छिः चुप रहो। लेकिन किसने तुम्हें यह खबर दी? किससे सुना तुमने?'

'तुम्हारी उस नौकरानी से, जो तीन-चार दिन पहले यह कहकर चली गई है कि वह घर जा रही है, जिसने...'

'तो क्या मुक्तो तुम्हारी जासूस थी?' इतना कहकर मैंने जोर से उसका हाथ छुड़ाने की कोशिश की। लेकिन इस बार भी उसने पहले की ही तरह जोर से मेरे हाथ अपने हाथ से पकड़े रखा। उसकी आँखों से दो बूँद आँसू भी लुढ़क पड़े। बोला, 'सदु, तो क्या इसी तरह से हम लोगों के जीवन का अंत होगा? अगर मैं ऐसा बीमार नहीं होता, तो आज कोई तो हम लोगों को अलग करके नहीं रख सकता! जो गुनाह मेरा अपना नहीं है, उसके लिए मैं इतनी बड़ी सजा क्यों भुगतूँ? लोग भगवान-भगवान करते हैं, लेकिन अगर वे सचमुच होते तो क्या वे बिना गुनाह के इतनी बड़ी सजा हम लोगों को देते? कतई नहीं। तुम्हीं ने भला किसलिए एक अनजान-अपरिचित मूर्ख आदमी के...'

'रहने दो, रहने दो, उस बात को रहने दो।'

नरेन चौंक उठा और बोला, 'अच्छा रहने दो। लेकिन अगर मैं यह जानता कि तुम सुख से हो, तुम सुखी हुई हो, तो फिर हो सकता है एक दिन मैं अपने मन को सान्त्वना दे सकता! मगर कोई सम्बल ही तो मेरे हाथ में नहीं है, मैं जिन्दा रहूँगा कैसे?'

फिर उसकी आँखों में आँसू आ गए। अबकी बार उसने मेरा ही हाथ खींच लिया, उसी से अपने आँसू पोंछे और बोला, 'सचमुच कोई ऐसा देश-दुनिया में है, जहाँ इतना बड़ा अन्याय हो सकता था। चूँकि वह औरत है, इसलिए क्या उसमें जान नहीं है? उसकी मर्जी के खिलाफ उसकी शादी कराकर इस तरह से उसे जीवन भर जलाते रहने का हक किसे है? किस देश की औरतें चाहें तो ऐसी शादी को लात मारकर तोड़कर जहाँ मर्जी, नहीं चली जा सकती हैं?'

ऐसी बहुत सारी बातें मैं जानती थी। मेरे ननिहाल में नए जमाने की समता और स्वाधीनता की कोई चर्चा बाकी नहीं थी। मेरा कलेजा न जाने कैसे हिलने लगा। मैंने कहा, 'तुम मुझे क्या करने के लिए कहते हो?'

नरेन बोला, 'मैं तुमसे कोई बात नहीं कहूँगा। मैं सिर्फ इतना बताकर जाऊँगा कि जब से मैं मौत के मुँह से निकला था तब से लेकर अब तक इसी आज के दिन का इन्तजार करते हुए मैंने बाट जोही थी। उसके बाद, हो सकता है, तुम एक दिन सुन सको कि मैं जिसके मुँह से निकलकर आया था उसी के मुँह में चला गया हूँ। लेकिन तुमसे मेरा यही अन्तिम निवेदन रहा सदु कि जीते जी जब मुझे कुछ नहीं मिला तो मरने के बाद मुझे उन आँखों के दो बूँद आँसू मिलें। अगर आत्मा नाम की कोई चीज है तो उसे उनसे तृप्ति होगी।'

मेरा हाथ उसी के हाथ में रहा। मैं चुपचाप बैठी रही। मैं अभी सोचती हूँ कि उस दिन अगर मुझे इस बात की जरा सी भी भनक मिलती कि आदमी के मन की कीमत यही है कि उसे बिलकुल उलटी धारा में बहा देने के लिए थोड़े-से समय, थोड़े से उपकरण की जरूरत है, तो फिर चाहे जैसे भी हो, उस दिन मैं उसका हाथ छुड़ा लेती, खिड़की को बन्द कर देती और उसका एक शब्द भी अपने कानों में हरगिज नहीं पहुँचने देती। कई शब्द, कई बूँद आँसू ही तो भला उसके खर्च हुए थे! लेकिन नदी की तेज धारा में पत्तों समेत सरकंडा जिस तरह से काँपता रहता है उसी तरह से मेरा सारा बदन काँपने लगा। लगने लगा, जैसे नरेन ने किसी अजीब तरकीब से मेरे कलेजे के अन्दर से होकर पाँच सौ बिजलियों की धारा मेरे अंग-अंग में बहा दी और मेरे पैरों के नाखूनों से लेकर बालों तक को सुन्न करता आ रहा है। उस दिन बीच में अगर वे लोहे की सलाखें न रहतीं और वह अगर मुझे खींच उठा ले भागता, तो हो सकता है, मैं एक बार चिल्ला भी नहीं सकती कि अजी कौन हो, मुझे बचाओ।

मैं यह नहीं जानती कि हम दोनों कितनी देर तक ऐसे स्तब्ध होकर रहे थे, वह अचानक बोल उठा, 'सदु।'

'क्या है?'

'तुम तो अच्छी तरह यह जानती हो कि हमारे झूठे शास्त्र सिर्फ औरतों को बाँधकर रखने की जंजीर भर हैं। चाहे जैसे हो उन्हें रोक रखकर उनकी सेवा लेने की चाल है यह। सती की महिमा सिर्फ औरतों के लिए है, मर्दों के लिए सब धोखा है। जिसे आत्मा कहते हैं वह क्या औरतों की देह में नहीं है? उनकी क्या स्वतंत्र सत्ता नहीं है? वे क्या सिर्फ आई थीं मर्दों की सेवा करनेवाली नौकरानी बनने के लिए?'

'बहू, पूछती हूँ, तुम लोगों की बातें खत्म नहीं होंगी बेटी?'

सर पर गाज गिरने पर भी शायद आदमी इस तरह से नहीं चौंक उठता है जिस तरह से हम दोनों चौंक उठे। नरेन ने मेरा हाथ छोड़ दिया और बैठ गया। मैंने मुँह घुमाया, तो देखा, बरामदे की खुली खिड़की के ठीक सामने मेरी सास खड़ी हैं।

वे बोलीं, 'बेटी, इस मुहल्ले के लोग उतने सभ्य-तभ्य नहीं हैं, इस तरह से झुरमुट के अन्दर रोते-धोते देखेंगे तो हो सकता है, वे बुरा समझ लें। पूछती हूँ तुम अपने कमरे में बुलवा लेती, तो देखने-सुनने में, हर दृष्टि से, अच्छा होता!'

मैंने कोई जवाब देने की कोशिश की, मगर मुँह के अन्दर मेरी जीभ सुन्न हो गई, एक शब्द भी नहीं फूटा।

उन्होंने तनिक मुस्कराकर कहा, 'मैं कह नहीं सकती बेटी, सिर्फ सोचकर मरती हूँ कि मेरी बहू क्यों उतनी तकलीफ बर्दाश्त करके फर्श पर लेटी रहती है। खैर, यह अच्छी बात है। वे क्या दोपहर में चाय पीते हैं? चाय बन भी गई है। एक बार मुँह बढ़ाकर उनसे पूछो तो बहू कि चाय का प्याला मैं बैठक में भेज दूँ या वे इसी फुलवारी में खड़े-खड़े चाय पिएँगे?'

उठ खड़ी होकर मैंने बड़ी कोशिश की, तब जाकर मैं बात कर सकी, बोली, 'तो क्या तुम रोज इसी तरह से मेरे कमरे की कनसुइयाँ लेती हो माँ?'

सास ने सर हिलाकर कहा, 'नहीं-नहीं, मुझे समय कहाँ मिलता है? गिरस्ती का काम करके ही तो मैं निपटा नहीं सकती हूँ, यह देखो न बेटी, मैं गठिया से मर रही हूँ, तब भी चाय बनाने के लिए मुझे रसोईघर में घुसना पड़ा था। तो ऐसा करती हूँ कि चाय मैं इसी कमरे में भेज देती हूँ। वे बड़े शर्मीले हैं। मेरे रहते, हो सकता है, वे चाय न पिएँ। तो जाती हूँ मैं।' इतना कहकर वे खी-खी करके तनिक मुस्काईं और चली गईं। ऐसा है औरतों का बैर। बदला लेते वक्त सास ने सास और बहू के माने हुए रिश्ते के किसी ऊँच-नीच का फासला नहीं रखा।

मैं वहीं फर्श पर आँखें मूँदे लेट गई। अंग-अंग से बहते पसीने से समूचा फर्श भीग गया।

सिर्फ एक सान्त्वना थी, वह यह कि आज वे नहीं आएँगे। कम से कम, आज की रात मैं चुपचाप पड़ी रह सकूँगी, उन्हें कैफियत नहीं देनी होगी।

मैंने कितनी बार सोचा-उठ बैठूँ, काम-काज करूँ, जैसे कुछ भी नहीं हुआ हो। लेकिन मैं ऐसा हरगिज नहीं कर सकी। समूचा बदन थरथर काँपने लगा। शाम बीत गई, इस कमरे में कोई बत्ती देने नहीं आया।

तब रात के लगभग आठ बजे थे। सहसा बाहर से उनकी आवाज कानों में पहुँचते ही कलेजे का सारा रक्त-संचालन मानो बिलकुल रुक गया। वे नौकर से पूछ रहे थे, 'बंकू, नरेन बाबू अचानक क्यों चले गए रे?' नौकर का जवाब सुनाई नहीं पड़ा। तब उन्होंने खुद ही कहा, 'सम्भव है, वे इसलिए चले गए कि मैंने उन्हें शिकार करने से मना किया था। पर चारा क्या था!'

जब वे अन्दर घुसे तो सास ने पुकारकर कहा, 'एक बार मेरे कमरे में आओ तो बेटा।'

मैं यह जानती थी कि पल भर की देरी उन्हें बर्दाश्त नहीं होगी। जब वे मेरे कमरे में आए, तो मैं किसी चीज के प्रचंड निष्ठुर आघात की प्रतीक्षा करके ही अपने अंग-अंग को लकड़ी की भाँति कड़ा करके पड़ी रही, मगर उन्होंने एक शब्द भी नहीं कहा। कपड़े-लत्ते बदलकर वे शाम को पूजा-पाठ करने के लिए

निकल गए, जैसे कुछ भी नहीं हुआ हो, जैसे सास ने उन्हें अभी-अभी एक शब्द भी नहीं कहा हो। उसके बाद समय पर खा-पीकर वे कमरे में सोने आए।

रात भर में मेरे साथ एक बात भी नहीं हुई। शाम को सारे दुविधा-संकोच को जी-जान से छोड़-छाड़कर जब मैं रसोईघर में घुसने जा रही थी कि तभी मँझली देवरानी बोली, 'रसोईघर में तुम्हें अब आने की जरूरत नहीं दीदी। आज मैं ही हूँ।'

मैं बोली, 'तुम्हारे रहते क्या मुझे नहीं रहना चाहिए मँझली दीदी?'

'जरूरत क्या है, पता नहीं किसलिए माँ मना कर गईं।' इतना कहकर उसने गर्दन घुमाई और मुँह दबा-दबाकर हँसने लगी। यह मुझे साफ-साफ पता चला। मेरे मुँह से एक शब्द भी नहीं निकला। मैं सन्न होकर थोड़ी देर तक चुपचाप खड़ी रही, फिर मैं अपने कमरे में लौट आई।

मैंने देखा, घर भर के सबका चेहरा लटका हुआ है, सिर्फ उन्हीं के चेहरे पर कोई विकार नहीं है जिनका चेहरा सबसे ज्यादा लटकने की बात है। पति का नित्य-प्रसन्न मुँह आज भी पहले की ही तरह प्रसन्न है।

हाय रे, काश, सिर्फ एक बार जाकर मैं कहती-प्रभु! इस पापिनी के मुँह से उसके अपराध का वर्णन सुनकर उसे अपने हाथों सजा दो, लेकिन तमाम लोगों के द्वारा बिना इन्साफ किए दी गई यह सजा अब बर्दाश्त नहीं होती है। मगर मैं तो किसी भी सूरत में यह नहीं कह सकी। तब भी इसी घर में इसी कमरे के अन्दर मेरे दिन बीतने लगे।

किस तरह से मुझसे यह सम्भव हो सका था, यह आज मैं जानती हूँ, जो समय माँ के कलेजे से पुत्र-शोक के बोझ तक को हलका कर देता है, वह इस पापिनी के सर से उसके अपराध का बोझ हलका कर देगा, यह भला विचित्र क्या है! जिस सजा को एक दिन आदमी बेधड़क अपने सर पर उठा लेता है, दूसरे दिन उसे ही वह अपने सर से उतार सकने पर जी उठता है। समय के फासले से अपराध का ताना जितना धुँधला, जितना हलका होने को आता रहता है सजा का बोझ उतना ही भारी, उतना ही असहनीय होता जाता रहता है। यही तो है आदमी का मन! यही तो है उसका गठन! उसे अनिश्चित संशय से निराश कर देता है। एक दिन, दो दिन करके जब सात दिन बीत गए तब सिर्फ लगने लगा कि मैंने इतना कौन-सा दोष किया है कि पति मुँह से एक शब्द भी न पूँछकर बिना सोचे-विचारे मुझे सजा देते जाएँगे। लेकिन वे तो सबके साथ मिलकर चुपचाप मुझे सताते जा रहे हैं। यह बुद्धि मैंने कहाँ पाई थी, अभी मैं सिर्फ यही सोचती हूँ।

उस दिन सवेरे मैंने सुना कि सास कह रही हैं, 'तू लौट आई बेटी मुक्तो? तू कह गई थी कि तू पाँच दिनों बाद लौटेगी, पर तूने कितने दिन लगा दिए लौटने में बता तो बेटी?'

वह क्यों लौट आई है, यह मैंने मन-ही-मन समझा।

मैं नहाने जा रही थी कि तभी मुक्तो से मुलाकात हो गई। मुस्कराकर उसने मेरे हाथ में एक कागज दे दिया। अचानक लगा, जैसे उसने मेरी हथेली पर जलते कोयले का टुकड़ा रख दिया। जी चाहा कि तभी उसे चिन्दी-चिन्दी करके फाड़ दूँ। मगर वह तो नरेन की चिट्ठी थी। बिना पढ़े उसे अगर मैं फेंक दे सकती, तो फिर औरतों के मन के अन्दर दुनिया का वह अनन्त चिरन्तन कौतूहल जमा है किसलिए? सुनसान तालाब के घाट पर मैंने अपने पाँव पानी में फैला दिए और चिट्ठी को खोलकर पढ़ा। बहुत देर तक मैं एक शब्द भी नहीं पढ़ सकी। चिट्ठी लाल स्याही से लिखी हुई थी। लगने लगा उसके लाल-लाल अक्षर मानो केन्ना (अनेक पैरों वाला एक कीट विशेष)के बच्चों की तरह बदन पर रेंगते फिर रहे हों। उसके बाद मैंने उसे पढ़ा, मैंने उसे तीन बार पढ़ा। उसके बाद मैंने उसे चिन्दी-चिन्दी करके फाड़कर पानी में बहा दिया और नहाकर घर लौट आई। क्या था उसमें? दुनिया में जो सबसे बड़ा अपराध है वही लिखा हुआ था उसमें।

धोबी ने आकर कहा, 'माँजी, बाबू के मैले कपड़े दो।'

सब कुर्ते की जेबों को देखकर जब मैंने कपड़े देने की कोशिश की, तो एक पोस्टकार्ड निकल आया। मैंने उसे हाथ में लिया, तो देखती हूँ, माँ की चिट्ठी है, माँ ने लिखी है। मैंने तारीख देखी, पाँच दिन पहले की है, लेकिन आज तक मुझे चिट्ठी नहीं मिली थी।

मैंने जब उस चिट्ठी को पढ़ा, तो देखती हूँ , सर्वनाश! माँ ने लिखा है कि सिर्फ रसोईघर को छोड़कर और सब कुछ जलकर राख हो गया है। उसी कमरे के अन्दर सभी किसी तरह से रह रहे हैं।

मेरी दोनों आँखें जलने लगीं। मैं नहीं जानती कि मैं कितनी देर तक इस तरह से बैठी हुई थी। धोबी की चिल्लाहट सुनकर मैं फिर सजग हो उठी। जल्दी से मैंने उसे कपड़े दे दिए और बिस्तर पर आकर लेट गई। अबकी बार आँसुओं से तकिया भीग गया। लेकिन यही है क्या उनकी ईश्वर-परायणता! उन्होंने इस बात के डर से मुझे चिट्ठी नहीं दी कि मेरी माँ गरीब है, और मैं उनसे उसकी थोड़ी सी मदद करने के लिए कहूँगी। इतना बड़ा ओछापन मेरे नास्तिक मामा से क्या कभी हो सकता था!

आज जब वे कमरे में आए तो मैंने उनसे बात की। बोली, 'हमारा घर जल गया है।'

उन्होंने मेरे मुँह की तरफ निहारते हुए कहा, 'कहाँ सुना तुमने?'

मैंने उन पर पोस्टकार्ड फेंक दिया और जवाब दिया, 'धोबी को कपड़े देते वक्त तुम्हारी ही जेब से यह मुझे मिला। देखो, मैं यह जानती हूँ कि मुझे नास्तिक मानकर तुम मुझसे घृणा करते हो, लेकिन जो लोग छिपकर दूसरे की चिट्ठी पढ़ते हैं, छिपकर जासूसी करते फिरते हैं उनसे हम लोग भी घृणा करते हैं। तुम्हारे घर भर के लोगों का क्या यही पेशा है?'

अपने अपराध में डूबे आदमी की यह बात है। लेकिन मैं यह निःसन्दिग्ध रूप से कह सकती हूँ कि इतनी बड़ी स्पर्धा भरा आघात मेरे पति को छोड़ और कोई सहन नहीं कर सकता है। महाप्रभु का उपदेश क्या अक्षय कवच की तरह उनके मन को घेरकर बचाए रखता था कि मेरा इतना तीक्ष्ण बाण भी टुकड़े टुकड़े हो गया।

तनिक उदासी-भरी हँसी हँसकर उन्होंने कहा, 'पता नहीं कैसा अन्यमनस्क होकर मैंने तुम्हारी चिट्ठी पढ़ डाली थी। सदु, तुम मुझे माफ करो।'

यही पहली बार उन्होंने मुझे मेरा नाम लेकर पुकारा।

मैंने कहा, 'यह झूठी बात है। तो फिर तुम मुझे मेरी चिट्ठी देते। मैं यह भी जानती हूँ कि तुमने यह बात क्यों छिपाई है!'

उन्होंने कहा, 'तुम यह जानकर सिर्फ दुख ही पाती इसीलिए मैंने सोचा था कि कुछ दिनों बाद मैं तुम्हें बताऊँगा।'

मैं बोली, 'किस तरह से तुम ज्योतिष जानते हो, यह जानना मेरे लिए बाकी नहीं है। तुम्हीं ने क्या घर भर के सभी को मेरे पीछे जासूस लगाया है? तुम यह जानते हो कि अंग्रेज औरतें ऐसे पति का मुँह तक नहीं देखती हैं।'

अरी अभागिन। तू बोल, बोल, जो मुँह में आए बोल ले। तेरी सजा कहाँ गई, सब कुछ तो पड़ा रहा।

पति स्तब्ध होकर बैठे रहे, जवाब में एक शब्द भी नहीं कहा। अभी सोचती हूँ, आदमी इतना माफ कर सकता है।

लेकिन मेरे अन्दर जितनी ग्लानि, जितना अपमान इतने दिनों तक धीरे-धीरे जमा होता चला गया था, एक बार छुटकारा पाकर उसने किसी भी तरह से अब लौटने का नाम नहीं लेना चाहा।

जरा रुककर मैंने फिर कहा, 'मैं रसोईघर में घुसने...'

वे जरा चौंक उठे और बीच में ही बोल उठे, 'उफ, तो यही बात है! फिर वही मेरे खाने की बात...'

मैंने कहा, 'मैं उस वक्त की शिकायत नहीं कर रही हूँ। चूँकि मैं बंगाली के घर पैदा हुई हूँ। इसीलिए तुम लोग कुरेद-कुरेद कर मुझे तिल-तिल करके मारोगे, यह अधिकार मैं तुम लोगों को हरगिज नहीं दूँगी। यह तुम पक्का जानो। मेरे मायके में अभी भी रसोईघर बाकी है। मैं उसी में फिर लौट जाऊँ गी। कल मैं जा रही हूँ।'

पति बहुत देर तक चुपचाप बैठे रहे, फिर बोले, 'तुम्हें तो जाना ही चाहिए। मगर तुम अपने जेवरों को छोड़ जाना।'

उनकी बात सुनकर मैं ठगी-सी रह गई। इतने हीन, इतने छोटे पति की पत्नी हूँ मैं। मेरे जले मुँह पर अचानक हँसी आई। बोली, 'तुम उन्हें छीन लेना चाहते हो न? अच्छी बात है, मैं उन्हें छोड़ ही जाऊँगी।' दीये की मद्धिम रोशनी में मुझे साफ दिखाई पड़ा, उनका चेहरा फक पड़ गया।

बोले, 'नहीं-नहीं, मैं तुम्हारे कुछ जेवरों की भीख माँग रहा हूँ। मुझे रुपयों की बड़ी कमी है, इसीलिए मैं उन्हें गिरवी रखूँगा।'

मगर मैं इतनी फूटी किस्मत वाली हूँ कि उस मुँह को देखकर भी मैं उनकी बात पर विश्वास नहीं कर सकी। बोली, 'तुम उन्हें गिरवी रखो, बेच दो, जो मर्जी करो, तुम्हारे जेवरों पर मुझे जरा भी लोभ नहीं है।' इतना कहकर मैंने उसी वक्त सन्दूक खोलकर अपने सारे जेवर निकाले और उन्हें बिस्तर पर फेंक दिया। माँ की दी हुई दो चूड़ियों को छोड़कर बदन से भी जेवर उतारकर फेंक दिए। इतने से भी मुझे तृप्ति नहीं हुई। बनारसी साड़ी, ब्लाउज वगैरह जो कुछ इन लोगों ने मुझे दिया था, सब कुछ निकालकर मैंने खींचकर फेंक दिया।

पति पत्थर की भाँति स्थिर, मौन होकर बैठे रहे। घृणा और वितृष्णा से मेरा समूचा मन इतना विषाक्त हो उठा कि एक कमरे के अन्दर रहना भी असहनीय हो गया। मैं कमरे से निकल आई और अँधेरे बरामदे के एक किनारे आँचल बिछाकर लेट गई। लगा, दरवाजे के पीछे से न जाने कौन निकल गया।

रुलाई से कलेजा फट जाने लगा। तब भी जी-जान से साड़ी से मुँह को दबाकर मैंने अपना मान बचाया।

मैं नहीं जानती कि मैं कब सो गई थी। जब मैं उठी, तो देखती हूँ, भोर होने वाली है। मैं कमरे में गई तो देखती हूँ , बिस्तर खाली है, दो-एक जेवरों को छोड़ लगभग सारे जेवरों को लेकर वे पता नहीं कब बाहर निकल गए हैं।

दिन भर वे घर नहीं आए, रात के बारह बज गए, फिर भी उनका कोई अता-पता नहीं।

झपकियों के बीच भी मैं शायद सजग थी। रात के दो बजे के बाद फुलवारी की तरफ की उसी खिड़की पर जब मैंने खटखट की आवाज सुनी तो मैंने समझा, यह नरेन है। न जाने कैसे मैं यह पक्का जानती थी कि आज रात वह आएगा। पति घर पर नहीं हैं। यह खबर मुक्तो उसे देगी ही और इस मौके को वह हरगिज नहीं छोड़ेगा। वह कहीं नजदीक में ही है, यह मैं भावी अमंगल की तरह अनुभव करती थी। नरेन इतना नि:सन्दिग्ध था कि उसने अनायास कहा, 'देरी मत करो। तुम जैसी हो, बाहर निकल आओ, मुक्तो पिछला दरवाजा खोलकर खड़ी है।'

फुलवारी को पार करके रास्ते से होकर बहुत अँधेरे में मैं आगे बढ़ गई और गाड़ी में जाकर बैठी। माँ धरती! गाड़ी समेत अभागिन को उस दिन तुमने क्यों नहीं निगला?

कलकत्ता में बहू बाजार के एक छोटे-से डेरे पर जब मैं ठहरी तब दिन के साढ़े आठ बजे थे। मुझे पहुँचाकर नरेन थोड़ी देर के लिए अपने डेरे पर चला गया। नौकरानी ने ऊपर के कमरे में बिस्तर बिछा रखा था। मैं डगमगाते-डगमगाते जाकर लेट गई। आश्चर्य है कि जो बात मैंने कभी भी नहीं सोची थी वही बात सारी चिन्ताओं को ढँककर तब मुझे याद आने लगी। जब मैं नौ साल की थी तब मैं एक बार पानी में डूब गई थी। बहुत कोशिशों के बाद जब मुझे होश आया, तो मैं माँ का हाथ पकड़कर कमरे में जाकर बिस्तर पर लेट गई थी। माँ मेरे सिरहाने बैठकर मेरे माथे पर एक हाथ फेर रही थी और दूसरे हाथ से पंखा झल रही थी। माँ के मुँह और पंखा लिये हाथ हिलाने को छोड़ दुनिया में मेरे लिए और कोई दूसरी चीज नहीं रही।

नौकरानी ने आकर कहा, 'बहू, नल बन्द हो जाएगा, उठकर नहा लो।'

जब मैं नहाकर आई, तो उड़िया रसोइया भात दे गया। याद आता है, मैंने थोड़ा-सा खाया भी था। मगर उठते न उठते सब उलटी हो गया। उसके बाद मुँह-हाथ धोकर बेजान की मानिन्द बिस्तर पर आकर लेटते ही शायद मैं सो गई थी।

मैंने सपना देखा-मैं पति के साथ झगड़ा कर रही हूँ। वे पहले की ही तरह चुपचाप बैठे हुए हैं और मैं बदन के जेवर उतारकर उन पर फेंक रही हूँ। लेकिन न ही जेवर खत्म होते हैं और न ही मेरा फेंकना रुकता है। मैं जितना फेंकती हूँ। उतना ही न जाने कहाँ से जेवरों से मेरा अंग-अंग भर उठता है। अचानक जब मैंने हाथ का भारी बाजूबन्द फेंका, तो वह जाकर उनके माथे पर जोर से लगा, तुरन्त वे आँखें मूँदकर लेट गए और उस फटे माथे से निकला खून का फव्वारा जाकर शहतीर को छूने लगा।

इस तरह से कितना वक्त बीता था और कितना वक्त बीतता, यह मैं बता नहीं सकती। पर जब मेरी नींद टूटी तब आँसुओं से तकिया-बिस्तर भीग गया था।

जब मैंने अपनी आँखें खोलीं, तो देखती हूँ, तब दिन बहुत बाकी है, और नरेन बगल में बैठकर धकेलकर मुझे जगा रहा है।

उसने कहा, 'तुम सपना देख रही थी? वाह, यह तुम्हें क्या हुआ है?' इतना कहकर उसने अपनी धोती के खूँट से मेरा मुँह पोंछ दिया।

सपना! पल भर में मेरा मन मानो राहत से भर गया।

जब मैं आँखें मलकर उठ बैठी, तो देखा, सामने ही कागज में लिपटा एक बहुत बड़ा पार्सल है।

'वह क्या है?'

तुम्हारा साड़ी-ब्लाउज सब मैं खरीद लाया।'

'तुमने यह सब क्यों खरीदा?'

नरेन ने तनिक मुस्कराकर कहा, 'मेरे सिवा कौन खरीदेगा?'

मैं और कभी इतना नहीं रोई थी।

नरेन ने कहा, 'तू पाँव फैलाकर उठकर बैठ बहन। मैं कसम खाता हूँ कि हम सगे भाई-बहन हैं। तुझे मैं चाहे जितना भी प्यार क्यों न करूँ, मैं अपने से तेरी हमेशा रक्षा करूँगा।'

'हमेशा! नहीं-नहीं, तुम लोग मुझे उनके पैरों पर छोड़कर चले आओ नरेन भैया! मेरी किस्मत में जो होना है सो हो। कल सारी रात मैंने उन्हें अपनी आँखों से नहीं देखा था। आज फिर सारी रात अगर मैं उन्हें नहीं देख पाऊँगी, तो मैं मर जाऊँगी भाई!'

नौकरानी कमरे में दीया दे गई। नरेन उठकर गया और एक मूढ़े पर बैठकर बोला, 'मुक्तो से मैंने सब सुना है। लेकिन अगर तुम उन्हें इतना ही प्यार करती थी, तो किसी दिन एक साथ...'

मैंने जल्दी से कहा, 'तुम मेरे बड़े भाई हो। यह सब बात तुम मुझसे मत पूछो।'

नरेन थोड़ी देर तक चुपचाप बैठा रहा। फिर बोला, 'मैं आज ही तुम्हें तुम्हारी फुलवारी के करीब छोड़ आ सकता हूँ, मगर वे क्या तुम्हें अपनाएँगे? तब गाँव में तुम्हारी क्या दुर्गति होगी, बताओ तो?'

मेरे कलेजे को न जाने किसने अपने दोनों हाथों से पकड़कर मरोड़ दिया लेकिन उसी दम मैंने अपने आपको सँभाल लिया और बोली, 'मैं जानती हूँ कि

वे मुझे अपने घर में नहीं घुसने देंगे, लेकिन इसमें कोई सन्देह नहीं है कि वे मुझे माफ कर देंगे। चाहे जितना बड़ा अपराध क्यों न हो, सचमुच माफी माँगने पर उन्हें इनकार करने की गुंजाइश नहीं है, यह तो मैंने उन्हीं के मुँह से सुना है भाई! मुझे तुम उन्हीं के पैरों पर छोड़ आओ नरेन भैया! भगवान तुम्हें राजेश्वर बना देंगे, मैं तन-मन से कह रही हूँ।'

मैंने सोचा था कि मैं अब नहीं रोऊँगी। मगर मैं अपने आँसुओं को हरगिज नहीं रोक सकी। फिर आँसुओं की धारा बहने लगी। नरेन मिनट भर चुप रहा, फिर बोला, 'सदु, तुम क्या सचमुच ही भगवान को मानती हो?'

आज चरम दुख में परम सच मुँह से निकल गया। बोली, 'हाँ, मैं भगवान को मानती हूँ चूँकि वे हैं, इसीलिए तो इतना कुछ करके भी मैं वापस जाना चाह रही हूँ। वरना मैं यहीं फाँसी लगाकर मर जाती नरेन भैया, पर मैं वापस जाने की बात जबान पर नहीं लाती।'

नरेन ने कहा, 'लेकिन मैं तो भगवान को नहीं मानता।'

मैं जल्दी से बोल उठी, 'मैं कहती हूँ। मेरी तरह तुम भी एक दिन भगवान को जरूर मानोगे।'

'सो तब देखा जाएगा।' इतना कहकर नरेन गम्भीर हो बैठा रहा। यह समझकर कि वह मन ही मन न जाने क्या सोच रहा है, मैं व्याकुल हो उठी। मुझे एक मिनट की देरी बर्दाश्त नहीं हुई, बोली, 'तो मुझे कब छोड़ आओगे नरेन भैया?'

नरेन ने मुँह उठाकर धीरे-धीरे कहा, 'वह कतई तुम्हें नहीं अपनाएगा।'

'तुम इस बात की चिन्ता क्यों कर रहे हो भाई?'

'वे मुझे अपनाएँ, न अपनाएँ, यह उनकी मर्जी लेकिन यह बात मैं जरूर कह सकती हूँ कि वे मुझे माफ करेंगे ही।'

'माफ! तुम्हें न अपनाने पर उनका माफ करना, न करना दोनों बराबर हैं। तब तुम कहाँ जाओगी बताओ तो? समूचे मुहल्ले में एक कितनी बड़ी भद्दी हलचल और गड़बड़ी मच जाएगी, एक बार सोच कर देखो तो।'

डर के मारे मैं रुआँसी होकर बोली, 'तुम इस बात की जरा भी चिन्ता मत करो नरेन भैया! तब वे मेरा उपाय कर देंगे।'

नरेन फिर थोड़ी देर तक चुप रहकर बोला, 'माना कि वे तुम्हारा कोई उपाय कर देंगे, मगर वे मेरा तो कोई उपाय नहीं करेंगे। तब?'

इस बात का मैं क्या जवाब देती, मुझे सोचते नहीं बना, 'तो इससे भला तुम्हें क्या डर है?'

नरेन उदास होकर जबरन तनिक मुस्कुराया और बोला, 'डर? ऐसा कुछ नहीं, पाँच-सात साल की जेल की सजा होगी। अगर मैं यह जानता कि अति में तुम मुझे इस तरह से डुबाओगी, तो मैं इसमें हाथ ही नहीं डालता। मन में इतनी सी स्थिरता नहीं है, यह क्या बच्चों का खेल है?'

मैं रो पड़ी और बोली, 'तो मेरा क्या उपाय होगा भाई? अपना सारा अपराध उनके चरणों पर चढ़ाए बिना तो मैं हरगिज जिन्दा नहीं रहूँगी!'

नरेन उठकर खड़ा हो गया और बोला, 'तुम सिर्फ अपनी ही बात सोचती हो। मेरी मुसीबत के बारे में तो नहीं सोचती हो? अभी हर पहलू को समझे बिना मैं कोई काम नहीं करूँगा।'

'यह क्या? तुम अपने डेरे जा रहे हो क्या?'

'हाँ, मैं अपने डेरे जा रहा हूँ।'

गुस्से और दुख से हताश होकर मैं फर्श पर लोट गई और सब पटक-पटककर रोने लगी, 'तुम साथ में मत जाना, तुम यहाँ से मेरे जाने का उपाय कर दो। मैं अकेले लौट जाऊँगी। अजी, मैं उनकी कसम खाकर कहती हूँ कि मैं किसी का नाम नहीं लूँगी, किसी को मुसीबत में नहीं डालूँगी। सारी सजा मैं अकेले सर झुकाकर ले लूँगी। मैं तुम्हारे पैर पड़ती हूँ नरेन भैया, मुझे यहाँ रोककर मेरा सर्वनाश मत करो।'

जब मैंने मुँह उठाया, तो देखती हूँ , वह कमरे में नहीं हैं। वह दबे पाँव निकल गया है। मैं दौड़कर सदर दरवाजे पर गई, तो देखती हूँ ताला लगा हुआ है। उड़िया रसोइए ने कहा, 'बाबू चाबी लेकर चले गए हैं। वे कल सुबह आकर ताला खोल देंगे।'

कमरे में वापस आकर मैं और एक बार फर्श पर लोट गई और रोते-रोते बोली, 'भगवान! मैंने कभी तुम्हें नहीं पुकारा था, मैं आज तुम्हें पुकार रही हूँ। तुम अपनी इस बिलकुल लाचार महापापिनी सन्तान को गति दो।'

मेरी वह पुकार कितनी प्रचंड थी, उसकी शक्ति कितनी दुर्निवार थी, आज यह सिर्फ मैं ही जानती हूँ।

तब भी सात दिन बीत गए, लेकिन किस तरह से सात दिन बीते, यह कहानी सुनाने की न ही मेरी सामर्थ्य है और न ही धैर्य। इसे रहने दीजिए।

तीसरे पहर मैं अपने ऊपर के कमरे की खिड़की के पास बैठकर नीचे गली की तरफ ताक रही थी। ऑफिस की छुट्टी हो गई थी। दिन भर मेहनत करने के बाद बाबू लोग दनदनाते हुए घर चले जा रहे थे। अधिकांश ही सामान्य गृहस्थ थे। उनके घर की तसवीर मेरी नजरों के सामने साफ-साफ उभर उठी। घर की

औरतों में से कौन अभी सबसे ज्यादा व्यस्त है, नाश्ते को करीने से रखने में, चाय बनाने में कौन सब से ज्यादा भाग-दौड़ करती फिर रही है-यह याद आते ही मेरा कलेजा धक कर उठा। याद आया, वे भी दिन भर जी-तोड़ मेहनत करने के बाद घर लौट आए होंगे। कहाँ है धोती, कहाँ है गमछा, कहाँ है पानी! बहुत पुकारने के बाद किसी ने हो सकता है, आवाज भी नहीं सुनी हो! उसके बाद या तो मँझले देवर के नाश्ते के साथ मँझली बहू ने उनके लिए भी थोड़ा सा नाश्ता बना रखा होगा या भूल ही गई होगी। मैं तो अब नहीं हूँ , भूलने में भला डर ही क्या है या हो सकता है, उन्होंने एक गिलास पानी माँग कर पिया हो और धोती से मैले बिस्तर को जरा झाड़कर लेट गए हों। उसके बाद आधी रात में उन्होंने थोड़ा-सा सूखा, कड़ा भात, भुरता, दिन की बनी दाल, सो भी अगर बची-खुची हो तो, खाई होगी और सबको देने के बाद बचा हुआ थोड़ा-सा दूध अगर उन्हें पीने को मिला होगा, तो यह परम सौभाग्य है। वे निरीह भले आदमी हैं, वे किसी को कड़ी बात नहीं कह सकते हैं, वे किसी पर गुस्सा करना नहीं जानते हैं।

अरी महापापिनी, इतना बड़ा निष्ठुर महापाप दुनिया में तुझसे ज्यादा क्या किसी ने किया होगा? चाहूँ तो इन्हीं लोहे की सलाखों से सर टकराकर सारे सोच-विचारों को यही खत्म कर दूँ।

शायद बहुत देर तक किसी भी तरफ ध्यान नहीं था। अचानक दरवाजे को खटखटाने की आवाज सुनकर मैं चौंक उठी, तो देखती हूँ, सदर दरवाजे पर नरेन और मुक्तो खड़े हैं। मैंने जल्दी से अपनी आँखें पोंछ डालीं और उठकर नीचे के बिस्तर पर आ बैठी। उस दिन से नरेन फिर नहीं आया था। चूँकि वह यह निःसन्दिग्ध रूप से समझ पाया था कि मेरा मन कहाँ पड़ा हुआ है, इसलिए वह इधर फटकता तक नहीं था। उसके अपने मन में यह धारणा पैदा हुई थी कि अगर वह मुसीबत में पड़ेगा, तो पति के खिलाफ मैं उसके काम नहीं आऊँगी। इसीलिए उसे जितना डर लगा था, गुस्सा भी उतना ही आया था। कमरे में घुसकर मेरी तरफ निहारते ही दोनों एक साथ चौंक उठे। नरेन बोला, 'तुम इतनी बीमार थी, तो तुमने मुझे खबर क्यों नहीं दी थी? तुम्हारा रसोइया तो जानता है कि मैं कहाँ रहता हूँ!'

ढाई दालान में झाड़ू लगा रही थी, वह चट से बोल बैठी, 'वे बीमार नहीं थीं। सिर्फ पानी पीकर रहने से आदमी दुबला नहीं होगा बाबू? दोनों जून, देखती हूँ, परोसी हुई थाली जस की तस पड़ी रहती है, कभी-कभी तो वे हाथ भी नहीं लगाती हैं।'

उसकी बात सुनकर दोनों ही स्तब्ध होकर मेरी तरफ निहारते हुए खड़े रहे।

शाम के बाद नरेन अपने डेरे चला गया। मैं मुक्तो को खींचकर नीचे लाई और बोली, 'कैसे हैं वे?'

मुक्तो रो पड़ी। बोली, 'किस्मत से सिवा उपाय नहीं है बहू! वरना तुम ऐसे पति का घर नहीं बसा सकती?'

'तूने ही तो मुझे घर नहीं बसाने दिया मुक्तो!'

मुक्तो ने अपनी आँखें पोंछकर कहा, 'लगता है कलेजे में क्या कुछ होता रहता है, यह मैं तुम्हें क्या कहूँ? बाबू को छोड़कर और सभी यह जानते हैं कि तुम घर जलने की खबर पाकर घर में ही गुस्सा करके अपने मायके चली गई हो। चूँकि तुमने सास से हुक्म नहीं लिया था इसलिए तुम्हारी सास ने भी गुस्सा करके उनसे बातचीत करना बन्द कर दिया है। पतुरिया कितनी बदजात माँ है कितनी बदजात! वह बाबू को जो तकलीफ दे रही है उसे देखने पर पत्थर को भी दुख होगा। तुम क्या भला शौक से झगड़ा करती थी बहू?'

मेरा झगड़ा करना हमेशा के लिए दूर हो गया। जब मैंने यह कहने की कोशिश की, तो सचमुच मेरा दम अटकने को आया।

आज मुक्तो से मैं यह सुन सकी कि हमारे जले हुए घर की फिर मरम्मत हो रही है। उन्होंने रुपया भेज दिया है। हो सकता है, इसी के लिए मेरे जेवरों को अचानक गिरवी रखने की उन्हें जरूरत पड़ी थी।

मैंने कहा, 'सुना मुक्तो, तू सब सुना। जितनी तरह की हृदय विदारक खबरें हैं, तू सब एक-एक करके मुझे सुना। थोड़ी सी भी दया तुम लोग मुझ पर मत करो।'

मुक्तो बोली, 'इस घर का पता वे जानते हैं।'

मैं सिहर उठी और बोली, 'वे इस घर का पता कैसे जानते हैं?'

'महीने भर पहले जब इस घर को तुम्हारे लिए किराए पर लिया गया था, तब मैं यह जानती थी।'

'उसके बाद?'

'एक दिन नदी के किनारे नरेन बाबू के साथ मुझे छिपकर बात करते उन्होंने अपनी आँखों से देखा था।'

'उसके बाद?'

'ब्राह्मण का पाँव छूकर मैं झूठ नहीं बोल सकी बहू! चले आने के दिन मैंने उन्हें इस डेरे का पता बता दिया।'

मुक्तो की कमर पर ही उठँगकर मैं आँखे मूँदकर लेट गई।

बहुत देर बाद मुक्तो बोली, 'बहू!'

'क्या है मुक्तो?'

'अगर वे खुद तुम्हें वापस लेने आ जाएँ तो?'

जी-जान लगाकर मैं उठ बैठी और मुक्तो का मुँह धर दबोचा, 'नहीं मुक्तो, यह बात मैं तुझे कहने नहीं दूँगी। तू मुझे मेरा दुख होशोहवास में झेलने दे, मुझे पागल करके तू मेरे प्रायश्चित्त के रास्ते को बन्द मत कर दे।'

मुक्तो ने जबरन अपना मुँह छुड़ा लिया और बोली, 'मुझे भी तो प्रायश्चित्त करना होगा बहू! रुपए के साथ तौल करके तो मैं उसे घर नहीं ला सकती हूँ!'

मैंने इस बात का कोई जवाब नहीं दिया। मैं अपनी आँखें मूँदकर लेट गई। मैंने मन ही मन कहा, 'अरी मुक्तो धरती अभी भी धरती है। आकाश-कुसुम की बात कानों से ही सुनी जा सकती है, उसे खिलते किसी ने आज तक अपनी आँखों से नहीं देखा है।'

घंटे भर बाद मुक्तो नीचे से भात खाकर लौट आई, तब रात के दस बजे थे। कमरे में घुसते ही उसने कहा, 'सर का आँचल उठा दो बहू, बाबू आ रहे हैं।' इतना कहकर ही वह बाहर निकल गई।

'फिर इतनी रात गए?' मैं जल्दी से साड़ी को ठीक करके उठ बैठी, तो देखा, दरवाजे पर नरेन नहीं, मेरे पति खड़े हैं।

उन्होंने कहा, 'तुम्हें कुछ भी कहने की जरूरत नहीं। मैं जानता हूँ। तुम मेरी ही हो। चलो, घर चलो।'

मैंने मन ही मन कहा-भगवान! तुमने अगर इतना कुछ दिया, तो और भी थोड़ा-सा दो, उन दोनों चरणों पर सर रखने के समय तक तुम मुझे सचेत रखो।

□□□